# 자정의 픽션

박형서 소설집

## 자정의 픽션

제1판 제1쇄 2006년 10월 30일
제1판 제9쇄 2021년  1월 14일

지은이  박형서
펴낸이  이광호
펴낸곳  ㈜문학과지성사
등록번호 제1993-000098호
주소 04034 서울 마포구 잔다리로7길 18(서교동 377-20)
전화 02) 338-7224
팩스 02) 323-4180(편집) / 02) 338-7221(영업)
전자우편 moonji@moonji.com
홈페이지 www.moonji.com

ⓒ 박형서, 2006. Printed in Seoul, Korea
ISBN 978-89-320-1736-0 03810

이 책의 판권은 지은이와 ㈜문학과지성사에 있습니다.
양측의 서면 동의 없는 무단 전재 및 복제를 금합니다.

지은이는 2006년 한국문화예술위원회가 지원한 창작지원금을 수혜했습니다.

# 자정의 픽션

박형서 소설집

문학과
지성사
2006

이 책을 올해 팔순이 되신 외할머니께 바친다.

어릴 적, 나는 틈만 나면 외할머니랑 마주보고는
중얼중얼 얘기하곤 했다.
무슨 대화가 오갔는지는 잊었다.

남아 있는 가장 오래된 사진 중 하나는
외할머니 등에 업혀 사색에 잠겨 있는 모습이다.
내가 원할 땐 반드시 업어주어야 했다.
수틀리면 죽어라 울어댔으니까.
덕분에 난
안짱다리가 되었다.

차례

# 논쟁의 기술

## 자기 영역으로의 초대

논쟁이란 상대를 설득하는 것이 아니라 굴복시키는 것이다. 그 목적을 달성하기 위해 가능한 모든 방법을 동원한다. 이는 현교수와 나 모두 익히 알고 있는 바이다.

우리는 비록 어제 저녁 〈동아시아 포럼〉에서 처음 만났지만 오래전부터 서로에 대해 주목하고 있었다. 나는 지인으로부터, 높은 학식과 뛰어난 논쟁술로 각계의 전문가들을 물리쳐온 그가 나와의 만남을 고대하고 있다는 소식을 전해들은 바 있다. 나 역시 최근 상대했던 몇몇 학자들의 어눌한 말투와 자료가 손에 쥐어져 있지 않으면 말꼬리를 흐리는 재앙에 가까운 기억력, 한 줌의 명예를 지킨답시고 과감히 자신의 무지를 인정해버리는 뻔뻔함에 일종의 절망을 느꼈기에 현교수와의 멋진 논쟁을 마음 깊이 희망해왔다.

모임이 끝나갈 무렵 형편없는 몰골의 현교수는 내게 다가와 구겨진 자기 명함을 건넸고 나는 일어나 예의를 갖추었다. 그에 게서는 더러운 냄새가 났다. 입고 있는 양복은 내 넥타이핀보다 도 싸구려였으며, 게다가 만찬에 나온 중국요리의 흔적이 왼쪽 가슴에 묻어 있었다. 나는 손톱만 한 그 얼룩이 라조육과 홍소 새우의 소스임을 한눈에 알아보았다. 그럼에도 그에게 두 손으 로 악수를 청하고, 몇 분 동안 온갖 아부의 언사를 퍼붓는 데 주력했다. 내 직감이 틀림없다면 우리는 머지않아 논쟁을 벌이 게 될 터이고, 따라서 입에 발린 덕담을 통해 상대에게 잔뜩 바 람을 불어넣어두어야 하기 때문이었다. 스스로를 과대평가하는 작자만큼 논파하기 쉬운 상대는 없다. 이것은 수천 년 동안 전 해져 내려온 상식이다.

그러나 그러한 과정에서 나는 실수를 범했다. 내 기억으로 현 교수는 지방의 모 대학에 있었는데, 받은 명함을 제대로 읽어보 지 않고 오로지 기억을 과신하는 바람에 '교수님의 연구실을 구 경해보는 것이 소원'이라 말해버린 것이다. 현교수는 자기 연구 실이 이 대학—〈동아시아 포럼〉이 개최된— 에 있으니 원한 다면 당장이라도 초대하겠다고 말했다. 곁에 있던 사람들이 기 대감에 부푼 얼굴로 나의 대답을 기다렸다. 나는 적잖이 당황했 기에 거절할 타이밍을 놓쳐버렸다. 이렇게 해서 현교수의 연구실이 우리의 대결 장소가 되고 말았다. 나로선 적의 소굴로 들어가게 된 셈이다.

두 건물을 잇는 좁은 구름다리를 건너 삼층에 있는 현교수의 연구실로 들어가 보니 상황은 더 안 좋았다. 나는 그토록 거대한 인문학자의 방을 본 적이 없었다. 내 연구실의 두 배는 넘는 넓이에, 위층까지 깨끗하게 터서 중세 유럽의 도서관을 연상케 했다. 책꽂이는 바닥에서 이층의 천장까지 16단이었고, 잘 말린 마호가니로 만든 세 개의 사다리가 각기 세 방향에 놓여 있었다.

멋지네요, 하고 말했다. 그건 입에 발린 덕담이 아니라 진심이었다. 문과 마주보도록 배치된 책상 뒤쪽에는 창을 가려버린 낡은 책꽂이가 있었다. 갑골문자, 상형문자 사전을 비롯해 몽골, 티베트, 베트남, 심지어는 실크로드 너머 아랍의 사전까지 꽂혀 있었다. 특히 내 호기심을 자극한 건 그 낡은 책꽂이 오른편의 좁은 공간——출입구를 제외하고는 사면의 벽 중에서 유일하게 책꽂이로 가려지지 않은——에 걸려 있는 동아시아 전통 장검이었다. 길이가 백오십 센티미터는 되어 보이는 그 칼은 평균적인 체구의 고대 아시아인이 사용하기엔 너무 컸고, 내게 위압감까지 주었다.

"저건," 나는 감탄하며 말했다. "장군의 칼이군요."

"전국시대 연나라 대장군의 칼입니다." 어딘지 차가움이 느껴지는 그 대답으로 인해, 우리 사이에 이미 논쟁이 시작되었음을 깨달았다.

## 유리한 주제의 선정

논쟁이란 이견이 있는 사실에 대해 상대와 겨루는 과정이 아니다. 역으로, 상대와 겨루기 위해 이견이 있는 부분을 모색하고 그걸 극대화시키는 과정이다. 그것이 바로 이성과 논리로 진행되는 대화의 여러 스타일 중에서 논쟁만이 가진 독특함이다. 예를 들어 토론을 할 때라면, 우리는 동료로 하여금 그가 가진 재능과 기억력을 최대한 발휘할 수 있도록 배려한다. 그의 성과가 토론에 참여한 모두의 성과이기 때문이다. 하지만 논쟁의 성과는 단 한 사람의 것이며, 다른 이는 오직 패배자로서만 기억된다. 그러므로 논쟁에서는 상대를 일부러 무시하고, 약 올리고, 극도로 불안하게 만듦으로써 실수를 이끌어내야 한다. 두 달 전에 나는 은밀한 성적 메타포가 내포된 언어를 집중적으로 사용함으로써 슈퍼컴퓨터의 언어연산능력을 가진 한 여교수를 울린 적이 있다. 나는 그녀가 성도착자임을 미리 알고 있었던 것이다.

현교수가 내게 한 짓도 그런 종류의 것이었다. 연구실 한가운데 있는 소파로 안내한 그는 내 의사는 묻지 않고 태국산 우롱차를 내왔다. 나는 그가 자랑스럽게 열어젖힌 잎차 전용 냉장고의 안쪽을 들여다볼 수 있었다. 거기에는 백 년 이상 묵힌 보이차, 일엽차 새순, 최고급 용정차 등이 가득했다. 태국산 우롱차라고? 나는 그 정도로는 우롱당하지 않는 사람이라는 걸 과시하려고 뜨거운 차를 벌컥벌컥 들이켰다. 우리가 논쟁 전에 차를 마시는 이유는 음미하기 위해서가 아니라 혀를 잘 놀리기 위해서이다. 게다가 혀를 좀 데고 나니 태국산 우롱차도 꽤 맛있었다.

차를 마시는 동안 우리는 아무 말도 하지 않았다. 제각기 자기에게 유리한 주제를 선정하기 위해 머리가 너무 바빴던 탓이다. 나는 곁눈질로, 손길이 자주 닿지 않았을 책꽂이의 바닥과 특히 맨 꼭대기 칸에 있는 도서 목록을 훑으며 현교수의 독서 성향과 지식의 정도를 가늠했다. 우선 그는 고등기하학과 생태지리학, 언어철학, 응용통계학, 의상심리학, 비교종교학, 양자물리학에 조예가 깊어 보였다. 연금술을 포함한 광물발생학, 비교문학, 퍼스널암호학, 중세철학, 컴퓨터언어학, 도상학도 상당한 경지에 다다른 듯했는데, 반면에 특히 유기화학과 해상군사학에는 취약한 것 같았다. 전형적인 인문학자의 취향이었다. 그렇다면 우리의 논쟁은 평범하게, 공통의 전문 분야인 역사 쪽에서 전개될 가능성이 높았다. 그래서 나는 고대 극동아시아를 전공한 학자로서, 현교수처럼 고대 중국사를 전공한 학자가 놓치기 쉬운 일명 변방 오랑캐들의 역사를 끄집어내는 건 어떨까 생각해보았다. 얼핏 보아도 이만 권은 넘어 보이는 책들 중에 없는 주제를, 내가 지난 일 년 동안 강연한 적이 있는 주제를, 쉽게 말해 현교수는 잘 모르고 나는 잘 알고 있는 주제를 찾아내기 위해 애썼다. 그 과정에서 수많은 논쟁거리가 떠올랐다가 사라지곤 했다. 일단 세 가지로 간추리고 나서, 그러니까 차를 더 달라며 빈 잔을 내밀고 난 후에는 각각의 주제들이 어떤 의미와 특징을 가지고 있는지 보다 면밀히 분석해보았다. 좋은 논쟁의 주제는 오늘날 이견이 분분한 것이어야 하며, 그럼에도 하나의 유력한 가설이 다양한 증거와 검증, 유추 자료를 통해 대표 학설로서의 위치를 차지하고 있어야 하며, 일회성 에피소드의 수준을 넘어 근접한 역사에 상당한 영향을 끼쳤어야 하며, 비전공자로서도 흥미를 가질 만한 것이어야 한다.

먼저 공자 일파와 흉노족 간의 정치적 상호의존 관계는 현란한 사료들이 많이 존재하지만 공인된 학설이라는 것이 존재하지 않으며, 비전공자들은 흥미를 가질지 모르나 오늘날의 관점에서 본다면 그다지 영향력 있는 주제가 아니다. 두번째로 메소포타미아 문명과 모헨조다로를 비롯한 인더스 문명, 그리고 황하문명의 삼각관계는 지나치게 잡다한 사료가 많고 공인된 학설이 강력해 논쟁거리가 되기 어렵다. 언젠가 현교수가 세 문명 기원의 트라이앵글을 역으로 설정한 강연을 했다는 기사를 읽은 적이 있다. 이를 논박하는 것은 대체로 쉬운 일이나, 내가 고리타분한 학설을 되뇌고 있을 때 현교수 쪽에서 희귀한 자료를 들고 나올 경우 나는 뜻밖의 곤경에 처할지도 모른다. 그리하여 나는 논쟁의 주제를 13세기 태국의 건국 과정으로 결정했다. 크메르 제국이 쇠퇴할 무렵 태국의 지방장관들인 쿤 방끌랑타오와 쿤 빠므망이 1238년 크메르 북부를 점령하면서 세운 최초의 독립

왕국 수코타이 왕조는 나에게 이상적인 주제였다. 지난 학기에 나는 이 주제로 두 번의 강연을 했다. 한 번은 한반도와 수코타이 왕조와의 교류에 있어 중국은 지름길이었는가 장애물이었는가에 관한 강연이었고, 다른 한 번은 13세기 몽고 침략 시기에 수코타이 왕조의 초국가적 협력이 팔만대장경 제작 과정에 어떻게 기여했는가에 관한 것이었다. 게다가 지금 우리가 마시는 차는 태국산이다. 나는 지난 강연의 기록을 머릿속으로 훑으며, 바로 이 우롱차에서 논쟁을 이끌어내기로 결심했다.

그 순간 현교수가 미소를 지으며 일어났다. 그리고 귀에 거슬리는 구두 소리를 내며 책상 뒤로 걸어갔다. "이 칼, 방금 전에 연나라 대장군의 칼이라고 말씀드렸죠." 벽에 걸린 칼을 끌러내리며 한 말이었다. "여기에는 재미있는 사연이 있습니다."


## 은근히 겁주기

내가 늦었다. 너무 오래 생각을 한 것이다. 이제 나의 수코타이 왕조는 '싸왓디 캅' 하며 날아갔고 현교수의 전공인 연나라가 수천 년의 침묵을 깨며 우리 곁으로 걸어오고 있었다. 이 모든 건 그의 서가에 거의 이만 권이나 되는 장서가 있는 까닭이고, 또 내가 겁 없이 그의 소굴로 들어온 탓이다. 이곳에서 그는 중국과 연관된 모든 사료를 척척 들이댈 수 있다.

현교수는 큰 칼을 힘겹게 껴안고는 내 쪽으로 뒤뚱뒤뚱 다가왔다. 그리고 선 채로 말했다. "이건 겉보기와 달리 제법 잘 보존되어 있습니다." 말을 끝낸 후 손잡이를 잡고는 힘을 주었다. 쉬악, 하고 무언가를 베는 소리가 들려왔다.

제법 잘 보존된 정도가 아니었다. 가무잡잡한 칼집에서 벗어나 모습을 드러낸 장검은 머리카락을 쭈뼛 서게 할 만큼 시퍼런 빛을 뿜어냈다. 현교수는 고대 중국의 장수들이 적장 앞에서 하는 방식, 즉 날을 내 쪽으로 향한 상태로 그 칼을 뽑아들었다.

늘 느끼는 것이지만, 모든 전투용 칼에는 사람의 목뼈를 자르고 내장을 뚫고 살을 찢으려는 강한 열망이 스며 있다. 날이 사람을 향할 땐 그런 욕구와 또 실제로 그래왔던 기억이 한꺼번에 깨어나 묘한 아우성을 지른다. 그 앞에서는 누구나 얼어붙기 마련이다. 고요한 밤, 인적 드문 대학 건물의 외딴 연구실에서 나는 논쟁을 시작하기도 전에 반쯤 진 상태였다.


## 무시하기


아버지는 나를 논쟁가로 키웠다. 유치원에 입학할 즈음부터 우리의 저녁식사는 논쟁이 끝난 후에 이루어졌다. 아무리 맛있는 음식이 김을 모락모락 내고 있어도, 아버지는 식탁에 앉자마자 논쟁을 시작하고는 한쪽이 승리할 때까지 젓가락을 들지 못하게 했다. 물론 승리하는 건 늘 아버지였다. 나는 어렸고, 약했고, 이기는 방법을 몰랐다. 나는 매일매일 졌다. 심지어 아버지는 그날의 주제를 설명한 후 내게, 맘에 드는 쪽을 선점하도록 권하는 오만까지 부렸다. 나는 늘 유리한 쪽을 택했지만 그런다고 나아지는 건 없었다. 패배를 인정하는 순간의 모멸감만 짙어질 뿐이었다. 더 큰 수모를 피할 요량으로 서둘러 패배를 인정하는 건 결코 용납되지 않았으므로, 철저하게 망가지는 길 외에는 도망갈 구멍이 없었다. 오늘은 내가 얼마나 많이 다칠까? 시작도 하기 전에 잔뜩 주눅이 든 채로 자문해보곤 했다.

"아마, 잘 모르실 겁니다." 현교수가 장검을 칼집에 도로 꽂아 넣으며 한 말이었다. 조심스럽게 탁자 위에 내려놓고는 말을 이었다. "전국시대와 삼국시대는 시기상으로 멀지 않지만, 검의 모양과 제련 방식에는 상당한 차이가 있습니다."

당연히 나도 그 정도는 알고 있다. 내가 알고 있다는 걸 현교수도 알고 있다는 사실까지 나는 알고 있다. 현교수는 의도적으로 나를 무시한 것이다. 그리고 그런 논쟁의 기술을 통해 내가 흥분하길 바라는 것이다. 아무렴, 나는 알고 있다. 중국 최초의 통일왕국인 진나라와 서한·동한의 약 사백 년을 사이에 두고 기원전 221년 전까지가 춘추전국시대, 기원 후 220년부터가 삼국시대다. 그리고 보니 문득 이런 생각이 들었다— '시기상으로 멀지 않다'는 말에 집중할 필요가 있을지 모른다는. 이 시기의 사백 년은 중국 역사에서 아주 중요하며, 몹시 많은 사건들이 일어났기 때문이다. 또한 객관적으로도 사백 년은 결코 짧은 세월이 아니다. 굳이 고개를 끄덕일 필요가 없었기에 나는 조금 더 기다렸다. 현교수의 목소리가 다시 흘러나왔다.

"중국의 고위관리에게서 선물로 받았습니다. 부패한 작자지만 알아두었더니 꽤 도움이 됩디다. 그가 말하길, 최고의 학자들에게 문의한 결과 춘추전국시대 연나라 대장군의 칼로 확인되었다는군요. 칼날의 모양과 제련 방식, 그리고 손잡이의 도안이 또렷하게 보존되어 있어 이론의 여지가 없습니다. 어떤 학자는 더 자세히, 즉 연나라 말기의 대장군이었던 주패의 칼이라고 주장했답니다."

"오, 그거 훌륭하군요. 주패라면 백전불패의 전설적인 장군 아닙니까."

"주패를 아시는군요. 상당히 의외입니다." 현교수가 히죽 웃으며 말했다.

개자식.


## 얄밉게 웃기


그래서 나도 따라 웃었다. 더 얄밉게 웃었다. 얄밉게 웃는 것만큼 적은 노력으로 큰 효과를 보는 논쟁의 기술도 드물다. 물론 아무렇게나 웃으면 안 된다. 너무나도 해맑게 웃어버리면 그건 이쪽에서 백기를 드는 것과 같다. 논쟁 중에는 언제나 부자연스러운 웃음을 보여야 한다. 상대가 너무나 하찮기에 어이없어 웃는다는 인상을 주어야 하는 것이다. 특히 상대가 발끈해서 대들 때면 눈을 똑바로 쳐다보며 '까불다가는 다친다, 얘야' 하는 경고의 웃음을, 상대가 역사적 사료 혹은 세세한 연도를 줄줄 읊을 때면 허공을 보며 '하하, 귀엽군' 하는 경탄의 웃음을 지어야 한다. 현교수 앞에서 내가 보인 웃음은 둘 다였다.

현교수의 말이 이어졌다. "주패가 죽고 나서 이 칼은 진나라 황실로 들어갔습니다. 진나라가 망한 후 어떤 목적에서인지 한나라의 유명한 자객인 수윤보에게 전해졌고, 요하의 변절 이후 장거정에게 수윤보가 살해당하자 다시 갑부인 조범에게로 넘어갔습니다. 조범은 이 칼을 가보로 삼아 소중히 여겼다지요."

"조범" 하고 나는 피식 웃으며 말했다. "삼국시대 사람인 상산 조운, 즉 조자룡과 관련이 있는 인물 아닙니까?"

"맞습니다." 역시 의외라는 듯, 미소 띤 얼굴로 고개를 설레설레 저으며 현교수가 말했다. "이쪽에 대해 해박하시군요."

"약간 압니다." 슬그머니 부아가 솟은 나는 일단 그의 말에서 튀어나온 허점을 짚기로 했다. "그런데, 무언가 좀 이상하군요. 조범이 이 칼을 가보로 간직했다고요? 조범은 용담이라는 창을 선물해서 유비 휘하에 있던 조운을 회유하려다 오히려 그 창에 죽음을 당한 자가 아닌가요? 그래서 조운이 저 유명한 장판파 싸움에서, 하후은을 죽이고 빼앗은 조조의 청홍검 대신 용담을 사용했잖습니까." 말을 하고 나자 혹시 함정이 아닌가 하는 의구심이 들어 불안해졌다.


## 말 돌리기와 문답법

현교수는 차분하게 대답했다. "말씀대로입니다. 『삼국지』에 그렇게 씌어 있지요. 하지만 조범은 용담이라는 창만 갖고 있던 게 아니었습니다. 은원이라는 찌르기 전용 창, 귀영쌍검으로 불리는 한 쌍의 양날 칼, 그리고 빨대처럼 빈 공간이 숨어 있어 그 안에 복어의 독이 든 암살용 단검인 하시단도 갖고 있었습니다. 말하자면 병장기 애호가였던 셈이지요. 그런데……" 잠시 말을 멈춘 현교수의 얼굴에 이죽거리는 웃음이 피어올랐다. "그런데 장판파 싸움이라니요, 설마 교수님께서는 조운의 그 전설적인 활약이 실제로 있었던 역사적 사실이라고 믿고 계시는 건 아니겠지요?"

전형적인 말 돌리기 수법이다. 은원이니 귀영쌍검이니 하시단이니, 검증되지 않은 책에서 간혹 보이는 이름을 아무렇게나 갖다 댄 후 상대가 반격하기 전에 다른 화제로 후딱 넘어가는, 그 따위 수법. 사실상 말 돌리기의 달인에게는 사전에 엄격히 합의된 주제도 별 소용없다. 틈만 보였다 하면 슬그머니 자기가 하고 싶은 얘기로 끌어가버리니 말이다. 하지만 조자룡과 장판파라면, 그건 현교수가 판단을 잘못한 것이다. 바로 지난달에 나는 모 방송국에서 '실리와 의리'라는 주제로 장판파 전투를 강연한 적이 있기 때문이다.

"현교수님은 그럼 장판파 싸움이 없었다는 말씀이신지요?" 그가 말을 돌리고, 나는 그가 돌린 쪽에 기꺼이 집중해준 셈이다. 또 돌리더라도 역시 집중해줄 자신이 있었다. 얼마든지 네가 원하는 주제로 돌려보렴, 이 82학번 애송이 녀석아. 나는 머릿속을 헤집어 장판파 파일을 꺼내고, 거칠게 훑어 내리며 내 기억의 완벽함을 재차 확인했다. "어떤 근거로 말씀하시는 건지 알려주실 수 있겠습니까?"

현교수가 웃음을 흘리며 반문했다. "먼저, 장판파 싸움에서 조운의 역할에 대해 교수님께서는 어떻게 생각하고 계시는지 듣고 싶습니다. 그래야 우리 사이의 이견이 어떤 건지 알고, 그것을 조율해나갈 수 있지 않겠습니까?"

나는 흠칫 놀랐다. 현교수는 내가 생각했던 것보다 훨씬 교활한 인물이었다. 그는 방금 저 고전적인 소크라테스의 문답법을 사용한 것이다. 지적 논쟁을 즐기는 사람들 사이에서 소크라테스의 문답법은 혐오의 대상이다. 문답법을 사용할 때는 알려주길 간청하는 자세를 취하는 것이 예의이므로, 그 예의 뒤에 숨어 자신의 무지를 감출 수 있기 때문이다. 따라서 계속해서 질문만 퍼부어대는 문답법은 무식한 선생이 존경받으며 살아남을 수 있는 절호의 처세술이기도 하다.

문답법이 혐오의 대상인 이유는 그뿐만이 아니다. 문답법은 상대의 지식 정도를 사전에 테스트하는 무례한 기술이다. 상대가 대답하는 과정에서 무심코 '변증법'이라는 단어를 사용했다고 하자. 그러면 질문자는 제논과 헤겔, 마르크스 등 변증법과 관련된 모든 인물을 들먹이며 상세한 설명을 요구할 것이다──자기가 얼마나 알고 있는지와는 상관없이. 이러한 과정에서 질문하는 자와 대답하는 자의 신분은 검사와 피의자의 관계처럼 일률적인 상하구조로 나뉘게 된다.

　또한 문답법은 상대를 일방적으로 불리하게 몰아간다. 상대가 자신이 아는 바를 얘기한다면, 즉 자신이 들고 있는 카드를 내보인다면 질문자는 그에 맞춰 자신의 전략을 수정할 수 있다. 예를 들어 상대가 1 더하기 1은 2라 말했다고 하자. 이는 산술적으로 옳은 계산이다. 하지만 일단 상대가 그런 말을 해버리고 나면, 질문자는 난처한 표정을 지으며 슬그머니 이진법상의 답인 10을 말하고, 그 순간 상대는 십진법만을 진리라고 믿는 편협한 멍청이가 되어버린다. 그런 봉변을 피하기 위해 미리 십진법에서는, 이라는 단서를 붙였다고 하자. 그럼 질문자는 수학적 검증은 수학 자체를 통해서만 가능하기에 불가능한 검증이 언제든 존재할 수 있다는 괴델의 정리를 읊거나, 더 못된 놈이라면 아핀 변환이 무작위로 반복된 2.44차원 프랙탈 모형의 비대칭적 확산유한집성이론을 들먹이며 자연수 체계 자체를 혼란시킬 것이다.

## 상대가 모르는 예를 들기

그래서 나는 이렇게 대답했다. "제가 알고 있는 건 이미 현교 수님도 잘 알고 계시겠지요? 나관중(羅貫中)의『삼국지연의』 말고 진수(陳壽)가 쓴『정사 삼국지』, 주희(朱熹)의『통감강 목』, 증선지(曾先之)와 유염(劉剡)의『십팔사략』, 사마광(司馬 光)의『자치통감』…… 아, 또 뭐가 있을까요? 아무튼 그런 것 들, 물론 중국인의 기질로 미루어 보아 모두 사실이라고 믿을 수 는 없지만, 그래도 그걸 능가할 사료가 현재로서는 없으니까요."

반문이 섞인 이 광범위하고 가치중립적이며 표준적인 답변을 통해 그의 시도는 무위로 돌아갔다. 사실 이런 대응은 그다지 창의적이지 않다. 그러나 오늘날 문답법을 사용하는 논쟁가가 드물기 때문에 굳이 참신한 방어책을 궁리할 필요도 없다. 첫 번째 공격에 실패한 현교수는, 그럼에도 여전히 미소를 잃지 않 은 채 서가 쪽으로 걸어가 책을 한 권 뽑아왔다.

"자 여기, 기원 후 410년경에 편찬된 중국의 삼국시대에 관한 역사책이 있습니다. 교수님께서는 이 부분에 관심이 있으실 것 같군요. 제가 한번 읽어드리겠습니다."

그가 책을 읽기 시작하자 기가 막혀 할 말을 잃었다. 동아시 아를 전공하는 학자로서 나는 북경 표준어를 비롯한 7대 중국 방언과 타이어, 몽골어, 베트남어, 일본어, 버마어, 라오어, 말레이어, 자바어, 힌디어, 심지어는 러시아어까지 고급 수준으로 배웠다. 하지만 고대 중국어라면 극히 난해하여 언어학자들조차 기피하기로 소문난 언어 아닌가. 내 귀에는 중풍으로 혀가 돌아간 경극 배우의 대사처럼 띠왕띠왕 쏼라쏼라 하는 소리만 들려왔다. 꼴을 보아하니 이 빌어먹을 자식은 구전되던 그대로의 분위기를 살린답시고 감정까지 섞어 읽는 중이었다. 뒤통수가 찌릿하면서 난데없이 이상한 말발굽 소리마저 들려오는 것 같았다. 하지만 진정한 일류 논쟁가는 이런 상황에서도 섣불리 행동하지 않는 법, 나는 귀를 기울이는 척하면서 조심스럽게 미소 지었다.

이 분가량 온갖 과장된 제스처를 취해가며 읽고 난 현교수가 자랑스러운 얼굴로 이마의 땀을 닦고는 책을 내려놓았다. 귀엽다는 듯이 웃으며 박수를 서너 번 쳐주는 것으로 모욕을 해버렸지만, 그가 내려놓은 책을 보자 표정 관리가 여의치 않을 정도로 기분이 나빠졌다. 하남성 쪽의 문서인 듯 『명유통사(冥洧通史)』라는 제목을 달고 있는데, 배자(配子)가 엉망이었고 휘갈긴 서풍(書風)도 끔찍했다.

"전한 시대에 끈으로 엮어진 목편의 문서를 말아서 진흙으로 봉하고 도장을 찍은, 일명 봉니(封泥)를 그대로 옮긴 것입니다. 옮긴이의 신원은 알 수 없으나 초지법(抄紙法)으로 보아 후한 말기의 서적으로 추측됩니다." 잘난 현교수의 말이었다.

그 정도쯤이야 나도 첫눈에 알아본 것이다. 문제는 내가 지금

저걸 읽지 못한다는 것뿐이다. 이 역시 현교수의 연구실로 따라 들어온 실수 때문에 치러야 할 대가라는 생각에 속이 쓰렸다. 그런데 후한 말기라고? 나는 즉시 의문을 제기했다. "현교수님, 그렇다면 이건 장판파 싸움과 무관한 것 아닙니까? 장판파 싸움은 후한 다음인 삼국시대의 일이니 말입니다." 아아, 말을 하고 나니 섣불렀다는 후회가 밀려왔다. 설마 현교수가 그걸 몰랐을까. 수업 시간에 질문하는 무식한 학생들처럼 현교수의 의견 개진을 도와준 꼴이다. 궁금증을 제때제때 풀어주는 친절한 선생님처럼 현교수가 대답했다.

"물론 그렇지요. 이 『명유통사』는 장판파 싸움으로 알려진 사건이 일어나기 전에 씌어진 책입니다. 그런데 제가 아까 읽어드린 부분—아니 설마—혹시, 교수님께서는 고대 중국어를 못하시나요?"

## 정신없이 들이대기

아버지가 내 기를 죽이기 위해, 나 자신이 지독한 멍청이며 천하에 쓸모 없는 녀석이라는 것을 입증하기 위해, 당신과 어울려 따뜻한 밥을 먹을 자격이 없음을 알려주기 위해 펼쳐 보인 논쟁의 기술은 무수히 많다. 그중에서도 나를 가장 괴롭혔던 건, 나름대로 진지하게 제기한 반박에 대해 별 우스운 놈도 다

본다는 투로 폭소를 터뜨리는 기술이었다. 순식간에 상대를 바보로 만들어버리는 그 웃음에 실려 내 유년의 저녁은 원망 혹은 자책의 어둔 기슭을 향해 흘러갔다.

하하, 하고 현교수가 크게 웃었다. 내가 가장 싫어하는 스타일로 웃었다. 내게 매운 상처의 기억이 또렷하게 남아 있는, 그런 웃음이었다. 그 소리가 우리를 둘러싼 수백 년 된 책들에 부딪혀 되돌아왔다. "이거 실례했습니다. 그것도 모르고 저 혼자 열심히 읽었군요. 하하, 이거 웃어서 미안합니다. 하하."

절대로 미안한 표정이 아니었다. 나는 얼굴이 달아오르는 것을 느끼고는 얼른 찻잔으로 가렸다. 그는 온몸을 배배 꼬며 웃어대느라 거의 의자에서 굴러 떨어질 지경이었다. 내 아버지가 저녁식탁에서 끝없이 반복해서 그랬듯이 말이다. 아버지를 생각하며 퉁명스럽게 대꾸했다. "고대 희랍어나 라틴어, 또 고대 이집트의 민중문자인 디모틱 정도는 알지만 나 원 고대 중국어라니, 그걸 배우는 사람이 있다는 사실조차 오늘 처음 알았군요. 아무튼 방금 전에 읽으신 부분은 어떤 내용입니까?"

현교수가 천천히 얼굴에서 웃음을 지우며 자리에 앉았다. 차갑게 식어버린 찻주전자를 들더니, 잠시 주저하다가 남은 차를 내 잔에 모두 따라버렸다. "방금 전에 제가 읽은 건……" 현교수가 뻔뻔한 표정으로 말했다. "바로 장판파라는 곳에서 벌어진 어느 싸움의 기록입니다. 오익이라는 마을과 유허촌이라는 마을의 장정들이 장판파에서 마주쳤습니다. 숫자는 유허촌 쪽이 훨씬 많았지요. 결국 오익의 장정들은 도망쳤는데, 그 우두머리인 길량이라는 자의 아내와 아이가 뒤에 처졌습니다. 이에 부하인 공려가 적진으로 달려들어 길량의 아이를 구해옵니다. 한편 길량의 또 다른 부하인 염증도는 장판교에 단신으로 버티고 서서 유허촌 장정들을 향해 고함을 지르고, 이때 마율성이라는 유허촌의 거한이 놀라 장판교 밑으로 굴러 떨어지고 말지요."

"흡사하군요." 내가 심드렁하게 말했다.

"똑같지요." 현교수가 오른손 검지로 허공을 찔러대며 쏘아붙였다. "오익은 신야의 백성을 비롯한 유비의 장수들이고, 길량은 유비입니다. 부하인 공려는 조운 자룡이며 그가 구해온 아이는 유비의 아들 유선입니다. 염증도는 장비이고, 다리 밑으로 굴러 떨어진 거구의 유허촌 장정은 장비의 고함 소리에 놀라 낙마한 하후걸입니다."

"그러니까 지금 현교수님 말씀은……" 나는 살짝 당황스러운 듯이 말했다. "『삼국지』의 장판파 싸움이 날조되었거나, 최소한 표절이라는 건가요?" 현교수가 그렇다고 말한다면 나는 방금 전 현교수가 했던 것보다 훨씬 과격하게, 길게 웃기로 작정했다.

하지만 그럴 수가 없었다. 현교수가 내 질문에 대답하는 대신 뒤돌아서 몇 권의 책을 더 꺼내왔기 때문이다. 그중 한 권은 높은 곳에 있어 사다리를 타고 올라갔는데, 위태롭게 휘청거리면서도 떨어지지 않도록 한쪽 팔로 사다리를 단단히 붙잡아 나를 몹시 안타깝게 했다. 그 모습을 볼 때 내 뒤통수에서는 자꾸만 '다가닥 다가닥' 말발굽 소리가 들려왔다.

"자, 이것은 지금의 중국 호북성 당양현 동북 방향, 장판파라는 곳에서 벌어진 싸움을 기록해놓은 남북조시대 사관 오윤조(吳允朝)의 글입니다. 이 글에는 장판교라는 다리는 전혀 등장하지 않습니다. 또 이것은 아까 교수님께서도 안다고 말씀하신, 『십팔사략』의 저자 증선지(曾先之)가 남긴 일종의 일기입니다. 증선지는 이 글을 통해 장판파에서의 조운의 활약에 대해 심각한 의문을 제기했습니다. 이 책은 역시 교수님께서 앞서 언급하신 『자치통감』의 저자 사마광(司馬光)의 서신집입니다. 사마광은 장판파 싸움의 일부는 인정하지만, 특히 조운의 가공할 만한 활약이나 장판교에서 장비의 사자후는 단정적으로 부인했습니다. 또 이 책은 이렇고 저렇고……."


## 말허리 자르기

"율리우스 시저를 누가 죽였는지 아십니까?" 난데없는, 게다가 한창 설명하는 중에 튀어나온 내 질문에 현교수의 얼굴에는 당황하고 분노한 기색이 역력했다. 미안합니다, 하고 나는 속으로 이죽거렸다. 당신 말허리를 잘라먹기엔 지금이 딱 적당한 순간이라 그랬어요.

"시저의 양자인 마르쿠스 유니우스 브루투스라고 보통 얘기하곤 하지만, 시저의 양자는 옥타비아누스 한 명뿐으로 그는 시저의 양자가 아닐뿐더러, 혼자 죽인 것도 아니지요. 카시우스 롱기누스, 트레보니우스 등 열네 명과 함께 기원전 44년 3월 15일에 단도로 찔러 죽입니다. 기원전 44년이라니, 아주 오래된 일이지요. 그러므로 역사책 외에는 탐문수사 기록이나 혈액 DNA 감식 증명서, 스물네 각도에서 찍은 기초 현장사진 등 그 어떠한 증거도 남아 있지 않습니다. 또한 많은 학자들은 시저가 『갈리아 원정기』에서 '젊은 브루투스'라고 애정이 담긴 어투로 지목할 만큼 깊이 신뢰하던 부하인, 게다가 유언장에 제2의 재산상속인으로 지명하고 제1의 상속인인 옥타비아누스의 후견인 겸 유언 집행인으로 삼을 정도로 사랑했던 데키우스 브루투스가 바로 '브루투스 너마저'의 주인공이자 시저 암살의 주역이라고 봅니다. 한술 더 떠서, 비무장지대인 원로원에는 시저를 포함한 그 누구도 무기를 소지할 수가 없었고, 따라서 시저는 원로원에서 독살되었으며, 저 유명한 암살 장면은 실력자들을 한꺼번에 물리치려 했던 원로원의 사후 대본이라고 주장하는 학자도 있습니다. 이렇게 암살 과정과 의도, 암살자의 신원, 현장에 대한 견해가 분분합니다. 그렇다면 원로원에서의 시저의 죽음, 더 나아가 율리우스 시저의 존재 자체도 부정되어야 할까요? 케네디 암살의 자료들이 미 상원조사위원회에 의해 조작되었다 하여 케네디가 아직 살아 있다고 얘기하실 수 있겠습니까? 제가 보기에 현교수님의 주장은 그것과 하등 다를 바 없습니다."


## 반말하기

"다르지. 아무렴, 완전히 다르고말고!" 현교수가 얼굴을 붉히며 다짐하듯 말했다. 그런데 요 새끼 좀 봐라, 나한테 반말을 하네?


## 몰아세우기

어느 날, 중학교에서 돌아온 나는 아버지와 저녁식탁에 앉아 비교종교학에 관해 논쟁을 벌였다. 아버지의 습관적인 오만으로 인해 나는 불트만을 옹호하는 입장을 선점할 수 있었고, 아버지는 근거가 희박한 엘리아스 카네티의 후기 저작을 주요 무기로 삼았다. 그때 나는 불트만의 엄청난 대작인『비교종교학』에 나오는 거의 모든 논증을 두 시간에 걸쳐 쏟아내었다. 식탁의 음식은 이전과 달리 아버지의 것이 아닌, 아버지를 몰아붙이는 내 침으로 뒤덮였다. 아버지가 14세기 이슬람 울라마들의 견해를 이용해 몇 마디 응수했지만, 이 또한 10세기 알 가잘리의『이슬람 종교학의 부활』서문을 통째로 암송함으로써 멋지게 격퇴하였다. 생명을 줄 힘을 가진 정령이 특정한 나무 그늘에서 재현된다는 믿음과 그 정령을 숭상하는 바라족의 신앙이 불트만에게는 선별적이며 예외적으로 인정되었다고 아버지가 지적하자, 나는 고대 페르시아어로 기록된 배화교 경전 중 가장 오래된 『가타』의 「아베스타」를 통해 저 마다가스카르어를 사용하는 바라족 신앙의 원류를 보편성 차원에서 논증했다. 아버지가 『구약성경』 중 「레위기」의 한 구절을 인용하자 나는 즉각 아우구스투스와 마르쿠스 아우렐리우스, 조셉 캠벨과 E. H. 카와 호이징가, 그리고 토머스 불핀치를 끌어들였다. 그러한 끊임없는 몰아세우기가 마침내 내 인생에 있어서 첫 승리를 불러왔다. 아버지가 고개를 숙이고는, 묵묵히 젓가락을 들어 차갑게 식은 음식을 입에 쑤셔 넣음으로써 승복한 것이다.

"어떻게 다르지요? 지금 당장 그 차이를 말씀해주시지요." 현교수가 평정을 잃은 걸 눈치 챈 나는 멈추지 않고 몰아세웠다. "간단명료하게 설명해주시기 바랍니다. 케네디가 아직 살아 있는 건지, 시저가 태어나지 않았던 건지. 그거 참 대단히 궁금하군요. 유감스럽게도 저는 이제껏 완전히 잘못된 역사책들을 읽어왔나 봅니다. 헤로도토스의, 투키디데스의, 플루타르크의, 사마천의, 아니 전 세계의 모든 역사책이 잘못되었던 거군요? 이제 역사의 진실을 가여운 제게도 알려주시지요. 보시다시피 저는 지금 교수님의 견해를 똑똑히 들을 만반의 준비가 되어 있습니다. 그리고 제가 들은 바를 동아시아역사학회의 동료 교수들에게도 널리 알리도록 하겠습니다. 분명히 그들도 현교수님의 견해를 듣고는 깊이 반성할 것입니다. 자, 이제 시저와 케네디, 그리고 조자룡의 진실을 알려주시지요. 혹시 시간이 남으신다면 알렉산더 대왕, 진시황, 강감찬 장군, 아리스토텔레스, 이솝, 예수, 석가모니, 마호메트의 진실도 밝혀주세요. 그들은 실존했나요; 아니면 죄다 사기꾼 같은 역사가들이 지어낸 소설 속 인물인가요?"

## 괴상한 어법

나는 아버지를 이기던 날의 풍경을 똑똑히 기억한다. 길고 정열적인 시간이 지난 뒤라 무척 배가 고팠지만 허기를 채우고 싶은 마음은 조금도 없었다. 오히려 그 음식들을 모조리 쓸어버리고는 아버지와 함께 식탁 위에 올라가 춤을 추고 싶었다. 아버지가 나를 무척 자랑스러워하리라고 생각했다. 덥석 껴안고는, 당신 아들이 난생처음 쟁취해낸 승리를 축하해줄 것이라 믿어 의심치 않았다.

그건 잘못된 생각이었다. 아버지는 말없이 식사를 마치고는 냅킨으로 입술을 닦았다. 그리고 냅킨을 뒤집어 눈가에 맺힌 눈물을 꾹꾹 눌러 훔쳤다. 알알이 젖어가는 냅킨 너머에는 울음을 참기 위해 지은 어색한 미소가 있었고, 그 애처로운 퍼포먼스 너머에는 무참한 굴욕의 경련이 있었다. 상대가 아들이더라도 논쟁에서의 패배는 죽음과 같은 고통이었던 것이다. 잠시 후 아버지는 냅킨을 내려놓는 대신 넓게 펴 얼굴을 모두 덮었다. 그리고 두 손으로 감싼 채 머리를 고요히 식탁에 처박았다.

정적이 흐르던 그 저녁, 급격하게 늙어버린 아버지의 가냘픈 어깨를 나는 잊을 수가 없다. 그가 아버지였으므로 나는 아팠다. 하지만 항복한 자의 경멸스러운 모습에서 내가 받은 기묘한 희열은 육친을 향한 애정보다 강했다. 나는 자리에서 일어나지도, 눈을 돌리지도 않고 이 모든 상황이 만들어내는 중독을 받아들였다. 그날 이후 짧은 평화가 찾아왔다. 아버지와 나는 논쟁이 사라진 식탁에 둘러앉아 담소를 나누며 김이 모락모락 피어오르는 음식을 먹었다. 서로 반찬을 집어주는 저 평균적이고 다정한 식사의 자리에서 나는 행복했다. 그땐 정말 행복했다고, 두 손으로 달을 가리켜 맹세할 수 있다. 그렇지만 내 안의 무언가가 끊임없이 다른 종류의 행복을 요구했다. 그리고 그건 아버지가 내게 가르쳐준 것이었다. 며칠 후 나는 식탁에 앉자마자 굶주린 듯 논쟁거리를 끄집어냈다. 나는 더 이상 어리지 않았다. 약하지도 않았다. 게다가 이기는 방법까지 알고 있었다. 어렵지 않게 아버지를 패퇴시켰다. 더 큰 수모를 피하려고 개처럼 배를 드러내며 누운 아버지를 거칠게 모욕했다. 그리고 다시는 고개를 빳빳이 쳐들지 못하도록 깊고 깊게 밟았다. 뜻대로 되자, 숟가락을 내려놓고 다른 상대를 찾아 나섰다——더 이상 나와 함께 식사할 자격이 없는 아버지를 버리고서.

　나는 흥분했다. 오랜 방랑 끝에 드디어 맞수를 찾아내고야 말았다. 내 아버지를 수치스럽게 고꾸라뜨렸던 몰아세우기 기법마저—내 짐작이 맞다면—현교수는 방어할 준비를 하고 있는 것이다. 내 말이 모두 끝나기도 전에 이미 평정을 되찾았고, 찻잔을 들었다 놓으면서 생각을 정리할 시간을 벌었다. 온몸이 감동으로 뜨겁게 달궈졌다. 나는 지금 누구와 마주하고 있는 것인가? 또 당신은 지금 누구와 마주하고 있는 것인가? 우리 모두는 같은 종류의 슬픈 인간, 논쟁에 중독되어 사랑하는 사람을 잃어본 경험이 있는 자들이다. 나는 극도로 흥분했다. 아버지를 능가하는 사람, 내 앞에 앉아 있는 이 거대한 사람.

　이윽고 현교수가 평온한 표정으로 입을 열었다. "논의를 확대하지 마시지요." 그리고 잠시 눈을 감았다. 그가 어떤 방식으로 반격할지를 기다리며 나는 온몸이 팽팽하게 긴장됨을 느꼈다. 과연 이 상황을 어떻게 뒤집을 것인가. 내 아버지처럼 꼬리를 말며 승복할 것인가, 아니면 촌스럽게 억지를 쓸 것인가. 내가 쏘아 보낸 화살은 한 치의 흐트러짐도 없이 정교하다는 것을 나는 알고 있다. 이 상황에서는 내 주장을 일일이 또는 전체적으로 반박하는 것이 논리적으로 불가능하다. 그러나 달리 생각해본다면, 논쟁의 고수로서 충분히 예상할 수 있는 수준의 공격이었다. 이대로 물러서지는 않을 것이다. 나는 아기 코끼리 덤보처럼 귀를 팔랑거리며 현교수의 입에 집중했다. 이윽고 현교수가 눈을 뜨고는 고요히 말을 이었다.

"지금 우리는 조자룡의 활약이 진수의 『삼국지』에 나온 그대로인지를 논의하고 있습니다. 그리하여 만약에, 장판파적으로 논의의 초점을 돌려보았을 때 유비의 신뢰와 더불어 유선의 구출이 진짜가 아니라면 도대체 뭐가 문제라서 자가복제적 모순을 드러내겠습니까?"

아니 도대체 이게 무슨 소리야, 하고 생각하고 있는데 현교수의 말이 이어졌다. "우리가 믿건 믿지 않건 조자룡이 멋진 인물이며 장판파 싸움은 이미 역사가인 진수에게 있어 중요한 분수령이고 그것이 몇 사람의 의도에서 나왔건 중복의미요소함수를 고려할 때 이현령비현령이라고 하듯 중국 역사의 상대적 총합에서는 마천루의 난쟁이와 같은 것입니다."

"난쟁이요?"

"난쟁이입니다."

"확실히 난쟁이입니까?" 그의 말을 거의 이해하지 못해 몹시 난처해진 나는 재차 확인해보았다. "펭귄처럼 귀엽고 뒤뚱뒤뚱 걷는?"

현교수가 회심의 미소를 지으며 고개를 끄덕일 때, 나는 그가 나를 혼란시키기 위해 의도적으로 괴상한 어법을 사용했음을 깨달았다. 아니면 내게 빌어먹을 최면이라도 걸고 있거나.

# 딴청 부리기

물론 처음 당하는 일은 아니다. 전에도 이런 기술을 사용하는 상대를 만난 적이 있다. 나를 비롯한 두 명의 논쟁가로부터 동시에 궁지에 몰렸던 어느 괴상한 작자는 이 기술을 비장의 카드처럼 꺼내들었고, 덕분에 나와 내 동료는 서로의 못생긴 얼굴을 한참 동안 들여다보고 있어야 했다. 나는 당시 내 동료가 뒤늦게나마 시도했던 저 효과적인 대처방식, 즉 딴청 부리기를 이용해보기로 마음먹었다. 마치 처음 보듯, 탁자의 가장자리에 놓여 있는 중국 칼을 가리키며 말했다. "그나저나 이 칼은 정말 멋지군요. 도대체 몇 명이나 베었을까요? 이런 칼이 등 뒤에 걸려 있으면 불안하지 않습니까? 허허, 저라면 누군가가 저 칼을 막 휘두를까 봐 겁이 날 텐데요. 혹시 늦은 밤 골목에서 괴한에게 칼에 찔린 경험은 없으신지요."

내 의도를 알아차렸는지, 현교수가 이마를 찡그리며 치사하게 굴지 말라는 표정을 지었다. 맞다. 사실 딴청 부리기는 논쟁을 코미디로 만들어버리는, 승자와 패자의 구분조차 무의미하게 만들어버리는 고약한 술수다. 하지만 논쟁에서 치사하지 않은 수법이라는 것이 어디 있는가 말이다. 방금 전에 현교수 자신도 괴상한 어법을 동원하는 치사한 짓을 하지 않았던가. 일단 논쟁이 시작되면 무슨 수를 써서라도 이겨야 한다. 그게 논쟁의 법칙이다. '내가 졌소' 혹은 '당신이 무조건 옳소' 하는 식의 비아냥 따위는 실수로라도 해선 안 된다. 역설이든 뭐든, 어떤 메타포가 있건 간에 승복은 결코 입에 올려서는 안 되는 것이다. 그런 비정한 게임에서 깨끗한 패배 따위가 있을 리 없다. 논쟁의 끝에는 언제나 한껏 웃어젖히는 승자와, 극심한 치욕감에 휩싸여 눈물과 함께 실어증세를 보이는 패자만이 존재한다.

"장판파 싸움을 믿으신다면," 한 수씩 접고 그만 본론으로 돌아가자는 듯이 현교수가 말했다. "그 싸움에 동원된 조조의 군사가 백만 대군이었다는 것도 믿으시겠군요. 또 장비의 사자후에 하후걸이 낙마했다는 것도, 조자룡이 온몸을 난자당하며 구해온 유비의 아들 유선이 그 격렬한 싸움의 와중에 곤히 잠들어 있었다는 것도. 어디 한번, 그건 거짓말이고 나머지는 모두 사실이라고 말씀해보시죠. 관우의 양자인 관평, 초나라 마지막 명장인 요화가 실존 인물인가요? 그렇게 믿으시나요? 그렇다면 저팔계도 믿으시겠군요." 하하, 과장되게 웃으며 현교수가 말했다. "저팔계를 정말 믿으신다면 이거 죄송한 일인데, 어찌하여 나는 순박한 교수님께 그런 실례를, 하하."

그 정도에 약이 오를 내가 아니다. 나는 눈 한번 깜빡하지 않고 계속해서 딴청을 부렸다. "근데 이상한 소리가 안 들리시나요? 저는 아까부터 자꾸 말발굽 소리가 다가닥, 다가닥 들려오네요. 이거 76학번이라서 귀가 이상해질 나이가 된 건가? 그런데 현교수님은 82학번이시지요? 저희 때는 선후배 사이가 아주

엄했는데. 기합도 주고, 오월의 떠돌이 개처럼 막 두들겨 패기
도 하고, 허허."


## 막나가기

 갑자기 현교수가 찻주전자를 옆으로 쳐서 떨어뜨렸다. 우아
한 백자 찻주전자가 수박 깨지는 소리를 내며 박살났다. 파편은
이리저리로 튀었으며, 그중 하나는 내 구두에도 맞았다. 그 순
간 기괴한 정적이 연구실을 감돌았다. 머리카락이 곤두섰다. 머
리카락뿐 아니라 온몸의 털이, 심지어는 내장에 난 융털까지도
모두 빳빳하게 곤두서버렸다.
 "하지만 지금은 시대가 달라졌지요, 안 그렇습니까?" 파편을
주울 생각 따위는 전혀 없다는 듯이 소파에 편히 기댄 채, 손가
락 끝으로 나를 가리키며 실실 웃었다. 아찔했다. 뒤통수에서 말
발굽 소리가 들렸다. 아까보다 훨씬 생생하게 들려왔다. 분명 이
건물 어딘가에서 한 마리 말이 배회하고 있는 것 같았다. 머리
가 욱신거렸다. 이 비열한 현교수에게, 나는 믿을 수 없을 만큼
험한 꼴을 당하고 말았다. 턱이 부들부들 떨렸다. 막나가기―
나는 속으로 뇌까렸다. 그건 우리처럼 입으로 먹고사는 사람들
사이에서는 절대로 하지 말아야 할 짓거리인 것이다. 우리의 언
어 중 '어이, 그 사람이 논쟁에서 막나갔대'라는 문장은 늘상

'거 참 상종하지 말아야 할 쓰레기 같은 놈이네'라는 말을 뒤에 달고 다닌다. 이제껏 수많은 논쟁가들이 극심한 패배의 위협 앞에서도 막나가기만큼은 피해왔다. 논쟁에서 이긴다면 명예를 얻지만, 막나감으로써 얻은 승리는 오히려 그의 명예를 깎아내리기 때문이다. 그러나 현교수는 방금 전에 막나갔다. 나는 비로소 깨달았다—애초부터 그의 목표는 논쟁에서 이겨 명예를 높이는 것이 아니라, 무슨 짓을 저지르던 간에 나를 꺾고 승리를 쟁취하는 것이었다. 나는 이 논쟁에서 반드시 이겨야 할 이유를 하나 더 추가하였다. 이렇게 엉망으로 논쟁하는 자에게는 참혹한 패배를 맛보게 해준 후 이 바닥에서 영원히 추방해버려야 한다. 막나가기라니, 나는 정말 형편없는 개자식과 논쟁을 하고 있는 것이다. 하지만 당장은 부적절한 태도 따위를 문제삼을 여유가 없다. 이 모든 발악을 극복하고 무조건 논쟁에서 승리해야 한다. 그 방법으로 나는, 일단은, 조금 부끄럽지만 그와 똑같은 짓을 저지르기로 마음먹었다. 이 소리 들리지 않나요, 하고 낮게 속삭였다. 제대로 듣지 못해 이쪽으로 귀를 가져올 수밖에 없을 만큼 작은 소리였다. 예상대로 그가 예? 하고 반문하며 상체를 기울여 내 쪽으로 다가왔다.

"다가닥, 다가닥 이 소리……," 나는 현교수의 귀가 거의 내 입 바로 앞에 올 때까지 기다리면서 숨을 가득 들이켰다. 그 상태로 이를 악물고 단전에 힘을 끌어 모았다. 양 주먹을 꽉 쥐고 발가락들도 신발 밑창을 향해 바짝 세웠다. 그리고 내 육체와

지성과 영혼에 내재된 모든 힘을 폭발시키며 고함질렀다. "안 들리냐고요오오오!"


## 서둘러 결론 내리기

기겁해서 뒤로 물러나 앉은 현교수는 고막이 반쯤 찢어진 표정이었다. 고막이 반쯤 찢어진 상대와의 논쟁이라면 거의 이긴 거나 다름없다. 논쟁에 들어가기 전에 우리는 항상 신체의 모든 기능을 최고조로 끌어올린다. 어디 한 군데라도 부족한 점이 있다면 그곳은 곧 약점으로 작용한다. 남들보다 뛰어난 점은 상대를 모욕하는 일에 있어 선봉이 된다. 나는 남들보다 고함을 잘 지르는 장점을 갖고 있다. 그리고 그 장점이 현교수의 고막을 반쯤 찢어놓은 것이다. 한동안 현교수는 소파에 등을 기댄 채 나를 노려보고만 있었다. 어찌나 놀랐던지 얼굴이 검게 익어버렸는데, 그럼 음성균인 단간균(短桿菌)에 감염된 것처럼 보였다. 흑사병 말이다. 정말로 흑사병에 걸렸을 리야 없지만, 논쟁 중에 이런 얼굴색이라면 뭐 별반 다를 것도 없다.

그가 조금 안쓰러워 보였다. 하지만 막나가기는 내가 시작한 게 아니다. 찻주전자를 깨뜨림으로써 그가 먼저 시작했다. 나는 현교수의 입술을 주목함으로써 이 논쟁이 어떻게 끝날 것인지 예측해보았다. 내가 압도적으로 유리했다. 반쯤 찢어진 고막이야 곧 붙겠지만, 화들짝 놀라면서 상실한 전의는 쉽게 되찾을 수 있는 것이 아니다. 이겼다——고 생각했다. 내가 완전히 이 겨버린 것이다. 현교수의 멍하니 닫힌 입술은 확실히 그런 의미였다. 논쟁에서 침묵은 훌륭한 도구가 될 수 있지만, 오로지 압도적인 우위를 점한 자만이 사용할 수 있다. 바로 나 같은 사람 말이다. 현교수는 우아하게 침묵할 자격을 상실했으며, 그의 침묵은 패배의 증거일 뿐이다. 밤이 깊어가고 있었다. 먼 과거를 추억하는 역사학자들의 시간이다. 어쩐지 마음이 느긋해져 현교수의 어깨에 손을 얹고 셸리의 낭만적인 시라도 읊고 싶었다.

그러나, 그러나 복병은 의외의 곳에 숨어 있었다. 적의를 푼 눈으로, 아니 한술 더 떠 예의 그 저열한 미소까지 입가에 단채 현교수는 말을 하기 시작했다. 처음에는 깊어가는 밤을 들먹였다. 너무 늦었다는 얘기였다. 목을 움직이고, 팔다리를 휘저었다. 이건 자기가 좀 고단하다는 제스처였다. 나는 이러한 행위가 궁극적으로 무엇을 의미하는지 전혀 눈치 챌 수 없었다. 그다음으로 현교수는 테이블에 놓인, 장판파 전투에서 조자룡의 활약이 사실무근이라는 근거로 가지고 온 책들을 아무렇게나 뒤적였다. 그러고는 모두 덮은 후 차곡차곡 쌓았다. 제시한 자료들을 테이블에서 철수시키겠다는 신호였다. 그때까지도, 나는 현교수의 교활한 마지막 술책을 조금도 예상하지 못했다. 오히려 그가 논쟁을 포기하려는 것 같다고 순박하게 오해하고 있었다. 그토록 많은 힌트가 주어졌음에도, 저 격렬한 치명타가 준비되던 시각에, 나는 천하의 멍청이처럼 입을 다문 채 앙증맞은 두 손을 내밀어 선물을 기다리고 있었던 것이다. 이윽고 현교수는 나를 향해 히죽 웃었다. 양팔을 넓게 펼쳐 테이블을 잡았다. 그리고 고개를 들어, 눈을 자신의 오른쪽 허공을 향해 치켜뜬 채 자, 하고 말을 시작했다. "이제껏 잘 들었습니다. 제가 제기한 가설에 대한 교수님의 반론은 크게 두 가지로 요약될 수 있겠군요. 먼저……"

세번째 문장이 시작되기도 전, 나는 내가 어떤 끔찍한 위험에 노출되었는지를 뒤통수를 얻어맞는 듯한 충격 속에서 깨달았다. 이 비열한 자가, 이 교활한 후레자식이, 이 천하의 개 쌍놈이 우리의 논쟁을 제멋대로 요약하고 결론 내리려 한다! 여태 격렬하게 논쟁해놓고는 자기가 불리해지자 갑자기 제삼자로서 냉정한 중재 역할을 자처하는 수작인 것이다. 그렇다면 이제껏 내가 제기한 의문과 화려한 논쟁술 따위는 모두 곁가지로 전락하고, 논쟁의 중심에는 현교수가 내세웠던 논리만이 일목요연하게 존재하게 된다. 누군가 내 머리채를 잡고는 뒤로 끌어당기는 듯했다. 머릿속에서는 '다가닥 다가닥' 엄청나게 큰 말발굽 소리가 들려왔다. 나는 황급히 말허리 자르기를 시도했다. "제가 말씀드린 것은 좀 다른데……"

"그러니까," 현교수가 단칼에 반박했다. 나는 그의 눈에서, 제물의 목에 이빨을 단단히 박고 난 맹수 특유의 차가운 희열을 읽었다. "간단히 말해 교수님의 의견은 승자든 패자든 역사에 기록되어 있는 모든 일화들은 회의할 필요 없는 사실이며……"

"아니 그게 아니고, 현존하는 사료들의 가치를 일정 부분 믿지 않는다면 모든 역사적 사건들은……" 나는 거의 울먹였다.

"그러니까," 현교수가 다시 내 부질없는 저항을 일축했다. "기록을 조금의 여과도 없이 믿고 전파해야 한다는 교수님의 취향은 매우 흥미롭지만 학자인 저로서는 받아들이기 힘든……"

'그러니까'를 거듭 들으며, 패배라는 녀석이 눈앞에서 서서히 형태를 갖추어가는 걸 보았다. 결국 최종적인 결정은 현교수가 내리게 되는 것이다. 우리가 나눈 모든 논의와 반론, 재반론과 반격이 내 적수의 시선에서 정리되고 있었다. 그 결론에 의하면 나는 일개 소설에 불과한 사료에 의지해 왜곡된 역사를 그대로 받아들인 얼치기 시정잡배이며, 현교수는 다양한 가설과 이견을 제시함으로써 역사의 진실을 향해 전진하는 참다운 학자인 것이다. '다가닥, 다가닥' 힘찬 말발굽 소리가 들려왔다. 힘이 쭉 빠졌고, 머리는 부서질 듯 아팠다. 나는 이토록 참혹한 패배를 한 번도 경험해본 적이 없었다. 세 시간 넘게 진행된 이 논쟁에서 나는 단 몇 초간의 방심으로 인해 패배를 당하게 되었다. 눈앞이 흐려졌다. 아버지, 아아 아버지. 저는 어찌하여 이 개자식을 물리치지 못하고, 어찌하여 당신의 아들로서 이런 수모를 당하고…… 외부에서 다친 감각들은 안으로 숨어들어 내 모든 혈관을 타고 흐르는 붉은 피의 마찰, 가스를 만들어내는 위장의 흐느낌, 발가락 사이로 고이는 땀의 축축함, 혀뿌리에서 스며

나오는 타액의 끈적임, 필사적인 저항을 무시하고 흐르는 눈물을 짚어내었다. 뒤통수가 견딜 수 없이 아팠다. 누군가 거기에 총이라도 쏴줬으면 좋겠다고 생각했다── 내가 이 논쟁에서 완전히 지기 전에, 마침내 끔찍한 굴욕을 당하기 전에. 소문은 계절처럼 학계 전체로 번질 것이고, 모든 동료 학자들은 현교수에게 한수 가르쳐 주겠다고 거만 떨던 내 지난날을 비웃을 것이다. 아, 나는 어찌하여 여기까지 따라왔던가. 어찌하여 아버지의 식탁을 떠나 이 황량한 무덤가로 왔던가. 뒤통수뿐 아니라 온몸이 아팠다. 아까부터 끊임없이 들려오던, 시멘트 바닥을 내딛는 말발굽 소리는 더욱 커졌다. 마치 연구실 문 바로 너머에 거대한 한 마리 말이 콧바람을 쉭쉭 내뿜으며 서 있는 듯한 느낌이었다. 나는 극도의 절망에 휩싸인 나머지 현교수의 눈을 외면하기 위해 문 쪽으로 고개를 돌렸다.

## 마지막 수단

그 순간 엄청난 굉음을 내며 연구실 문이 박살났다. 나무로 된 문은 산산조각이 되어, 그 파편이 뽀얀 먼지와 함께 안으로 쏟아져 들어왔다. 나는 깜짝 놀라 소파의 손잡이를 꽉 움켜잡았고, 현교수는 벌떡 일어나 입구를 바라보았다. 거기에는 진한 밤색의 엄청나게 커다란 말이 서 있었다. 코에서는 허연 김이

쉼 없이 뿜어져 나왔다. 바로 말발굽 소리의 주인공이었다. 그러나 그보다 무시무시한 건 말 위에 앉아 있는 험상궂은 얼굴의 사내였다. 구 척은 돼 보이는 그 거구의 사내는 피범벅이 된 고대 중국 스타일의 갑주를 온몸에 두른 채, 푸른빛이 감도는 길쭉한 날이 달린 창을 오른손에 움켜쥐고 있었다. 아래턱까지 덮은 미늘갑옷이며 높이 솟은 누런 구리 도금 투구, 정강이 가리개에 달린 두툼한 가죽장식들은 내가 예전에 무참히 능욕해버린, 삼국시대의 전투복식을 연구한 어느 동양학자의 주장과 완전히 일치했다. 말이 육중한 발굽 소리를 내며 연구실을 가로질러 다가왔다. 나는 손발이 떨려 일어나지도 못했다. 현교수 역시 선 채로 얼어붙어 있었지만, 그래도 이 방의 주인이랍시고 머리를 꼿꼿이 세운 채 딴에는 대단한 허세를 부렸다. 그 허세의 어느 지점에, 말 위의 사내가 길게 자란 수염을 들썩이며 버럭 호통을 쳤다. 그 소리에 사방의 책들이 부르르 떨었다. 사내는 창 자루의 끝을 바닥에 탕탕 내리치며 현교수를 한참 동안 꾸짖고 다그쳤다. 도저히 알아먹을 수 없는 언어였는데, 억양과 성조의 변화를 듣자하니 조금 전 현교수가 한껏 감정을 실어 읽어내던 고대 중국어와 비슷했다. 그 우렁찬 목소리는 또한, 단지 성대만을 이용해 자기의 존재를 알리고 상대를 무력화시키는 전설의 사자후 같았다. 그건 확실히 위력적이었다. 나는 현교수의 공포에 질린 눈과 절망에 사로잡힌 입술을 보았다. 고개가 힘없이 숙여지는 것도, 그의 사타구니 부분이 검게 젖어가는 것도 보았다. 말 위의 사내는 더더욱 목청을 높여 현교수를 몰아세웠다. 그 목소리만으로도 연구실의 책장이 무너지고 벽에 금이 갈 것처럼 여겨졌다. 마음만 먹으면 평범한 사람의 골을 하나 터뜨려버리는 건 문제도 아닐 것이다. 진정한——그렇다, 그는 진정한 논쟁의 화신이었다. 나는 경외감을 가지고 그에게 굴복했다. 눈빛을 보아하니 현교수 역시 모든 걸 포기한 듯했다. 귀가 멍해지면서 어지러웠다. 아찔함에 눈을 가늘게 떴다. 완벽한 승리를 확인한 사내는 마지막으로 고함을 한번 지르더니, 서까래 같은 발로 말의 옆구리를 차고는 앞으로 나아가며 창을 크게 휘둘렀다. 쉬악, 빛까지 잘려나갈 듯한 소리가 지나간 후 현교수의 상체는 천천히 옆으로 흘러내렸다.

사내가 말을 몰아 연구실 밖 어둠 속으로 모습을 감추고 나서, 저 거대한 말이 뿜어내던 뜨거운 호흡이 사방으로 흩뿌려지고, 또 규칙적인 말발굽 소리도 완전히 사라지고 나자 나는 살해당한 현교수의 시신으로 눈을 돌렸다. 오른쪽 어깨에서부터 왼쪽 엉덩이 바로 위쪽까지, 그야말로 뼈째로 깨끗이 잘려진 채 바닥에 누워 있었다. 손가락은 아직 상황 파악이 안 된 듯 바들바들 떠는데, 복부에서 흘러나온 각양각색의 내장에는 뱉어내지 못한 원망이 가득했다.

다리가 후들거려 일어날 수가 없다——고 생각했는데, 가만히 보니 다리가 후들거려 소파에 앉지 못하는 상태였다. 나는 엉거주춤하게 서 있었던 것이다. 방금 전에 눈앞에서 벌어진 모든 일이 꿈만 같았다. 우리는 그저 장판과 전투에 대한 서로의 학문적 의견을 교환하던 중이었을 뿐이다. 나는 눈을 감고 고개를 절레절레 흔든 다음 눈을 떠 보았다. 희멀건 연구실 형광등 빛 아래 시뻘건 피가 고여 있고, 거기서 진한 비린내가 풍겨왔다. 다시 한 번 눈을 감고 고개를 흔든 다음, 떠보았다. 몸이 두 동강 난 현교수가 피범벅이 되어 떡볶이마냥 누워 있었다. 현교수님, 하고 불러보려다 말았다. 두 몸뚱이 중 어느 쪽이든 대답해줄 것처럼 보이지 않았기 때문이다. 게다가 이쪽을 매섭게 노려보며 고꾸라져 있는 폼이, 말 위의 거한보다도 논쟁의 상대였던 내게 더 화가 난 듯했다. 어쩐지 그 맘을 이해할 수 있을 것 같았다.

나는 숨을 크게 들이쉬었다. 언제까지고 이대로 얼어붙어 있을 수만은 없다. 어떻게든 냉정과 수습의 논리를 찾아내지 못한다면, 바닥에 누워 있는 가여운 현교수와 나 사이에는 아무런 차이도 없을 것이다. 양어깨가 결렸다. 특히 무겁게 축 처진 오른쪽 어깨는 힘줄이라도 끊어진 것처럼 아팠다. 현교수의 시신을 돌아 책상 쪽으로 천천히 걸어갔다. 거기 전화기가 있기 때문이었다. 내 머릿속은 이 상황에 대해 가장 먼저 알려야 할 곳의 전화번호조차 기억나지 않을 만큼 엉클어져 있었다. 한참 후에야 간신히 떠올랐다. 놀랍게도, 그건 세 자리로 이루어진 매우 간단한 숫자였다.

나는 더럽게 무거운 칼을 내던지고는 수화기를 들었다.

날개

대머리가 멋진 내 친구 K가 죽었을 때 못되게 생긴 노파가 어린 계집아이를 데리고 영안실에 찾아와 한바탕 곡을 하고는 자신은 O의 정부(情婦)라며 따라서 유족들로부터 마땅히 어른 대접을 받아야 한다고 엄포를 놓기에 조심스럽게 다가가 팔을 잡고 이곳은 정부까지도 대접받는 위대한 O의 상가가 아니라 대머리가 멋진 내 친구 K의 상가이며 그는 대머리긴 하지만 이제 갓 서른의 총각이라고 일러주자 노파는 어디 두고 보자는 듯 노려보더니 육개장을 한 그릇 해치운 뒤 슬며시 가버렸다.

아무튼 그 일과 상관없이 나는 미래를 볼 수 있다. 이제부터 내가 이야기할 미래는 170년 후, 그러니까 제정신인 사람들은 모두 태양계 밖으로 빠져나가고 지구는 방사능과 바퀴벌레와 프리메이슨의 소굴이 된 서기 2175년도다. 인류는 지구를 보호하는 데 실패했고 그 실패를 교훈 삼아 맹렬한 속도로 우주를 더럽히는 중이다. 어떻게 그런 일이 가능한지 나로선 알 길이 없다. 그들의 행태를 볼 수 있지만 그들의 과학을 이해하지는 못하기 때문이다. 그 시대 대다수의 사람들도 사정은 마찬가지다. 과학은 언제나 극소수만을 위한 예술인 법이다.

그들의 삶으로부터 170년 전인 서기 2005년 시월의 지구에서 나는 그들을 보고 있다. 가을이라 하늘은 파랗고 이따금씩 지나가는 바람에는 쥐포 굽는 냄새가 섞여 있다. 지금은 오후 네 시가 조금 안 된 시각이다. 이맘때쯤이면 나는 늘 심심하다. 외롭거나 쓸쓸하거나 혹은 고독한 것이 아니다. 나는 심심하다. 심심해서 책상 앞에 앉는다. 눈을 감고 원하는 만큼의 시간을 헤아린다. 자꾸 K의 상가에서 본 노파가 튀어나오려 하지만 그녀는 영안실을 잘못 찾아왔을 뿐이다. 아니면 육개장이 너무나도 먹고 싶었거나. 간신히 그녀를 몰아내고는 다시 시간을 헤아린다. 그렇게, 나는 170년 후의 미래를 본다. 미래를 본다는 게 이상한가? 뭐가? 그건 그다지 특별한 일이 아니다. 누구라도 원한다면 어느 장소든 어느 시대든 갈 수 있다. 정말로 간절히 원한다면 말이다. 눈을 감고, 팔을 벌리고, 간절히.

내가 보는 것은 저 먼 우주의 밖, 한 식민지 행성의 기초교육기관에 근무하는 여든네 살 먹은 여자다. 여자가 그렇게까지 나이를 먹어버린 건 내 책임이 아니다. 잠시 눈을 돌려 먼 미래의 가까운 과거를 보기로 하자. 여든네 살 먹은 여자는 당연하게도

84년 전에 태어났다. 여자의 아버지는 잘생긴 독신주의자였는데, 한 인공항성 의회에서 프로그래머로 일했다. 어느 날 아버지는 집에 돌아와 자살하기로 결심했다. 편안하게 알약을 먹고 누웠다. 그때 발정한 요구르트 아주머니가 찾아왔고, 몽롱한 얼굴로 죽어가는 그를 강간했다. 죽음의 순간 그의 성기 끝에서 엄청난 숫자의 올챙이가 뿜어져 나왔다. 그중 한 마리가 훗날 여자가 되었다.

이식용 장기의 눈부신 발달은 유산균 편이 아니었다. 요구르트는 인류에게 불필요한 음료가 되었고, 요구르트 판매에 목숨을 건 여자의 어머니 역시 마찬가지 신세로 전락했다. 어머니는 여자가 다섯 살이 되던 해 그녀를 멀리 떨어진 쌀알행성의 구호소로 보내버렸다. 그 조그마한 행성 표면의 20퍼센트는 고밀도의 물이었고 짙은 이끼 냄새를 풍겼다. 하늘에는 세 개의 달이 떠 있는데 광물 성분 때문에 각각 붉은색, 더 붉은색, 완전히 시뻘건 색이었다. 구호소의 직원들은 세 개의 달이 전해주는 우울증으로부터 벗어나기 위해 값싼 7세대 프로작을 밥처럼 먹어댔다. 구호소의 수용자들은 늘 모자라게 배급되는 밥을 약처럼 꼭꼭 씹어 먹었다. 쌀알행성은 그만큼 가난한 곳이었다. 갓김치나 호박엿 같은 특산물 하나 없는 못난 별이었다. 다들 그 별을 우습게 봤다.

성장하며 여자는 아름다워졌다. XY염색체를 가진 구호소의 직원들은 여자에게 자신들의 올챙이를 묻히고 싶어 했다. 하지만 여자는 구호소에서 자기 인생을 결정짓고 싶지 않았다. 하찮은 태생, 하찮은 신분이었지만 여자는 자신을 소중히 여겼다. 열여섯이 되면서 교사양성학교에 자원했다. 엄격한 곳이었으나 그나마 밥은 배불리 먹을 수 있었다. 휴일도 없이 하루에 열네 시간씩 꼬박 사 년 동안 과학사와 교사의 행동거지를 배웠다. 그러니까 삼백육십오 곱하기 십사는 오 사 이십에 이 올라가고 영 남고 육 사 이십사에 이 올라가고 아까 이랑 더해서 사가 남고 삼 사 십이에 아까 이랑 잘 합쳐서 십사 거기에 더하기 오 일은 오 육 일은 육 삼 일은 삼 이렇게 해서 사천구십, 여기에 다시 사를 곱하면 사 영은 영 구 사 삼십육 삼 올라가고 육 남고 사 영은 영에 아까 올린 삼이 슬며시 내려오고 사 사 십육 해서 만 육천 삼백육십, 어라 어디서 계산이 틀렸지? 어쨌든 엄청나게 오랜 시간 동안 교육을 받은 것이다. 여자는 스무 살에 기초교육기관에 교사로 취직했다. 그곳에서 더 이상 호기심을 갖거나 시도할 필요가 없는, 완벽하게 입증된 과학적 사실들을 가르치기 시작했다. 87퍼센트 이상 일치하는 한 쌍의 유기체를 조립해내는 건 불가능하다거나 유전학적·생물학적인 어떠한 방법으로도 인간은 하늘을 날 수 없다거나 등등. 이런 교육을 받은 아이들은 보자기를 두르고 담벼락에서 뛰어내리는 대신 빠르게 고등과학 체계로 접근할 수 있었다.

여자가 스물일곱이 되던 해, 기관으로 스무 살 먹은 남자가 새로 배속되었다. 그는 인류공통어를 전공한 선생이었다. 쌀알행성의 중력과는 걸맞지 않는 거대한 체격을 가지고 있었는데, 수업 시간에 정규 문장보다는 문장의 감정적 변용을 주로 가르쳤다. 거인의 입에서 흘러나오는 언어는 사람들에게 묘한 느낌을 주었다. 동료들은 그 느낌을 명료하게 정의할 수 없었기에 적잖이 당혹감을 느꼈다. 이 소설의 주인공인 여자 역시 마찬가지였다. 그러나 거인에게는 당대 사람들에게서 찾아볼 수 없는 특이한 무언가가 있었다. 그것이 여자에게 작동했다. 여자는 거인을 좋아하게 되었다.

먼저 고백한 쪽은 거인이었다. 거인은 자기 고향별에서 전해 내려오는 괴상한 맹세의 문장을 몇 마디 중얼거린 후 여자를 껴안으려고 팔을 내리뻗었다. 여자는 조금 떨렸지만 물러서지 않고 순순히 자신을 맡겼다. 그렇게, 정확한 과학적 사실만을 가르치는 여자와 명료하지 않은 감정적 언어를 가르치는 거인은 사랑에 빠졌다. 둘은 미성년자에게 설명하기 곤란할 정도로 깊은 사랑을 나누었는데, 나는 수줍음이 무척 많은 사람이므로 그 낯 뜨거운 장면을 시시콜콜 늘어놓지는 않겠으니 알아서들 상상하시라.

만민평등 이데올로기가 지배하는 옥수수행성에서 나고 자란 거인은 자기보다 일곱 살이 많은 여자에게 말을 놓았다. 자기보다 백 살이 많은 높으신 분에게도 말을 놓았다. 높으신 분은 평소부터 '모두가 똑같은 옥수수 한 알' 따위의 싸가지 없는 구호나 외치는 옥수수행성 사람들을 싫어했다. 얼마 지나지 않아 거인은 진도를 맞추지 못했다는 죄명을 달고 행성 내 다른 교육기관으로 보내졌다. 가장 빠른 교통수단으로도 이동하는 데만 하루가 걸리는 곳이었다. 둘은 한 달에 한 번씩 만났다. 거인은 여자를 만나자마자 팔을 내리뻗어 껴안았고, 여자는 속으론 되게 좋으면서도 숨이 막혀 헉헉거리는 시늉을 냈다.

어느 날 여자는 눈앞에 나타난 거인을 보고 깜짝 놀랐다. 한참 헉헉거리고 나서 어떻게 온 것인지 물었다. 무슨 일이라도 있는 거야? 평소대로라면 둘이 만날 수 없는 날이었다.

아니, 하고 거인은 대답했다. 오늘은 아침부터 네가 보고 싶었어. 꼬마들을 가르치면서도 널 생각했어. 일이 끝나 책상에 앉았지. 눈을 감고 팔을 벌린 채, 네가 너무너무 보고 싶다고 생각했어. 몸이 서서히 떠올랐어. 그렇게 하늘을 날아 나는 네게 온 거야.

말을 마친 거인은 다시 여자를 껴안았다. 못마땅한 건 아니지만, 거인이 그런 식으로 얘기를 할 때면 여자는 약간 혼란스러웠다. 심지어는 이십여 년 전으로 날아가 구호소에 있던 어린 시절의 여자를 만나고 왔다고 한 적도 있었다. 겁먹은 듯한 얼굴은 파랬고 몹시 야위었다고, 그때 거인은 여자를 껴안으며 슬픈 목소리로 속삭였었다. 당신은 참 모르겠어, 하고 여자는 중얼거리곤 했다. 그러면 거인은 의아하다는 표정으로 묻는 것이었다. 이상해? 뭐가?

그들의 사랑은 만 시간가량 지속되었다. 만 시간 후에 거인이 죽었다. 그의 죽음은 확인되지 못했고, 높은 확률로 추정되었다. 왜냐하면 쌀알행성의 쌀눈지역에 있는 심연에 가라앉았기 때문이다. 그는 거기에 학생들과 함께 소풍을 갔다. 그중 하나가 위험지역에서 까불다 넘어졌는데, 재빨리 달려가 도와주었지만 정작 자신은 구하지 못했다. 문제를 일으킨 장난꾸러기는 즉각 관리요원에게 처형당했고 자전거를 탈 만큼 고도로 훈련받은 원숭이 구조대가 출동했다. 거인이 가라앉은 곳은 심연의 바닥이었다. 그곳의 수분은 밀도가 너무 높아 생명체가 들어갈 수 없었다. 물에 잠기는 순간 온몸의 세포가 일제히 작동을 멈추면서 즉사한 것으로 추정되었다. 원숭이 구조대는 자전거를 타고 돌아갔다.

이틀 후 여자가 도착했다. 여자는 울지 않았다. 자신에게 무슨 일이 일어났는지조차 제대로 이해하지 못했다. 거인이 빠졌다는 곳으로 다가가 물을 만져보았다. 밀도 높은 물의 피부가 손끝에서 춤을 추었다. 바람은 없고 끝내주게 붉은 달이 머리 위에 떠 있었다. 여자는 물의 피부를 힘껏 들어올려 보았다. 사람들은 그러한 모습을 보고 여자가 슬픔에 잠긴 것이라 생각했다. 사고지역 부근의 대기는 음파 손실률이 제로에 가까웠다. 일단 발생한 소리는 거의 사라지지 않고 이틀 간격으로 심연을 한 바퀴 돌아 진원지로 되돌아왔기 때문에, 도떼기시장이 되지 않도록 지역의회에서 일주일마다 대칭음파를 쏘아 깨끗이 상쇄시키곤 했다. 이제 여자는 가만히 연못의 가장자리에 앉아 이틀

전, 거인이 물에 빠지던 순간의 소리를 들었다. 장난꾸러기들의 끊임없는 재잘거림, 쉴 새 없이 주의를 주는 주임교사의 목소리가 들려왔다. 그사이로 갑자기 왁자지껄한 고함이 터져 나왔다. 붉은 달빛 아래에서 그녀가 들은 건 아이가 울먹이며 도움을 요청하는 소리, 물의 피부가 들어올려지는 소리, 다시 물의 피부가 짓눌러지면서 무언가를 삼키는 소리, 깊이깊이 삼키는 소리였다. 하지만 그건 그저 소리에 지나지 않는다고 생각했다. 여자는 거인의 죽음을 받아들일 수 없었다. 느닷없이 짙은 안개가 끼기 시작했다. 날씨의 신이 붉은 달빛 탓에 살짝 돌아버린 것이다. 안개에 가려진 여자는 길고 긴 불행의 시간이 다가오고 있음을 예감했다.

거주지로 돌아온 여자는 의회에 탄원서를 제출했다. 만약 거인이 거기 있다면, 밖으로 꺼내달라는 것이었다. 그럴 힘을 가진 유일한 존재는 의회였다. 생활에 필요한 모든 것은 의회를 통해 이루어졌다. 독립된 전력회사도, 지하철공사도, 방송국도 존재하지 않았다. 심지어는 법정이라는 장소도 판사라는 직업도 사라졌는데, 분쟁이 일어나지 않아서가 아니라 인류가 이미 모든 경우의 수를 경험해버렸기 때문이었다. 누가 잘못했으며 어떤 보상을 해야 하는지는 의회에 보관된 엄청난 분량의 디지털 판례 정보를 열람하는 것만으로 충분했다. 그건 이 소설과 관련이 없고, 어쨌든 여자는 의회에 탄원서를 제출했다. 누구나 의회에 탄원서를 제출할 수 있었다. 더군다나 여자는 교사, 즉 의회 소속기관의 직원이었다. 두 시간 후에 여자는 거절의 통지를 받았다. 여자는 납득했다. 거인을 꺼내는 건 너무 많은 비용이 들었다. 내가 아까 말했다시피 심연의 엄청난 밀도 때문이다. 여자는 그래도 울지 않았다. 그렇게, 여자는 울지 않고 오십 년을 지냈다.

그동안 인간들이 갈 수 있는 세계는 넓어졌고 비용은 더 싸졌다. 여자는 악착같이 돈을 모았다. 제대로 먹지도, 입지도, 씻지도 않았다. 모든 것이 돈이었다. 여자에게는 돈을 모을 만한 이유가 있었다. 구호소에 있던 때처럼 홀쭉해졌다. 옷은 모두 낡아버렸다. 몸에서는 안 좋은 냄새가 났다. 이제 XY염색체를 가진 사람들은 더 이상 여자에게 올챙이를 묻히고 싶어 하지 않았다. 예쁜 인공지능 로봇들이 가랑이를 벌리고 지천에 널려 있으니 말이다. 최신형 로봇은 가슴에 모니터가 달려 있어 성교 중에 오목을 할 수도 있었다. 물론 그런 로봇은 되게 비쌌다. 하지만 녹말구역에서 마그네슘 광맥이 발견된 이후로 쌀알행성은 유례없는 호황이었다.

여자는 휴직계를 낸 후 보다 정교하게 작성한 탄원서를 의회에 제출했다. 마침내 의회로부터 약간의 지원금과 유해 발굴 허가를 얻어냈다. 여자는 짐을 꾸려 쌀눈지역으로 갔다. 반세기 전에 거인의 고함 소리를 들었던 바로 그곳에 캠프를 설치했다. 좋은 보수를 약속받은 작업반이 물의 피부를 도려내고 튼튼한 합금로봇들을 내려 보냈다. 로봇들의 촉수 끝에 부착된 고감도 마그네슘 렌즈 덕에 어렵지 않게 유해를 찾아낼 수 있었다. 그러나 유해를 고스란히 지상으로 꺼내오는 것은 불가능했다. 도저히 예측할 수 없는 심연의 압력과 밀도는 예리한 다이아몬드 칼이 도처에 숨어 있는 형국이었다. 거인의 엄청난 덩치를 지상으로 데려오려면 백 년은 앞선 합금 기술이 필요했다. 낙담한 여자는 스크린을 통해 바닥에 엎드려 있는 옛 연인의 유해를 보았다. 물의 밀도 덕분에 조금도 상하지 않은 상태였고, 살짝 옆으로 돌린 얼굴에는 반세기 전에 자주 지어 보이던 저 꿈꾸는 듯한 미소가 어려 있었다. 덕분에 여자는 비로소 사랑하는 거인의 죽음을 받아들일 수 있었다. 여자는 아무 말 하지 않았다. 입을 벌리는 순간 울어버릴 것 같기 때문이었다. 여자는 아무 표정도 짓지 않았다. 얼굴을 움직이는 순간 울어버릴 것 같기 때문이었다. 여자는 울어버리지 않도록 최선을 다했다. 한번 울면 죽을 때까지 울 것 같기 때문이었다.

　마침내 여자는 결정을 내렸다. 표 나지 않게 살을 조금 떼어 올 것. 다이아몬드 칼날 사이로 들어가야 할 운명에 처한 로봇들이 고주파 비명을 지르며 지랄했지만 여자는 결정을 바꾸지 않았다. 그렇게 여자는 값비싼 합금로봇 일곱 대를 찢어발긴 후 거인의 팔뚝 살점을 진짜 쌀알만큼 얻을 수 있었다. 여자는 살점을 들고 의회 병원으로 갔다. 추출한 DNA를 자궁에 부착했다. 중력에 힘겨워하지 않도록 쌀알행성 일반인들의 체격을 선택했으며, 성별은 남자로 정했다. 아이는 열 달 후에 태어났다.

지금으로부터 165년 후인 서기 2170년도의 일이다.

그렇다, 아이는 태어났다. 그때 여자의 나이는 일흔아홉이었다. 요즘 태어나는 아이들한테 '너희 어머니는 일흔아홉 살이란다'라고 알려주면 확 돌아버리겠지만, 이 당시엔 아이를 기르기에 결코 늦은 나이가 아니다. 참고로 그녀의 어머니인 요구르트 아주머니는 의회의 프로그래머를 덮칠 당시 아흔셋이었다. 그나저나 여자는 이제 자기 삶의 주파수를 아이에게 맞추었다. 더이상 거인을 그리워하지 않았다. 이 시대엔 죽은 자를 그리워하지 않는 것이 영적인 진화의 증거로 받아들여졌기 때문이다. 거인의 연못에서 예감했던 불행의 시간은 모두 끝났다고 생각했다.

여자는 학교로 돌아갔다. 사랑에 빠지기 전에 하던 대로 어린 학생들을 엉뚱하고 쓸모 없는 상상으로부터, 신화와 전설과 로망스와 백일몽으로부터 보호했다. 급료는 전부 아이와 자신을 위해 썼다. 옷을 사고, 목의 주름을 폈다. 여자는 다시 아이들과 XY염색체를 가진 사람들에게 인기를 끌었다. 가끔 콧노래를 흥얼거리기도 했다. 대류측정기를 사서 아이의 방에 설치했다. 그것은 물체가 움직일 때 미세하게 흐르는 주위 기체의 유동량 변화를 측정하여 삼차원 영상으로 재구성하는 장치였다. 흑백이었지만 제법 부드러운 움직임을 보여주었다. 게다가 영상의 용량이 아주 작아 메모리를 교체할 필요 없이 백년만년 저장이 가능했다. 수신기로 데이터를 재생시키면 거기에는 방 안의 공기를 움직이는 물체, 즉 아이의 모습이 머리카락 한 올까지 또

렷이 나타났다. 직장에 있을 때에도 틈만 나면 수신기를 꺼내어 아이의 영상을 보았다. 점점 누군가를 닮아가고 있었다. 여자는 기뻤다.

네 살이 되면서 아이는 예비교육기관에 입학했다. 여자가 일하는 기초교육기관의 하급학교였다. 생글생글 잘 웃는 아이는 교사들에게도 인기였다. 아이는 클론답지 않게 영리했다. 쌀알 행성에는 클론이 많았는데 대부분 심각한 발달장애를 보였다. 그럴 수밖에 없는 것이, 애초에 군용으로 개발되었기 때문이다. 게다가 한결같이 만성적인 공감각에 시달렸기에 사지에 몰아넣을 군인으로 써먹기에도 적합하지 않았다. 그들은 소리와 냄새를 명확히 구분하지 못했다. 빛깔과 맛을 거의 동시에 느꼈다. 그런데 아이에게는 발달장애가 거의 드러나지 않았다. 공감각적 특성 때문에 일상생활에 어려움을 겪지도 않았다. 아이가 크고 예쁜 눈을 빛내며 질문할 때면 교사들은 말을 더듬었다. 너는 좋은 선생이 될 거야, 하고 한 교사가 아이에게 말한 적이 있다. 그 말을 전해들은 여자는 기뻤다. 여자도 아이를 교사로 키울 작정이었다. 물론 문제가 전혀 없는 건 아니었다. 아이는 지나치게 신화를 좋아했다. 전설에 집착하고, 능청스러운 마그네슘 탄광의 광부들이 꾸며낸 허무맹랑한 이야기에 흠뻑 빠져들곤 했다. 때로는 묘하게 변용된 언어를 말하여 여자를 당황하게 만들기도 했다. 하지만 그건 아이가 너무 어리기 때문이라고 여자는 생각했다. 몇 년 지나 정규교육을 받기 시작하면 그것들은 잊고 싶은, 부끄러운 추억이 될 것이라 믿었다.

그렇게 아이가 다섯 살이 되는 해, 즉 2175년이 되었다. 여자는 여든네 살이 되었다. 여자가 그렇게까지 나이를 먹어버린 건 내 책임이 아니다. 세월이 흐른 것이다. 그해에 여자는 탈이 난 오른쪽 다리 관절과 왼쪽 눈을 교체했다. 췌장은 아직 삼 년가량 더 쓸 수 있었다. 그녀는 자신의 몸속으로 이물질이 들어왔다는 사실에 며칠간 불쾌해했다. 하지만 시간에는 저항할 수 없음을 잘 알기에, 차라리 익숙해지기로 마음먹었다.

어느 날이었다. 쌀알 옆구리 지역에서 한 노파가 방문을 신청했다. 이진법으로 이루어진 방문신청 데이터를 보며 여자는 이 노파가 왜 잔뜩 화가 나 있는지 의아해했다. 여자는 방문자의 정보를 훑었다. 그리고 노파가 자신을 찾아올 만한 이유를 검색했다. 단 하나의 이유가 추출되었다. 노파의 어린 클론이 자기 아이와 같은 반이었다.

두 시간 후 현관검색대가 신호음을 냈다. 여자는 문 옆에 달린 스크린을 보았다. 온몸을 값싼 플라스틱 장기로 이식한 노파였는데, 겉옷에 '예수천국 불신지옥'이라고 적혀 있었다. 검색대가 추측한 노파의 예상 나이는 200살이었다. 그렇다, 기특한 검색대가 제대로 추측했다. 그녀는 200살이 맞다. 그리고 170년 전인 2005년에는 서른 살이었다. 서른이라는 꽃다운 나이로 내가 사는 정릉 풍림아파트의 바로 아래층인 1001호에서 소음성 히스테리를 부리며 살고 있었다. 솔직담백하게 말하자면 나는 그녀를 물어 죽이고 싶다. 그녀의 히스테리는 정말 끔찍하다. 나는 다음주에 있을 내 고양이의 생일 선물로 그녀가 투신자살 해주었으면 딱 좋겠다. 그렇지만 안타깝게도 그녀는 죽지 않는다. 그리고 프랑켄슈타인처럼 온몸의 장기를 바꿔가면서 서기 2203년, 술 취한 부랑자의 이빨에 물려 죽을 때까지 그 개 같은 목숨을 이어간다. 그 부랑자는 한 천재 때문에 하루아침에 알거지가 된 전직 치과의사였다.

아무튼 노파는 2175년에 거기, 여자의 문 앞에 서 있었다. 옆구리에는 지저분한 상처가 얼굴에 가득한 클론 계집애가 찰싹 달라붙어 있었는데, 똥이라도 쌀 것 같이 엉거주춤한 자세였다. 여자는 문을 열었다. 흥분한 노파가 삿대질을 하며 들어섰다. 여자는 당황스러웠다. 노파는 아이를 자기 앞에 '갖고' 올 것을 요구했다. 여자는 응접실로 가서 먼저 사정을 듣고 싶다고 정중히 말했다. 노파는 서기 2005년에 정릉 풍림아파트에서 위층에 사는 순박한 나에게 했던 것처럼 무례하게 굴었다. 그러나 여자도 수많은 거친 사람들을 상대하며 84년을 살아온 몸이었다. 게다가 그녀는 저 참혹했던 구호소에서의 십 년도, 한 남자의 시신만을 생각하던 저주받은 반세기도 견뎌낸 바 있다. 결국 노파는 응접실로 갔다.

의자에 앉은 노파는 조금 진정된 듯이 보였다. 그러다 갑자기 울음을 터뜨렸다. 그 이유는 간단하다. 노파는 자기 클론을 데리고 영안실을 찾아가 무작정 울음을 터뜨리는, 어느 시대나 한

두 명 쯤은 종사하는 그런 직업을 갖고 있었다. 그래서 본론에 들어가기에 앞서 한바탕 울음을 터뜨리는 게 버릇이었던 것이다. 여자는 노파가 눈물을 닦을 수 있도록 휴지를 건네주었다. 노파는 더러워진 휴지를 아무렇게나 던져버렸다. 오염물질을 포착한 벽에서 자동으로 음이온과 살균제가 뿜어져 나왔다. 노파는 적당히 뜸을 들인 후, 자신의 방문 목적을 설명하기 위해 입을 열었다. 이번에는 벽에서 구취제거제와 방향제가 뿜어져 나왔다.

당혹스러운 일이었다. 여자는 노파의 말을 믿을 수가 없었다. 그러나 노파는 막무가내였다. 아이를 당장 '갖고' 오라고 요구했다. 노파를 간신히 제지한 후 노파의 클론, 그 작고 멍청하게 생긴 계집아이에게 물었다. 정말 우리 아이가 그랬니? 계집아이는 노파를 한번 보고, 여자를 보고, 그리고 다시 노파를 보며 고개를 끄덕였다. 노파가 주머니에서 꼬깃꼬깃 접은 모니터를 꺼내더니 여자의 눈앞에 들이밀었다. 반쯤 파손된 손바닥만 한 혈류정화장치의 이미지가 떠 있었다. 호들갑 떨 만큼 비싸거나 중요한 물건은 아니었다. 망가졌다면 새로 사주면 될 일이다. 그렇지만 남의 것을 함부로 다루어서는 안 된다. 아이가 그랬다면, 꾸중을 할 수밖에 없다. 여자는 플렉시블 모니터를 노려보았다. 그리고 조용히 일어났다.

아이는 곤하게 자고 있었다. 여자는 아이를 깨우고 싶지 않았다. 아이는 여자가 자신의 가장 아름다운 시간 오십 년을 바쳐

얻어낸 존재였다. 아이를 위해서라면 남은 시간도 모두 바칠 각오가 되어 있었다. 하지만 눈앞에 닥친 건 그런 문제가 아니었다. 어떻게든 확인해보아야 했다. 여자는 아이를 흔들어 깨웠다. 아이의 숨결은 달콤했다. 눈을 깜빡거리며 일어났다. 예, 엄마. 아이는 잠에서 덜 깬 목소리로 그렇게 말했다. 예, 엄마.

여자가 데리고 나온 아이를 보자 노파는 더욱 성질을 부렸다. 가만히 계세요. 여자는 명령하듯 말했는데, 그건 평소에 남을 대하는 방식이 아니었다. 여자는 이미 마음이 상할 대로 상해 있었다. 제가 말하겠습니다. 여자는 탁자에 놓인 플렉시블 모니터를 아이 쪽으로 돌렸다. 화면에 나타난 물건을 가리키며 물었다. 이거, 망가진 거 보이지? 네가 그랬니? 아이는 눈을 깜빡거리며 자세히 보았다. 그리고 또박또박 말했다. 저는 이걸 만지지 않았어요.

그 말을 들은 노파는 더러운 냄새가 나는 입을 활짝 벌리면서 미친년 널뛰듯 소란을 부렸다. 음이온과 살균제와 구취제거제와 방향제를 한꺼번에 뿜어대느라 벽이 고생했다. 노파는 아이를 전혀 신뢰하지 않았다. 삿대질을 하며 모진 소리를 뱉었다. 여자는 믿을 수가 없었다. 여자는 아이를 너무나 사랑했기에, 다른 모든 사람들도 아이한테 똑같은 애정을 느낄 거라고 생각해왔던 것이다. 여자는 탁자의 버튼에 손을 가져갔다. 자꾸 소란을 피우면 의회에 신고하겠다는 경고였다. 마침내 노파가 의자에 다시 앉았다. 여자는 노파와 자신들 사이에 투명한 전자기 커튼을 쳤다. 그리고 자기 의자를 아이의 정면을 향해 돌렸다. 심장이 몹시 뛰었지만, 당황한 기색을 아이에게 들키고 싶지 않았다.

여자는 맑고 평온한 아이의 눈을 바라보았다. 그리고 전자기 커튼 너머의 노파를 보았다. 노파는 씩씩거리며 아이를 노려보고, 자신의 클론을 한 대 때리고, 다시 아이를 노려보고, 자신의 클론을 한 대 더 때렸다. 클론이 울기 시작했다. 노파는 얼씨구나 하는 표정으로 한 대 더 때리고는 고함을 질렀다. 당신 아이가 애를 쫓아 우리 구역까지 왔다고, 우리 구역 입구에서 애의 혈류정화장치를 빼앗아 발로 밟아 부쉈다고 고함을 질렀다. 공감각 증세 때문에 노파의 클론은 고함 소리를 똥 냄새로 인식하고는 코를 틀어막았다.

네가 그랬지? 왜 그랬니? 여자는 하기 싫은 말을 하기 싫은 방식으로 했다. 그렇게 하지 않으면 노파가 납득하지 않을 것이다. 여자는 마치 아이의 죄를 모두 알고 있으며, 기꺼이 그 죄를 용서해줄 준비가 되어 있는 것처럼 굴었다. 그러면서 여자는 마음이 아팠다. 내가 지금 무슨 말을 하는 거지? 여자는 아이를 껴안고 싶었다. 하지만 그랬다가는 흥분한 노파가 가만 있지 않을 것이다. 여자는 아이의 어깨를 잡고는 조금 흔들면서 다시 물었다. 왜 그런 거니?

아이는 노파를 보고, 노파의 클론을 보고, 다시 여자를 보았다. 왜 그렇게 말씀하세요? 아이는 서늘한 목소리로 말했다. 제가 하지 않았다고 말씀드렸잖아요. 저는 오늘 그쪽으로 가지 않았어요. 기관에서 나와 녹말구역 쪽으로 갔어요. 거기서 집에 왔어요.

여자는 고개 돌려 창밖, 시들어가는 가을의 정원을 보았다. 25제곱미터에 불과한 정원은 그러나 광선 조작에 의해 엄청나게 넓어보였다. 훗날 아이가 크면, 그곳에서 아주 많은 일을 할 수 있을 것이다. 다시 노파에게로 시선을 돌렸다. 노파는 믿을 수 없다는 듯 고개를 젓고 있었다. 여자는 노파에게 말했다. 두 아이 중 하나가 거짓말을 하고 있군요. 그렇다면 방법이 있습니다. 여자는 가방 속에서 대류측정기 수신기를 꺼내 왔다. 우리 아이는 늘 대류측정기를 달고 있습니다. 이걸 보면 우리 아이가 어느 길로 왔는지 알 수 있겠지요.

말은 그렇게 했지만, 여자는 수신기를 노파와 함께 보고 싶지 않았다. 물론 여자는 자신의 아이를 믿었다. 아이의 존재를 믿고, 아이의 사랑스러움을 믿으며, 아이의 모든 말을 믿었다. 하지만 매사에 조심하려는 그녀의 마음은 자신도 모르게 아이를 의심하는 방향으로 나아가는 중이었다. 여자는 아이가 가리키는 녹말구역이 어딘지 알고 있었다. 거기에는 알레한드르라고 불리는 맘씨 좋은 사나이가 살았다. 삼십대 초반인 그는 이달 말에 결혼하는 내 대학 후배 성범수와 꼭 닮았다. 범수야, 결혼 축하해. 그런데 내 대학 후배 성범수와 꼭 닮은 알레한드르는 전생에 이집트의 석공이었다. 그 다음 생인 1890년대에는 독일

70

의 광부였고, 그 다음 생인 1970년대에는 북한의 아오지 탄광에서 일했다. 이제 그는 쌀알행성의 마그네슘 탄광에서 자신의 네 번째 생을 즐기는 중이다. 이 이야기와 전혀 관계없지만, 알레한드르는 진폐증으로 마흔세 번이나 폐를 바꿔가며 열심히 일하다가 서기 2522년에 돌아가신다. 그리고 쌀알행성 북쪽 녹말구역의 마그네슘 탄광 수호신이 되어 시도 때도 없이 출몰하는 마그네슘 귀신으로부터 가녀린 광부들을 지켜주신다, 콜록콜록 기침하면서. 범수야, 결혼 축하해.

그나저나 여자는 아이가 알레한드르라는 사나이를 좋아한다는 걸, 그리고 자주 그를 보러 간다는 사실을 알고 있었다. 모든 종류의 차별은 죄악으로 간주되는 시대라 만나지 말라고 하지는 않았다. 폐의 안전을 위해 대기정화장치를 부착하라고만 일러두었다. 아이는 녹말구역 방향으로 갔다고 했다. 그리고 거기서 바로 집으로 돌아왔다고 말했다. 그것이 사실인지 아닌지는 대류측정기로 확인하기만 하면 될 일이다.

여자는 고주파 커튼을 홀로그램 모니터로 변환한 후, 수신기의 기록을 송신했다. 영상이 흑백으로 복원되어 나타났다. 처음에는 일인칭 시점으로 아이의 행보를 관찰했다. 아이는 확실히 녹말구역 쪽으로 걷고 있었다. 여자는 으쓱해졌다. 반대로 노파는 실망한 듯 얼굴이 붉어졌다. 노파를 빨리 내보내고 싶었기 때문에, 여자는 재생 속도를 올렸다. 시점도 삼인칭으로 바꾸었다. 이제 아이는 황야와 과수원과 낮은 건물들 사이를 이리저리 헤집고 다니는 작은 점이 되었다. 보폭이 일정했고 중간에 쉬지 않았기 때문에 점의 움직임은 무척 우아해 보였다.

노파가 퉁명스럽게 쏘아붙인 것은 그 점이 두번째 사라질 때였다. 노파는 아이가 사라진 부분과 다시 나타난 부분 사이에 공백이 있다고 주장했다. 그건 사실이었다. 하지만 거긴 사람들이 많은 공공장소이기 때문에 개개인의 프라이버시를 위하여 대류측정기가 스스로 작동을 멈춘 것일 뿐이다. 여자는 노파에게 말했다. 그리고 그렇게 모드를 조정해놓음으로써 대중이 얻을 수 있는 이익에 대해 설명했다. 그렇지만 노파는 수긍하지 않았다. 오히려 아이에게 죄가 있다는 결정적인 증거를 찾은 양 거세게 여자를 몰아붙였다. 노파는 그렇게 매너 좋은 대류측정기를 가져본 적이 없기 때문에, 그런 물건이 존재한다는 사실마저 믿지 않았다. 그래서 내가 1001호 여자만 보면 미칠 것 같은 기분이 드는 것이다.

어쨌든 그런 말을 들은 여자는 개인 측정기의 화상정보 말고 그 공공장소의 대류측정 기록을 찾아보면 아이가 이러이러한 곳을 거쳐 집으로 돌아온 사실이 증명될 거라고 말했다. 그리고 의회에 접속하기 위해 수신기를 조정했다. 곧 연결되었다. 여자는 노파가 잘 볼 수 있도록 천천히 포인터를 이동시켰다.

바로 이 순간이다. 바로 이 순간을 위해 내가 존재하는 것이다. 미래를 볼 줄 안답시고 책상에 앉아 170년 후의 이야기를 그저 옮기기만 해서야 무슨 재미가 있겠는가. 그런 건 일곱 살인 내 조카도 할 줄 안다. 그 애는 며칠 전 울면서 내게 안기더니만 미래엔 치과가 깡그리 없어져버릴 거라고 예언했다. 그 애가 옳았다. 2027년도에 태어난 한 천재 때문에 치과의사들은 모조리 알거지가 되었다.

아무튼 나는 이제 170년 후의 바로 이 순간을 위해 몇 마디 하겠다. 정확하게는 응접실에 앉아 있는 여자와 노파의 심리에 관한 것이다. 나는 유명한 작가이므로 사람들의 심리를 읽는 탁월한 능력이 있다. 먼저 노파다. 노파는 현재 몹시 불안한 상태이다. 돌아가는 꼴을 보아하니 빌어먹을 자기 클론이 또 거짓말을 한 게 틀림없다. 게다가 앞에 있는 여자는 흥분해서 같이 드잡이를 하지도 않고, 차가운 기계로 자기 아이가 결백하다는 증거를 차근차근 풀어놓는 중이다. 내 탁월한 능력으로 보건대, 노파의 마음속에선 이런 외침이 울려 퍼지고 있다── 이년아, 우린 오늘 상대를 잘못 골랐어!

여기서 '이년'은 물론 자기의 클론이다. 다음은 여자다. 여자는 피곤하다. 이런 노파를 상대로 결백을 증명해봤자 돌아오는 건 아무것도 없다. 고개를 숙이고 나가도 남들 앞에서는 자기 아이를 모함할 것이 뻔하다. 그저 원하는 대로 다 들어주고, 조용히 배웅하는 것이 최선이다. 아이가 결백하다는 건 조금도 기쁘지 않은 일이다── 자기 팔이 두 개라는 사실이 조금도 기쁘지 않듯이. 내가 굳이 이런 심리묘사를 하는 이유는 간단하다. 그 순간 아이가 한 말 때문에 둘의 심리상태가 극적으로 변하기 때문이다. 그렇다면 아이는 뭐라고 했을까? 저는 그 길을 통과해 오지 않았어요,라고 말했다.

포인터에서 손을 떼며 아이를 보는 여자의 얼굴에는 당황한 기색이 역력했다. 응? 그 길을 통과해 오지 않았다고? 그러면 어떻게 집에 왔니? 다른 길이 있니? 여자는 하나마나한 말을 조금씩 바꿔가며 반복했다.

아니요, 다른 길은 없어요. 탄수화물터널을 지나는 길 말고는 없어요.

사태가 이상하게, 그것도 난데없이 유리하게 돌아가고 있다는 사실을 깨달은 노파가 자기 클론의 무릎에 손을 올리며 득의만만한 표정을 지었다. 그럼에도 섣불리 행동하지는 못했다. 아직 확실한 건 하나도 없기 때문이었다. 모니터에 나타난 아이의 궤적은 불완전하되 분명히 자기 클론의 그것과 다른 방향이었다. 노파는 가만히 아이를 노려보았다.

그럼 어떻게 된 거니? 여자가 조용히 물었다. 교양이 몸에 밴 선생이라 가능한 일이다. 노파였다면 당장에 두꺼비처럼 엎어놓고 궁둥이를 후려갈겼을 것이다. 그러나 선생인 그녀도 애가 타 들어가는 건 어쩔 수 없었다. 어떻게 된 거니? 여자가 조용히 다시 물었다.

저는 다르게 왔어요. 아이가 간신히 말했다. 그 말을 하는 아이의 눈에 초조한 빛이 떠올랐다. 다르게 왔다고? 어떻게? 여자의 목소리가 조금 높아졌다. 하지만 그 순간에도 여자는 아이에 대한 믿음의 끈을 놓지 않고 있었다. 분명 다른 방식으로 왔을 것이다. 당장은 생각이 나지 않지만, 집으로 돌아오는 길은 많이 있을 것이고, 방법도 여러 가지일 것이다. 아이는 평소와 달리, 그 다른 방법 중의 하나를 택해서 집에 온 것이다. 그게 하필 오늘이라 얄궂지만, 그렇다고 아이가 나쁜 짓을 했다는 증거는 될 수 없다. 여자는 그렇게 생각했다. 집으로 돌아오는 다른 방법을 도저히 떠올릴 수 없다는 사실은 조금도 중요하지 않았다. 여자는 아이를 믿었다. 내가 돈의 힘을 믿듯이 아이를 믿었다. 그렇게 철석같이 믿는 아이의 입에서 이런 말이 튀어나왔다.

날아서 왔어요.

여자는 눈을 감고 탄식했다. 짧게 두 번, 여자의 입에서 한숨이 흘러나왔다. 아이의 목소리가 이어졌다. 날아서 왔어요. 탄수화물터널을 지날 때 다리가 아팠어요. 다리가 아파서, 집에 가고 싶다, 엄마한테 가고 싶다 하고 생각했어요. 눈을 감고 그렇게 간절히 생각하는데, 몸이 둥둥 떠오르는 거예요. 그렇게 하늘을 날아서 집으로 왔어요.

화끈하게 뒤집어엎을 때가 왔다고 노파는 판단했다. 단전에 기를 모아 파괴력과 전투력을 극점까지 끌어올렸다. 얼굴이 붉어지고, 이두박근이 먹장어처럼 씰룩거렸다. 그 꼴을 본 여자는 기가 막혔지만, 어쩔 도리가 없었다. 차분히 고개를 숙였다. 미안합니다. 저희 아이가 잘못한 것 같군요. 고장 난 물건은 더 좋은 걸로, 지금 바로 댁으로 보내겠습니다. 사과의 표시로 플렉시블 모니터도 하나 같이 보내드리겠습니다. 아이가 어려서 그런 것이니 부디 용서해주시기 바랍니다. 여자는 그렇게 말했다. 이건 대단히 잘한 짓이다. 고개를 꼿꼿이 치켜들고 대들다 간 나처럼 박살난다.

노파는 당장, 자기가 보는 앞에서 보내라고 요구했다. 그 카랑카랑한 목소리는 170년의 세월 동안 조금도 녹슬지 않았다. 여자는 속이 뒤집힐 것 같았지만 엄청난 인내심을 발휘해 참아내었다. 고개를 끄덕이고는, 노파가 보는 앞에서 의회에 물건들을 주문했다. 아니 의회에서 주문을? 그렇다. 의회에는 마켓도 있다. 거긴 엄청나게 비싸다. 하지만 그만큼 신용이 있기 때문에 사람들은 중요한 물건을 살 때면 의회 마켓을 이용한다. 의회 운영에 들어가는 비용은 대부분 마켓에서 얻어진다. 뭐 그건 별로 중요하지 않고, 아무튼 노파는 주문한 물건들의 가격을 유심히 보았다. 원래 것보다 세 배나 비싼 제품들이었다. 노파는 만족한 표정을 지었다.

여자는 판다를 빼앗긴 중국의 심정으로 노파를 배웅했다. 허리를 굽히고, 굽히고, 그리고 또 한 번 굽혔다. 응접실로 돌아오니 아이가 고개를 숙이고 있었다. 여자는 아이의 맞은편에 앉았다. 여자는 상황을 도저히 받아들일 수가 없었다. 단호한 목소리로 아이에게 말했다. 방으로 들어가. 네가 잘못한 걸 생각해봐. 아무와도 얘기하지 마. 아무것도 보지 말고, 어둠 속에서, 그래, 어둠 속에서.

이 말을 하면서 여자는 놀랐다. 단 한 번도 아이에게 그런 식으로 말한 적이 없었기 때문이다. 아이에게 그런 식으로 말할 수 있다고 생각해본 적도 없었다. 아이는 몇 번이고 입을 열려고 했다. 하지만 여자는 어떠한 말도 들을 준비가 되어 있지 않았고, 아이도 그 사실을 알고 있었다. 아이는 눈물을 글썽거리며 방으로 들어갔다.

여자는 한참을 응접실에 앉아 있었다. 불공평했다. 잘못을 저지른 건 아이인데 괴로운 건 자신이었다. 아이를 방의 어둠 속에 놓아둔 건 누구에게 벌일까? 여자는 생각했다. 아이는 지금 잘못을 뉘우치고 있을까? 혹시 나를 원망하고 있을까? 얼마나 지난 후에 아이를 안아주어야 할까? 내가 안으려 할 때, 아이는 조용히 안겨올까? 여자는 생각했다. 그러다 정신을 차려보니 어느새 아이 방 앞이었다. 그녀는 고개를 젓고 응접실로 돌아갔다. 무너지듯 의자에 주저앉았다. 그 애가 내게 이래선 안 돼. 여자는 생각했다. 어떻게 이럴 수가 있지? 어떻게 나에게 거짓말을 할 수가 있어? 온몸에 힘이 빠져 가만히 앉아 있기도 버거웠다.

그때, 여자는 아이가 뒤에 서 있는 걸 깨달았다. 여자는 고개를 돌리지 않았지만, 아이가 손으로 눈을 가리고 울고 있음을 알았다. 여자는 그 울음의 의미를 반성으로 생각하고는 잠시 갈등했다. 다시 들어가라고 해야지. 아니, 껴안아주면서 다시는 그러지 말라고 하는 게 좋을 거야.

그러나 아이의 울음은 그런 의미가 아니었다. 아이는 여자 뒤에서 울먹이며 말했다. 왜 안 믿으세요? 눈에서는 눈물이 끊임없이 흘러내리고 있었다. 그렇게 장마철의 밭고랑 같은 얼굴로 말했다.

이상해요? 뭐가요?

그 말을 듣는 순간 여자는 머리가 텅 비어버리는 느낌이었다. 순식간에 끔찍한 무기력감에 휩싸였다. 아이 때문이었다. 아이가 오래전 누군가가 했던 말을 그대로 되풀이했기 때문이었다. 그 말은 여자의 가장 아픈 곳에 밀봉되어 있던 추억을 아무렇지 않게 열어젖혀버렸다. 여자는 조금 전의 일처럼 똑똑히 기억하고 있었다. 반세기 전, 그를 만날 수 없는 날이었다. 어떻게 왔느냐고 물었다. 사실을 알고 싶어서가 아니었다. 고맙고 반가웠기 때문이었다. 반세기 전, 거인은 너무 보고 싶어서 날아왔다고 대답했다. 날아왔다고? 그 덩치로? 그렇게 바보 같은 말은 처음이었다. 그런 말을 하는 사람은 더 이상 만나지 못할 줄 알았다. 자기 가슴속에 영원히 묻혀 있을 줄 알았다. 착각이었다.

아이와 마주하고 있음에도 불구하고 여든네 살 그녀의 시선은 이십대에 만났던 한 존재에 닿아 있었다. 여자는 오랫동안 거인을 잊으려 노력해왔다. 아까 내가 말했듯이 죽은 자를 그리워하지 않는 것이 영적인 진화의 증거로 받아들여지는 시대이기 때문이다. 그러나 그것은 인간에게는 애초에 불가능한 미덕이었다. 여자의 정신 중 통제되지 않은 일부는 끊임없이 거인을 만지고, 듣고, 핥아왔던 것이다. 심한 혼란에 빠졌으며 어떻게 행동해야 할지 알 수가 없었다. 그건 나이를 먹는다고 배워지는 게 아니었다. 아이가 여자의 어깨에 자기 뺨을 문지르면서 말했다. 그 마지막 구절은 간신히 알아들을 수 있었다. 정원으로 나가요, 엄마.

여자는 허우적거리며 일어섰다. 아이에게 이끌려 정원으로 나섰다. 꿈속을 걷는 기분이었다. 수평선 너머로 저무는 달의 황혼이 고요했고, 별빛의 웅덩이로는 푸르스름한 대기의 가닥이 전설의 뱀처럼 흘러갔다. 마치 170년 전, 내가 이 소설을 쓰고 있는 북한산 부근의 초가을 저녁처럼 말이다.

정원 한가운데서 아이는 여자의 정면에 섰다. 손을 놓고 정원의 끝까지 뒷걸음질쳤다. 여자는 어지럽고 메슥거려 아이를 제대로 쳐다볼 수가 없었다. 엄마, 하고 아이가 앙증맞은 목소리로 외쳤다. 보여드릴게요. 날아서 엄마한테 갈게요. 여자는 현기증이 났다. 깊은 숨을 내쉴 때마다 가슴은 텅 비었고 그 자리로 비릿한 은하의 바람이 스며들었다. 눈앞이 흐려졌다. 깜짝 놀라 손으로 눈을 가렸다. 어찌할 틈도 주지 않고 눈물이 흘러나왔다. 여자는 한숨을 쉬며 울기 시작했다. 너무 오래 참아왔기 때문에 우는 게 아팠다. 얼굴을 가린 탓에 여자는 정원의 저쪽 끝을 보지 못했다. 거기 서 있던 아이가 사라진 걸 눈치 챌 수 없었다.

그러다 문득, 뒤에서 손길을 느꼈다. 그건 깃털처럼 따뜻하고 부드러웠다. 조용히 돌아섰다. 자기보다 높은 곳에서 뻗어

나온 팔이 다정하게 감싸왔다. 여자는 순순히 몸을 맡겼다. 낯설지가 않았다. 엄청나게 큰 거인이 안아주던, 바로 그 느낌이었다. 편했다. 행복했다. 하지만 그 느낌으로 충만했던 먼 저편의 시간을 생각하니 또다시 온몸이 아리면서 억울해졌다. 어떻게라도 하고 싶었다. 거인의 꿈꾸는 듯한 미소를, 넓은 가슴을, 저 괴상한 맹세를 돌려받고 싶었다. 그것들을 빼앗기면서 심연의 바닥에 갇혀버린 세월을 보상받고 싶었다.

그러나, 그러나 그게 끝이었다.

그 마음만이 여자가 할 수 있는 전부였다. 여자는 움직이지 않았다. 눈을 뜨지 않았다. 감미로운 손길에 대한 판단도 거부했다. 자기에게 벌어지고 있는 일들을 받아들일 수 없기 때문이었다. 여자는 오랜 시간 그렇게 교육받았고, 더 오랜 시간 그렇게 가르쳐왔다. 하늘을 난다는 건, 다른 시대로 간다는 건 불가능한 일이다. 그게 가능하다면 왜 젊고 아름답던 시절로 돌아가지 않았단 말인가? 왜 반세기 전으로 날아가 사랑하는 사람의 품에 안기지 않았단 말인가? 그렇게 할 수 있었다면, 허락되었다면 여자는 저 멋진 거인과의 세월에 묻혀 절대로 돌아오지 않았을 것이다. 그러나 그건 선택할 수 있는 범위 내에 있지 않았다. 여자는 무슨 일이 벌어지고 있는지 확인하기 위해 눈을 가린 손을 내릴 수도 없었다. 불가능이라는 믿음은 너무 긴 세월 동안 여자를 간섭해왔다. 이제는 이쪽과 저쪽 사이에서의 망설임조차 받아들일 수 없게 되었다.

노란 육교

다만 '길'이라 부르는 데 만족하여 사람들은 다른 이름을 지어주지 않았다. 처음 발견된 건 쌀쌀한 초봄의 일이었다. 평판측량의 오차를 줄이기 위해 아침부터 파견된 토목기사 세 명은 춘천 외곽 느랏재와 가락재를 잇는 부근에서 지도에 기록되지 않은 길을 하나 찾아냈다. 아스팔트가 아닌 새하얀 흙길이었지만 꽤나 공들인 듯 매끈하게 정리되어 있었다. 마침 감파기도 고장 난 터라 어디로 이어지는지 확인하기 위해 천천히 따라가보기로 했다.

몹시 낯선 기분이었다. 반쯤은 아쉽기도 하고, 또 절반쯤은 쓸쓸하기도 했다. 발바닥에 닿는 푹신한 느낌 때문에 한 뼘가량 떠오른 채 둥실둥실 걷는 것 같았다. 셋은 서로 마주보고는 어리둥절한 표정을 지었다. 앞쪽으로 보이지 않는 어떤 경계

같은 게 느껴졌는데, 가까이 접근했다고 생각하는 순간 사방이 어둑어둑해지고 보랏빛 안개가 끼며 이상한 소리마저 들려오기 시작했다. 셋은 겁에 질려 뒷걸음질하다가, 안 되겠다 싶어 전력을 다해 도망쳤다. 그렇게 다시 길의 초입으로 되돌아오자 칭얼거리는 오전의 태양이 그들 어깨 가득히 내리쬐는 것이었다.

셋은 엉망으로 널브러져 가쁜 숨을 몰아쉬었다. 방금 전 벌어진 일에 관해 흥분한 목소리로 떠들었다. 누구도 속 시원한 답을 내놓지 못했다. 기운을 좀 차리고는 일어나 길의 초입에서부터 기준점 측량을 하고 방위와 각도로 위치를 확인해보았다. 어찌 된 일인지 측량 결과는 매번 달랐다. 길이 이어진 저 너머는 강원도 횡성이었고 어떨 땐 전라도 강진이었다. 한번은 측정치가 북간도로 나온 적도 있었다. 자기 집에서 길을 잃은 것처럼 난감한 일이었지만 누구도 측량용 줄자인 인바테이프를 잡고 보랏빛 안개 속으로 들어가려 하지 않았다.

그때 백발이 성성한 할머니가 자전거를 타고 나타났다. 자글자글한 주름, 움푹 들어가 괄약근을 닮은 입술 덕분에 잔뜩 귀여운 얼굴이었다. 기사들은 마침 다행이다 싶어 앞을 가로막고는 질문할 태세를 갖추었다. 할머니는 순순히 그들 앞에 멈추어섰다. 안장에 앉은 그대로 눈을 감으며 팔을 벌렸다. 턱을 추켜올리고, 가슴도 살짝 부풀렸다. 그건 어린애가 안아달라고 할 때 하는 짓이었다. 얼떨결에 차례차례 할머니와 포옹을 했다.

그러고 나서 누가 먼저 물어볼 것인가를 놓고 눈치를 보는데, 할머니가 페달을 밟아 안개 속으로 쑥 들어가버리는 것이었다. 기사들은 동시에 너털웃음을 터뜨렸다.

"그냥 제가 가볼게요."

불쑥 나선 건, 신혼이라 아내에게 일찍 돌아가고 싶어 안달이 난 막내 기사였다. 한 손에 테이프의 끝을 잡고 성큼성큼 걸어갔다. 안쪽으로 더 많이 들어갈수록 보다 정확한 측정이 가능했다. 테이프가 풀려나가면서 그의 등 뒤로 서서히 보랏빛 안개가 밀려와 목덜미랑 팔뚝을 적셨다. 갑자기 몸을 돌려 동료 쪽을 바라보았다. 넋이 나간 얼굴로 설레설레 고개를 저었다. 인바테이프가 불길한 소리를 내며 동료들에게로 되감겨왔다.


경찰은 길의 초입에 바리케이드를 설치하여 현장을 차단했다. 동료를 잃은 두 명의 기사는 횡설수설하면서 울부짖었다. 경찰은 꾹 참고 들어주어야 했다. 시신을 수습하러 갔던 세 명의 구급대원마저 그 곁에 나란히 쓰러져버렸기 때문이다. 안개가 잔뜩 낀 그 안쪽에는 무언가 대단한 위험이 도사리고 있는 게 분명했다. 경찰은 사건의 중심에 있는 제삼자, 자전거를 타고 지나갔다는 귀염둥이 할머니의 신원을 파악하기 위해 노력했다. 하지만 그건 별로 도움이 되지 않는 시도였다. 어떻게 바리케이드를 뚫었는지는 모르지만, 다시 두 명의 꼬부랑 할아버지가 자전거를 타고 나타났던 것이다. 부지불식간에 일어난 일이라 아무도 제지하지 못했다. 두 할아버지는 길의 끝에서 픽 쓰러지는 대신, 보랏빛 안개 속으로 유유히 사라졌다.

며칠 후 새로운 사실이 밝혀졌다. 당시 자전거를 타고 지나갔던 노인 셋은 이미 모두 죽은 사람들이었다. 그들은 강원도 인제와 충청도 조치원, 그리고 부산에서 각각 암과 자동차 사고와 식중독으로 죽었다. 그들 사이에는 아무런 연관도 없었다. 더욱 놀라운 건 의사가 기록한 그들의 사망 시각이 길에 나타났던 때와 정확히 일치한다는 점이었다.

길은 그렇게 세상에 알려지게 되었다. 모든 걸 종합해보면 지도에 기록되어 있지 않은 희고 매끈한 흙길의 너머는 바로 망자의 집, 저승일 수밖에 없었다. 그걸 증명이라도 하듯 하루에도 수십 명이 구식 자전거를 타고 천천히 달려갔다. 모두들 세상 어딘가에서 이런저런 사연을 품고 죽어간 사람들이었다. 어떤 이는 슬픈 눈으로 주위를 두리번거리면서 지나갔다. 또 어떤 이는 입을 굳게 다물고는 앞만 노려보며 지나갔다. 그렇게, 탄 자전거와 입성은 비슷했지만 지상에 마지막으로 남기는 표정은 제각각이었다.

기저귀를 찬 아이들을 제외한다면 죽음에 무심한 이는 없었다. 전국 각지에서 수많은 사람들이 자기 영혼을 고양시키고자 몰려들었다. 흰 흙길의 가장자리에 서서는 닿을 수 없는 미래와 돌아갈 수 없는 과거 사이로 흐르는 엄숙한 행렬을 지켜보았다. 누구도 죽은 것 같지 않았고, 그저 건강을 위해 자전거를 타는 사람들처럼 보였다.

　길은 춘천 외곽에만 있는 게 아니었다. 일단 하나가 발견되고
나니 세계의 여기저기서 아우성치듯 모습을 드러내었다. 중국
에는 대략 여덟 개가 알려졌는데, 그중 산둥성에 있는 거대한
길은 매일같이 수만 명의 중국인들이 지나갔다. 그들은 쏼라쏼
라 소리치는 구경꾼들과 자전거 도둑을 잡아내려는 경찰들의 배
웅을 받으며 저승으로 향했다. 그에 더해 시도 때도 없이 터지
는 폭죽, 각종 종교 단체들이 연주하는 장송곡, 애상에 젖은 술
꾼들이 제멋대로 읊는 즉흥시 덕분에 다른 길에 비해 몹시 유쾌
하고 흥거운 분위기였다.
　유럽의 소국인 산마리노에는 길이 없어 삼만 명가량 되는 국
민들은 죽은 후 이웃 이탈리아의 베루치오까지 가야 했다. 산마
리노 사람들은 그걸 치욕으로 여겨 한동안 비밀에 부쳤다. 영토
의 규모에서 별 차이가 없는, 태평양 한가운데 위치한 나우루에
서도 그런 일이 벌어졌다면 꽤나 골치 아팠을 것이다. 다행히
이 나라에는 길이 발견되었다. 만 명이 조금 넘는 국민들은 서
로서로 잘 알고 있기에, 누구 하나라도 죽으면 모두들 인산칼슘
캐는 일을 중단하고는 길가로 나와 일일이 포옹하며 떠나보냈
다. 한 원주민 노파는 남편을 배웅하다 너무 속상한 나머지 피
를 한 바가지나 토했다. 사람들에 의해 응급실로 보내졌으나 남
편이 작별 인사를 마치기도 전에 망자가 되어 자전거를 타고 달

려왔다. 둘은 나란히 페달을 밟으며 저승으로 향했다.

춘천 당국에서는 구경꾼들이 자전거 행렬을 방해하지 않도록 횡단보도 대신 육교를 설치했는데, 사람들이 별로 관심을 가져주지 않자 눈에 잘 띄도록 샛노랗게 칠해버렸다. 하지만 육교가 세워질 당시만 해도 길 양쪽은 허허벌판이었고, 이쪽 허허벌판에서 저쪽 허허벌판으로 괜히 건너다니는 사람은 없었다. 길에 모여든 사람들은 노란색 육교를 다른 방식으로 이용했다. 그 위에 올라가면 지나가는 망자들을 훨씬 잘 구경할 수 있었던 것이다. 바닥 여기저기 죽음에 관한 낙서가 남겨졌고 술에 취한 젊은이들은 계단에 앉아 무례한 농담을 지껄였다. 난간에 매달려 장난치던 한 초등학생이 추락해 다리가 부러진 적도 있었다. 그러나 무엇보다도, 노란 육교 위는 이런저런 약속과 맹세를 하기에 적합했다.

인파가 모이는 걸 본 장사치들은 길을 이용해 한몫 잡기로 결심했다. 벌판 양옆을 임대해 조그마한 상가를 세웠다. 길과 사오 미터의 여백을 두고 은행, 중국집, 미장원이 들어섰다. 보다 가난한 장사치들은 찐 옥수수나 뻥튀기를 들고 나와 팔았다.

유명한 사람이 죽으면 평소의 몇 배가 되는 구경꾼이 몰려들었다. 망자가 선한 사람이었다면 눈물을 흘리며 애도했고, 악당이었다면 손가락질하며 침을 뱉었다. 언젠가 대형 인질극을 벌이다 인질들과 함께 자폭한 범인이 지나간 적이 있었다. 가족

등 관계 있는 사람들은 모두 합동분향소에 있었으므로 그곳에는 소문을 듣고 온 사람들뿐이었다. 눈에 적개심이 번득이던 한 남자가 돌멩이를 집어 던졌다. 범인의 얼굴에 정통으로 맞았고, 그는 자전거와 함께 쓰러졌다. 입술에 피를 흘리면서 간신히 일어나 다시 페달을 밟았다. 피가 난다! 누군가가 소리쳤다. 출혈은 망자의 수치라는 듯한 목소리였다. 다른 사람이 돌멩이를 던졌다. 범인은 다시 넘어졌다. 또 돌이 날아들었고, 그렇게 길에는 돌이 잔뜩 떨어졌다.

돌멩이 세례를 막은 건, 그래서 범인이 너무 늦지 않게 안개 속으로 들어갈 수 있도록 도와준 건 곁에서 달리던 인질극의 희생자들이었다. 그들이 범인의 좌우에 딱 붙어 페달을 밟는 바람에 사람들은 더 이상 돌을 던지지 못했다. 억울하게 죽어간 희생자들이 왜 그런 태도를 보였는지는 아무도 이해할 수 없었다. 말하자면 길에서 일어나는 어떠한 일도 제대로 설명해내기란 불가능했다.


어느 똑똑한 부잣집 며느리는 이런 생각을 했다── 그곳에 가면, 시아버지가 뇌사 상태에 빠지기 전에 숨겨둔 재산을 찾을 수 있지 않을까?

며느리는 자기 의견을 가족들에게 밝혔고, 지지를 얻어냈다. 계획은 착착 진행되었다. 길에 도착했다는 연락을 받은 가족들은 환자의 생명유지 장치를 떼어냈다. 곧 며느리 앞으로 시아버지가 나타났다. 며느리는 길 한가운데로 걸어갔다. 그곳은 위험한 지점이 아니라 지난날 측량기사들이 동료의 죽음을 지켜보던 곳이었다. 그럼에도 길에서 멀찌감치 떨어져 구경하던 사람들은 그녀의 용기에 탄성을 질렀다.

시아버지는 자전거를 며느리 앞에 세웠다. 안장에 앉은 채 팔을 벌렸다. 며느리는 단호하게 포옹을 거절했다. 또박또박 끊어지는 말투로 은닉한 재산에 대해 물었다. 시아버지는 질문에 대답하지 않았다. 아무 말도 하지 않았다. 턱을 조금 추켜올리며 이제나저제나 포옹해주길 기다리는 눈치였다. 결국 며느리가 한 수 접고는 시아버지를 꼭 껴안아주었다. 사람들은 영문도 모르고 박수를 쳤다.

그게 전부였다. 포옹을 마친 시아버지는 여전히 굳게 다문 입으로 페달을 밟았다. 원하는 대답을 얻지 못한 며느리가 소리지르며 자전거를 붙들었다. 그러나 자전거는 조금도 휘청거리지 않고 앞으로 나아갔다. 결국 시아버지를 놓친 며느리는 바닥에 주저앉아 쌍욕을 퍼부었다. 재산은 영원히 은닉되었다.

한편으로는, 성공한 사람들도 있었다. 보다 정확히 말하자면 성공했다고 믿는 사람들이었다. 대구에서 올라온 한 아가씨가 그랬다. 그녀는 약혼자와 함께 자기 어머니의 자전거를 기다렸다. 어머니는 그녀가 어릴 적에 집을 나갔고, 이태 전 식물인간이 되어 돌아왔다. 무려 이십 년 만이었다. 아가씨는 다 자란 자기와 약혼자의 모습을 어머니께 보여드리고 싶었지만, 의식이 돌아오기는커녕 병세가 계속 악화되어갔다. 결국 둘은 의사의 조언대로 어느 새벽에 대구의 병원을 떠나 길로 왔다. 그리고 길가에 쪼그리고 앉아 하루 종일 기다렸던 것이다.

어머니가 나타난 건 자정이 지나서였다. 칠흑 같은 어둠이 사방을 감싼 와중에 길의 안쪽에 웅크린 보랏빛 안개만이 야광처럼 희미하게 일렁이고 있었다. 구경꾼들도 대부분 돌아간 시각, 띄엄띄엄 지나가는 자전거의 행렬 속에서 대구 아가씨는 어머니를 발견했다. 졸던 약혼자를 깨워 길의 한가운데로 다가서서는 자전거를 세웠다. 제 약혼자예요, 하고 큰 소리로 소개했다. 곧 결혼할 거예요.

약혼자가 꾸벅 인사를 했다. 어머니는 눈 감고 가슴을 내밀어 왔다. 대구 아가씨는 있는 힘껏 어머니를 껴안았는데, 그러자 저 이십 년의 원망과 이백오십 킬로미터의 그리움이 마침내 품 안에서 가볍게 오그라드는 것 같았다.


길을 통해 자신의 미래를 본 어른들은 아이들에게 배웅에 대한 약속을 강요했다. 철없는 아이들은 그걸 싫어했다. 어른들이 약속하자고 덤벼들면 십중팔구 지키기 힘든 일이었다. 약속을 어겼다고 두들겨 맞거나 욕을 실컷 얻어먹느니, 이런저런 핑계를 대고는 피하는 게 상책이었다.

약속하기 싫어하는 건 철이 든 아이들도 마찬가지였다. 그 약속은 자기 뒤를 봐주던 부모와 이별한다는 걸 가정한 후에야 할 수 있는데, 그런 가정은 싫기 때문이었다. 물론 살다 보면 어떤 방식으로든 결국엔 헤어진다는 걸 알고 있었다. 헤어져, 오도카니 혼자 남게 된다는 걸 잘 알고 있었다. 하지만 그 이별은 저 하얗고 쓸쓸한 길 위에 놓여져 있기보다는 좀더 어둡고 구석진 곳에, 그것도 오래오래 감춰져 있길 바랐다.

인천에 사는 아들 역시 어릴 적 노란 육교 위에서 아버지와 그런 약속을 했다. 아들은 그 약속을 꼭 지키고 싶었고, 그래서 암으로 죽어가는 아버지를 춘천 외곽의 작은 병원으로 옮겼다. 거기서 택시를 타면 길까지는 금방이었다. 계획은 완벽하게 성공할 것처럼 보였다. 그러나 아들은 끝내 약속을 지키지 못했다. 죽음의 순간 찾아온 극렬한 고통으로 아버지가 주먹을 꽉 쥐어버렸던 것이다. 자전거 핸들을 제대로 잡을 수 있도록 손가락을 하나하나 펴준 후 기를 쓰고 달려갔지만, 아버지는 벌써 지나가고 난 후였다. 아들은 길 위에 주저앉아 자기가 도대체 뭘 잘못했는지 울면서 자문해보았다.

그처럼, 약속을 했으나 이런저런 사정으로 지키지 못한 사람들은 오랫동안 고통을 받았다. 그들은 이제 막 죽은 이를 배웅하기 위해 그곳을 찾은, 배웅하고 나서 뒤도 돌아보지 않고 떠나버리는 사람들과는 달리 노란 육교 위에 쪼그리고 앉아 며칠이나 머물렀다. 회한이 가득 찬 눈으로 망자들에게서 공통점을 찾으려 애썼다. 그리고 그 공통점을 바탕으로 자기가 놓친 어떤 모습을 재현해보고자 노력했다. 그렇지만 저승으로 향하는 표정이나 자세는 각각이 보낸 생애만큼 다양했기에 그건 쉬운 일이 아니었다. 약속을 지키지 못한 이들은 손가락으로 육교 아래를 가리키고는 힘없이 중얼거렸다. 거기가 비록 텅 빈 허공일지라도, 그들의 손가락은 마치 길을 지나는 누군가를 짚어내는 것처럼 서서히 보랏빛 안개를 향해 움직여갔다.

더 심한 경우 아예 길 곁에 터를 잡고는 몇 년씩 고행을 하는 사람들도 있었다. 그들은 양심의 가책을 해소하기 위해서가 아니라 스스로를 괴롭히기 위해 머물렀다. 남들이 던져주는 그 계절의 음식을 먹으며, 자전거 타고 지나가는 모든 망자와 눈을 마주쳐가며, 그들 사이에서 오래전에 죽어버린 자기 사람을 찾으며 날카롭고 뾰족한 것으로 제 약한 살을 짓눌렀다. 그러다 통증이 둔해질 만큼 고단하여 잠깐 눈을 감을라치면, 얇은 눈꺼풀 안쪽에서는 망자와 함께 길에 관해 나누었던 대화가 서럽게 되살아나 소용돌이쳤다. 결국 지키지 못했던 약속의 언어가 능금 과즙처럼 입술 사이로 쏟아져 나오고, 노란 육교를 흥건히 적시며 계단을 타고 내려와 조금씩, 조금씩 망자들의 길로 흘러갔다. 그럴 때면 자책과 피로로 온통 혼미해져, 저기 저 흰 흙길이야말로 영원히 다다를 수 없을 만큼 멀리 있기 때문이라고 슬프게 변명하곤 했다.


길이 성장하고 있다는 건 분명했다. 처음 발견되던 때에 비해 두 배는 넓어졌고, 또 두 배는 길어졌다. 그 바람에 바짝 붙여

지어놓은 상가와 노란 육교는 길을 막는 장해물이 되었다. 새벽 세 시에서 여섯 시까지는 망자가 한꺼번에 몰리는 사례가 빈번했다. 그럴 때면 상가와 육교로 인해 병목현상이 벌어졌다. 망자들이 저승의 입구에 한데 모여 서성이는 모습은 상상력이 풍부한 사람들에게 공포를 불러일으켰다. 그들이 기다리다 지쳐 되돌아가기로 작정한다면? 돌아가 산 자들의 삶에 개입한다면? 그렇다면 산 자들은 전쟁을 준비해야 할 것이다. 전쟁은 참혹할 것이며, 시간이 흐를수록 산 자들에게 불리해질 것이다. 우여곡절 끝에 상가는 뒤로 한참 물러났다. 하지만 육교는 끝내 확장되거나 철거되지 않았다. 그 노란 철근 콘크리트 구조물에 애정이나 추억을 가진 사람이 너무 많았던 탓이다. 게다가 육교를 우회해 가는 망자들도 있기에 크게 문제되지 않았다.

세계의 여러 지역에서 길은 연달아 발견되었다. 때론 인간이 만들어놓은 도로가 길로 바뀌어버리기도 했다. 시드니 북동쪽 외곽의 41번 국도가 그랬다. 국도에 정치 생명을 걸었던 시의원은 그리로 망자의 자전거가 지나가자 분통을 터뜨렸다. 자기가 이루어낸 길 너머에 초자연적인 세계가 존재한다는 건 정치적으로 전혀 도움이 안 되었다. 그리하여 길에 맞서 저항한 최초의 사건이 발생했다. 열 받은 시의원이 길의 초입에 자전거 진입금지 표지판을 달기로 결심했던 것이다.

별로 좋은 결과가 나오지 않았다. 시의원이 땀을 뻘뻘 흘리며 표지판을 다는 동안에도 망자들은 조롱하듯 자전거를 타고 지나갔다. 한 멍청한 망자는 그만 시의원을 어릴 적 친구로 착각하는 바람에 가까이 다가가 포옹을 청하기도 했다. 시의원은 재선에 실패해 치명적인 간 질환을 얻었다. 그리고 반년 뒤 자전거를 타고 자신이 만든 길에 나타났다.

보다 진지한 사건은 수년째 내전에 휩싸여 있던 어느 나라에서 일어났다. 고성능 폭탄이 엉뚱한 시골마을에 투하되었다. 섬광과 굉음이 사라진 후 남아 있는 건 거대한 흙구덩이뿐이었다. 파편에 맞아 죽은 사람도 많았지만, 더 큰 문제는 폭발 지점이 길의 한가운데라는 점이었다. 길이 끊어지자 사람들은 내전보다 더한 재앙이 올 거라며 슬퍼했다. 그들에게 길은 망자가 지나는 통로의 의미를 넘어 죽음을 앞둔 환자나 자식이 없는 어머니, 사랑에 빠진 총각이 소원을 비는 우상이었다. 우상을 잃은 상실감에 그때까지 잘 버텨왔던 병자들이 떼로 죽어나갔다. 사람들은 또한 길이 파괴되었으니 망자를 인도하는 길의 기능도 멈출 것이라 생각했다. 망자들이 길에서 벗어나 자전거를 끌고는 지상을 떠돌아다닐 것이라 걱정했다. 그리하여 살아 있는 자들은 망자들의 해코지를 당할 거라고 두려워했다.

실제로 그런 지옥 같은 일은 벌어지지 않았다. 그러나 별반 다를 것도 없었다. 내전 중인 국가답게 망자의 행렬은 끊이지 않고 계속됐다. 그들은 구덩이를 피하지 못하고, 혹은 피하지 않고 그대로 안으로 굴러 떨어져 자전거와 함께 나뒹굴었다. 그 위로 새로운 망자들이 끊임없이 쌓여갔다. 밤이건 낮이건 구덩이 안쪽에는 겹겹이 포개진 자전거와 무표정한 망자들이 구더기처럼 꾸물거렸다. 그건 너무 끔찍한 광경이라 누구도 똑바로 바라볼 수가 없었다.

길을 탐험한다는 건 자기 머리에 총을 쏘는 짓과 비슷한 행위였다. 호기심에 경계를 넘어선 이들은 단 몇 초도 견디지 못하고 잔뜩 심통이 난 얼굴로 쓰러져버렸다. 그래서 길의 흐릿한 저쪽 너머에는 불결하게 썩어가는 시체가 몇 구씩 보이곤 했다. 거기는 위험한 지역이라 누구도 수습해주려 하지 않았다. 태양과 바람과 안개가 모조리 분해해줄 때까지 쑥스럽게 나뒹굴어야 했다. 탐험가들의 사체는 짙은 어둠, 낯선 소음, 보랏빛 안개와 함께 길을 이루는 두려운 현상의 일부가 되어 비교적 열정이 적은 후계자들의 도전을 막는 역할을 했다. 애초에 길에 속했던 것에 더해진 죽음의 냄새와 형상으로 인해 많은 사람들이 눈살을 찌푸렸다.

반대로 어떤 이들에게 그 시체는 고귀한 순교의 증거였다. 영원한 숙제인 죽음이 바로 거기, 그처럼 형태를 갖추고 있는데 모른 척 지나친다는 건 차가운 피와 엄청난 게으름이 필요한 일이었다. 그들에게 길에 대한 태도는 오로지 한 가지였다. 열정적인 젊은이들은 선배의 주검이 허공으로 사라질 즈음이면 잊지 않고 자기 몸뚱이를 갖다 바쳤다. 그들은 울며불며 말리는 부모와 애인을 뒤로하고 노트랑 필기구, 녹음기, 카메라를 든 채 묵묵히 길로 향했다. 그리고 얼마 가지 못해 맥없이 쓰러져 숨을 거두었다.

살아서 길을 간 건 탐험가들만이 아니었다. 꾸준히 사기를 치지 않으면 답답해 돌아버리는 사람들에게도 길은 매혹적인 상대였다. 강릉에 사는 한 사기꾼은 평범한 사기에 질려 길을 상대로 한 건 해보기로 작정했다. 각종 사진과 기록, 현장답사를 통해 철저히 준비했다. 암시장을 뒤져 망자의 것과 흡사하게 생긴 자전거를 구해서는, 그 위에 올라타고 무표정한 얼굴로 페달을 밟았다. 겉으로 본 사기꾼의 모습은 사기 칠 때의 짜릿한 쾌감이 코끝에 살짝 묻어 있는 걸 제외한다면 여느 망자들과 똑같았다. 길가에 늘어선 모두가 속아 넘어갔다. 사기꾼의 가슴은 한껏 부풀었다. 하지만 눈앞에 보랏빛 안개가 넘실대자 웬걸, 심상치 않은 분위기를 느끼고는 슬슬 불안해지기 시작했다. 그만 되돌아가는 게 낫겠다 싶어 진로를 돌리려 했다. 그런데 아무리 힘을 주어도 핸들이 꼼짝하지 않았다. 페달을 거꾸로 밟아도, 브레이크를 움켜쥐어도 자전거는 계속해서 앞으로 나아갔다. 안개 속으로 완전히 흡수되기 직전에 사기꾼은 자기가 무슨 짓을 저질렀는지 깨달았다. 암시장에서 사온 건 흡사하게 생긴 모조품이 아니라 진짜 망자의 자전거였던 것이다.

사실상, 이런 탐험가나 사기꾼들에 의해 밝혀진 건 거의 없었다. 보다 영리한 후예들은 생명을 걸기보다는 인생을 걸었다. 평생에 걸쳐 연구하고 통계를 냈다. 안개를 채취해 성분을 조사

했고, 이상한 소리의 진폭을 측정했으며, 안쪽에서 흘러나오는 음산한 빛의 스펙트럼을 분석했다. 이런 정밀한 연구로도 안개에 가려진 길의 너머에 대해 별다른 정보를 얻지 못했지만, 망자들의 태도에 관해서는 몇 가지 간단한 규칙을 알아내게 되었다. 우선, 그들은 안장에서 결코 내리지 않았다. 마치 강력한 결계에 의해 자전거와 한 몸이 되어버린 것 같았다. 또 말을 하지 않았다. 입술은 굳게 닫혀 있었고, 살아 있는 자의 질문에 고개를 젓거나 표정을 바꾸지도 않았다. 그들이 하는 일이라고는 아는 사람에게 다가가 눈을 감고, 팔을 벌리고, 가슴을 부풀리며 고개를 살짝 추켜올리는 것뿐이었다.

어쨌든 그건 옳은 규칙이라고 사람들은 생각했다. 그 외의 다른 것들이 허용된다면, 죽은 이는 어떠한 식으로든 산 자의 삶에 개입하게 된다. "두꺼비 새끼가 준 드링크를 마셨더니 갑자기"라거나 "마지막으로 우리 귀염둥이의 젖가슴을 원 없이" 따위의 말을 해버리면 살아 있는 두꺼비 새끼나 귀염둥이로서는 당황할 수밖에 없다. 일단 죽었다면 자전거를 타고 다시는 돌아올 수 없는 곳으로 가거나 알아서 썩어주는 게, 살아남은 자들한테는 제일 속 편한 일이었다.

왜 하필 자전거인지에 대해서는 다양한 견해가 있었다. 가장 그럴듯한 설명은 자전거가 그 무엇보다 우아한 속도로 망자를 실어 나르기 때문이라는 것이다. 과연 체인과 크랭크, 림, 헤드셋, 버텀브라켓이며 서스펜션의 드러나거나 혹은 감추어진 잔잔한 움직임은 침묵의 행진과 잘 어울렸다. 사람들은 길을 응시하며 제각기 먼 훗날 자신의 넋이 걸어갈 속도를 그려보았다. 너무 빠르지도 너무 느리지도 않게, 아프거나 간지러운 추억이 낙엽처럼 쌓인 만큼, 잠깐은 눈이라도 마주보며 모든 소소했던 인연들과 작별할 수 있도록.

많은 부모들이 자식을 데리고 길을 방문했다. 길에 가면 시체보관소에 가는 것보다 덜 끔찍한 방식으로 죽음에 관해 알려줄 수 있었다. 하지만 그 고상한 의도에 어긋나게도 아이들은 저승으로 향하는 길과 안장에서 궁둥이조차 떼지 못하는 망자들에 대해 너무나 자연스러운, 때론 과감한 태도를 보였다. 열심히 페달을 밟아 달려오는 망자를 보면서 짓궂은 장난을 치거나 의기양양하게 고함을 질러댔다. 아이들에게 동족의 죽음이란 그토록 아득할 뿐이었다. 심지어 자기를 그렇게 예뻐해주던 외할머니가 죽어도 울지 않았다. 아이들은 오히려 병아리나 고양이 같은 동물의 죽음에 슬퍼하고, 충격을 받았다. 어른들이 망자의 행렬을 보며 회한에 젖듯, 아이들은 차갑게 식어버린 강아지를 매만지며 울었다. 그럴 때 아이들의 젖은 눈은 자기가 지어준 이름과 저 보드라운 털, 작고 하얀 발과 새까만 눈동자의 강아지에게도 그만의 길이 있다고 굳게 믿는 것 같았다.

아이들이 옳았다. 하찮은 미물에게도 죽어 갈 자기만의 길은 있었다. 죽은 짐승들의 길은 강원도, 그중에도 인제와 양양을 잇는 한계령에서 집중적으로 발견되었다. 죽은 반달곰, 죽은 너구리, 죽은 다람쥐의 길이 능선을 따라 어지럽게 놓여 있었다. 폭이며 주위를 덮은 나무들의 모양은 그 길이 받아들이는 짐승의 종류에 따라 제각각이었지만, 변속기어가 달려 있지 않은 구식 자전거―물론 각각의 크기에 맞게 개량된―에 엉거주춤 올라타고 저승으로 향하는 풍경만큼은 인간의 그것과 다를 바 없었다. 그건 서커스단의 진부한 공연처럼 보였는데, 자전거를 배우기 위해 얼마나 많이 맞아야 했는지에 대해서는 의견이 분분했다.

반면 메뚜기나 앵두, 미역, 박테리아 같은 것들의 길은 거의 알려지지 않았다. 그것들이 발견되지 않아서가 아니라 발견자가 자택의 마당이나 즐겨 찾는 해안, 혹은 자기 몸 안에 그런 길이 있다는 걸 남에게 알리지 않았던 까닭이다. 어쨌든 사람들은 세상엔 죽은 존재를 위한 부분도 존재함을, 또 그 부분은 우리와 멀리 떨어져 있지 않으며 심지어는 우리 삶 속으로 미끄러져 들어와 간혹 부드럽게 겹치기도 한다는 사실을 이견 없이 받아들였다. 길은 때론 상이용사의 낡은 다락에서, 토막 난 시체가 머무는 구시가지의 하수도에서, 젊은이들이 떠나간 대학의 옥상, 위태롭게 매달린 붉은 십자가의 균열, 그리고 연인들이 포옹할 때 만들어내는 가슴과 가슴의 희미한 틈새에서 고요히 모습을 드러냈다.

세월이 흐르면서 구경꾼들이 조금씩 줄어들었다. 대부분 이미 길을 한 번 이상 보았고, 늘 똑같은 광경인지라 굳이 또 갈 필요는 없었다. 모두들 길에서 사오거나 선물 받은 노란 육교의 미니어처를 서랍 속에 몇 개씩 처박아두고 있었다.

경제성은 떨어지고 미관은 가꾸어야 하니 관리당국의 입장에서는 환장할 노릇이었다. 결국 길 주위에 담을 치고는 매표소를 설치했다. 안으로 들어가려면 입장료를 내고 표를 사야 했다. 그리 비싸지 않았기에 항의하는 사람은 적었다. 매표소는 느랏재 터널 바로 옆에 세워졌는데, 자전거를 탄 망자를 보려면 거기서 족히 오 분은 더 걸어가야 했다. 한창때는 터널 곁에서도 망자를 볼 수 있었으므로 그건 길이 짧아졌다는 증거였다.

유료화가 되고 이전보다 청결해지자 길을 보러 오는 사람이 약간 늘어났다. 입장권 판매에서 나온 수익으로 길의 상징인 육교를 다시 샛노랗게 칠했다. 공공화장실을 설치했고 길 양편에 국화를 심었다. 의기소침하던 은행과 중국집과 미장원은 반짝 경기를 탔다. 솜사탕과 풍선을 파는 장사치들도 가끔 눈에 띄었다. 길은 불국사나 북한산 국립공원과 흡사한 냄새며 분위기를 풍겼다. 아이들이 한바탕 뛰어가면 그 뒤로 부모들이 욕설을 흘리며 쫓아갔다. 누구도 망자의 행렬에 진지한 경의를 표하지 않았다. 겨울비로 빙판이 된 길에서 망자가 넘어지면 모두들 큰 소리로 웃었다.

입장권은 하루짜리, 사흘짜리, 일주일짜리로 판매되었다. 일주일짜리를 끊으면 길의 컬러사진이 담긴 안내지도를 주었다.

지도의 뒷면에는 가족과 함께 놀러왔다가 어디론가 사라진 미아들의 얼굴이 영정처럼 인쇄되어 있었다.

이제 사람들은 길을 그저 넓은 공터로 여겼다. 거기엔 별다른 구경거리가 없었다. 장사가 될 만한 것도, 영혼을 고양시킬 만한 것도 없었다. 순교자라고 추앙받던 탐험가들은 시시한 농담거리로 전락했다. 성지 순례하듯 드문드문 찾아오던 사람들도 대부분 끊겼다. 길을 소재로 한 소설은 독자들을 짜증나게 할 뿐이었다.

그건 모든 익숙한 존재가 가야 할 무덤이었다. 무엇이든 일상 속으로 녹아버리면 사람들은 그걸 사랑하지도, 증오하지도, 두려워하지도 않는다. 처음 세상에 드러나던 순간에는 놀라운 일이었지만, 시대가 바뀌면서 길은 삶의 지루한 일부가 되었다. 사람들은 오히려 경상도 방언으로 신세한탄을 해대는 멧돼지 따위에게 더 큰 신비를 느꼈다. 누구도 길에 대해 궁금해하지 않았다. 어차피 번개며 생명, 달도 궁금하긴 마찬가지였다. 세상 만사에 전력을 다해 궁금해하는 건 어린아이의 몫이었다.

입장권을 팔던 매표소는 슬그머니 문을 닫았다. 구경꾼들이 떠나간 자리엔 병든 부랑자들이 몰려와 기생했다. 쓰레기와 배설물로 부근을 오염시켰고, 저희들끼리 패를 만들어 끊임없이 소란을 부렸다. 하지만 거기가 어딘지만큼은 잊지 않았다. 엉망진창으로 싸우다가도 자전거가 지나가면 잠시 멈추었다. 그리고 아무도 배웅하러 오지 않는 망자에게 어색한 눈인사를 건네며, 하루하루 다가오는 자기 순서를 가늠해보곤 했다.

바빠진 사람들은 정부에게 보다 많은 도로를 요구했다. 우여곡절 끝에 길의 초입에서 살짝 벗어난 공터에 검은 아스팔트 도로가 들어섰다. 덕분에 길은 더욱더 초라해졌다. 그리로 죽은 자들이 지나간다는 건 변함없는 사실이지만, 오로지 그 이유만으로 다른 길보다 도시계획법상의 우대를 받아서는 안 된다고 관리들은 생각했다. 투표권이 없는 사람들, 폐기를 기다리는 행정서류와 감상적인 추억으로만 남아버린 망자들을 위해 재정을 낭비하고 싶어 하지 않았다. 게다가 코딱지만큼의 수익을 올리던 입장권 판매마저 중단되지 않았던가. 더러운 부랑자들이 몰려들어 기생하고 있지 않은가. 관리들에게 있어서 길은 화장터나 쓰레기장 등의 혐오시설과 마찬가지, 즉 도시의 입장에서는 미관을 해치고 거주민의 편익을 훼손하는 병든 지역이었다.

그러할 때 최초로 길을 없앤 어느 용감한 외국 정부의 이야기가 빠르게 입소문을 탔다. 그 나라 역시 몰려든 부랑자들로 골치를 앓던 중이었다. 그들은 거침없이 싸우고, 서로를 죽임으로써 인근 주민들을 공포에 떨게 했다. 어떤 식으로든 대책이 필요했다. 관리들은 우선 부랑자들을 개처럼 쫓아낸 후, 각종 통계와 정밀한 측정을 토대로 저승으로 넘어가는 부분에 담을 쌓았다. 그렇게 길이 깨끗하게 막히자 사람들은 담 뒤쪽, 보랏빛 안개가 사라진 길의 저 너머로도 자유로이 왕래할 수 있게 되었다. 관리들은 다음 단계를 진행하기 전에 충분한 시간 여유를 두고 관찰했다. 안개 속에서 기묘한 신음 소리가 흘러나오긴 했으나, 그 외에는 별다른 재앙이 발생하지 않았다. 길은 자기 운명을 순순히 받아들이는 것처럼 보였다. 자전거에 탄 망자 몇이 달려오다 담 앞에서 뜨악한 표정으로 맴돌았는데, 원한을 품고 강시나 좀비가 되는 대신 조용히 증발해버렸다. 그 후로 망자들은 더 이상 오지 않았다.

이로써 모든 것은 명확해졌다. 길을 폐쇄하면 거기에 산 자를 위한 건물을 지을 수 있고, 도로를 만들어 다른 도로와 이을 수도 있는 것이다. 이제껏 죽은 귀신들의 분노가 두려워 길을 방치해놓았던 거라고 누군가 말했다. 사람들은 그런가 보다 하고 생각했다. 다른 누군가는 성실한 납세자들이 다시 이 세상을 정복해야 한다고 했고, 또 어떤 이는 길에 들러붙은 병균인 부랑자들을 쫓아내고 망자들을 막음으로써 국토를 더욱 효율적으로 써야 한다고 주장했다. 사람들은 그런가 보다 하고 생각했다.

세계의 여기저기서 하나둘 길이 지워졌다. 그리고 상가와 도로가 들어섰다. 나머지 길들도 멀뚱멀뚱 차례만 기다리는 신세였다. 이처럼 길을 대하는 사람들의 자세는 발견된 지 반세기도 지나지 않아 돌이킬 수 없을 만큼 냉정해졌다. 길은 태어나 성장하고, 병이 들고, 마침내 늙어가는 과정을 겪는 것 같았다. 그 끝에는 모든 죽어버린 것들의 운명, 망각이 기다리고 있었다. 애초에 발견되었을 때부터 자기 내부에 망각을 품고 있었으니, 어쩌면 길은 사람들에 의해 지워진 게 아니라 스스로 자전거를 몰아 자기 속으로 달려간 것인지도 모른다.

길에 대한 기억이 길보다 먼저, 더 빨리 사라져갔다. 길의 시대에 살았던 사람들이 세상을 떠나고 관련된 문서와 추억마저 훼손되고 잊혀지면서 몇 남지 않은 길들 또한 꼬리를 먹는 뱀처럼 붕괴해갔다. 그것은 심지어 저 오래전 처음 발견되던 순간보다도 초라해지고, 좁아지고, 짧아졌다. 자전거를 탄 망자들 역시 확연히 줄었다. 눈부시게 하얗던 길의 여기저기에 푸르스름한 이끼가 끼었으며, 그건 길의 노쇠한 몸에 난 검버섯처럼 보이기도 했다. 귀 밝은 사람이라면 보랏빛 안개에서 새나오는 병든 신음 소리를 들을 수가 있었다. 고통을 호소할 뿐, 누군가를 향한 원망 같은 건 조금도 섞여 있지 않았다.

그들은 무릎까지 자란 무성한 잡초를 헤치고 매표소를 지나갔다. 문이 잠긴 공공화장실 뒤편에는 공사 현장 사무소의 2층짜리 가건물이 자리 잡고 있었다. 사람들은 보다 많은 땅을 이용하길 원했다. 그러기 위해서는 길의 너머에 도로며 건물을 지어야 했고, 또 그러기 위해서는 일단 길을 폐쇄해야 했다. 길을 폐쇄하기 위해서는 길의 한가운데에 담벼락을 설치하거나 컨테이너박스 따위로 바리케이드를 쌓아야 했고, 그 설치공사를 위해 공사 현장 사무소를 지었으며, 공사 현장 사무소를 짓기 위해 매표소 건물을 개조해 일용직 노동자의 임시 거주지로 사용했다. 그렇게 사람들은 전초단계를 계속해서 밟아나갔고, 그러면서 앞으로 나아가는 게 아니라 점점 뒤로 후퇴하는 것처럼 보였다. 그러나 그 후퇴가 뚝 그치는 순간, 길을 작살내기 위한 모든 단계는 폭발하듯 진행될 것이다. 그리고 때가 되었다.

초겨울이라 공기가 쌀쌀했다. 그들, 셋은 저마다 목도리나 스카프를 두르고는 빠르지도 느리지도 않게 걸었다. 멀리 흙길이 보였다. 그 위로 몇몇 망자의 자전거가 하얀 입김을 궤적처럼 남기며 지나가고 있었다. 이윽고 셋은 육교 아래에 닿았다. 사방에 금이 갔고, 페인트가 벗겨진 자리엔 군데군데 붉게 녹슨 쇠가 드러나 흉물스러웠다. 그 노란 철근 콘크리트 구조물이 길에 비해 너무 작아 보이던 때도 있었다. 모두가 망자들을 배려하기 위해 애쓰던 시절이었다. 좋든 싫든, 그런 세월은 모두 지나가버렸다. 저만큼 뒤로 물러난 상가에는 적막만이 감돌았다. 썩은 양파 냄새마저 희미해진 중국집 주방, 부랑자들에 의해 미장원 밖으로 끌려나와 희롱당한 대머리 두상 마네킹도 그랬지만 현금이 없는 은행은 더더욱 쓸쓸해 보였다. 문까지 활짝 열어놓고는 기억상실증에라도 걸린 척하는 것 같았다. 셋은 빛바랜 노란 육교 위로 올라갔다. 거긴 무척 더러웠다. 술병과 신문지가 나뒹굴었고 고약한 냄새가 났다. 얼마 전까지도 그곳을 점령했던 부랑자들의 흔적이었다. 그들은 길의 폐쇄가 공포되고 난 후 갑자기 사라졌다. 어디로 떠나갔는지 아는 사람은 없었다.

육교 위에는 백발이 성성한 두 할아버지와 머리에 쪽을 진 할머니, 그렇게 셋뿐이었다. 그들은 반세기 전 길에서 맨 먼저 목숨을 잃은 측량기사의 동료와 아내였다. 길이 없어진다는 소식은 멀리 떨어져 살던 그들을 만나게 했고, 알 수 없는 의무감으로 묶어주었다. 셋은 자신들의 삶에서 너무 오래전에 퇴장해버린, 이젠 기억도 가물가물한 한 남자를 추모하기 위해 거기 모인 것이다. 저마다 노란 난간 한쪽씩을 차지하고는 구부정하게서서 주위를 둘러보았다. 비록 좁고 짧아지긴 했지만 흰 흙길의저 너머에는 여전히 쓸쓸한 보랏빛 안개가 고요히 소용돌이치고있었다. 그 속에서 이따금 낮은 신음 소리가 가느다랗게 육교쪽으로 흘려왔는데, 그럴 때마다 셋은 고개를 숙이고 같이 아파했다. 처진 분위기를 바꾸기 위해 마지막으로 길을 지나갈 망자에 대해 어린아이들처럼 내기했다. 자전거가 보이지 않으면 서로 위로하며 초조하게 기다렸고, 길의 초입에서 누군가 나타나면 다 함께 안도의 한숨을 내쉬며 웃었다. 이윽고 요란한 소리가 나더니, 길을 파괴하기 위한 쉽고도 간단한 공사가 시작되었다. 거대한 기중기가 쇠줄로 연결된 컨테이너박스를 조약돌처럼 주워 올렸다. 노란 육교를 우회해 길의 끝으로 이동했다. 그러는 사이 거대한 쇳덩어리인 컨테이너박스는 느린 시계추마냥허공에서 흔들거렸다.

셋은 침울하게 굳은 얼굴이었다. 오랫동안 자전거가, 자전거를 탄 망자가 나타나지 않았기 때문이다. 한참 전에 지나간 그

짧은 머리 청년이 마지막이었던 거 같다고 누군가 넋두리하듯 말했다. 인부 몇이 미리 지정해둔 위치에 붉은 깃발을 꽂고는 뒤로 물러섰다. 보랏빛 안개가 웅크리고 있는 곳에서 이십 미터 가량 떨어진, 길의 한가운데였다. 기중기가 길가 한쪽에서 고정쇠를 내리며 위치를 잡았다. 그리고 컨테이너박스를 내리기 시작했다. 바로 그 순간, 할머니가 탄식 같은 소리를 냈다. 모두들 길의 초입으로 시선을 돌렸다. 눈초리가 축 처져 억울하게 생긴 꼬마 녀석 하나가 페달을 밟아 달려오고 있었다. 놀라고 흥분한 두 할아버지는 발을 동동 구르며 서두르라고 고함쳤다. 또 인부들을 향해서는 멈추라고 악을 썼다. 그러나 꼬마는 서두르지 않았고 인부들은 멈추지 않았다. 이미 죽었기에 서두르지 않는 건 당연한 일이었고, 한낱 망자에 불과하므로 공사를 멈추지 않는 것도 당연한 일이었다. 어찌 보면 꼬마는 내려오는 컨테이너박스보다 한 발 앞서, 무사히 안개 속으로 들어갈 것 같았다. 또 어찌 보면 그 육중한 쇳덩어리가 끝내 자전거의 앞을 가로막을 것 같았다.

마침내 기중기가 컨테이너박스를 길의 한가운데에 내려놓았을 때, 유유자적하던 꼬마와 자전거는 정확히 그 밑을 지나고 있었다. 바닥에 닿으면서 쾅, 하고 무척 큰 소리가 나는 바람에 모두들 어깨를 움찔했다.

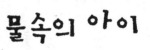

# 물속의 아이

이층에 선 아이는 거실을 가로지르는 어머니를 보았고 품에
안기기 위해 계단을 내려서는 찰나 그 작은 발이 난간 기둥에
걸리며 중심을 잃었고 먼저는 팔꿈치로 다음으론 온몸으로 직각
의 나무 모서리들에 부딪치며 어쩔 수 없이 탄식 같은 신음을
쏟고 그럼에도 딴에는 보다 적게 상처 입기 위해 몸을 공처럼
둘둘 말고는 평온하던 공기를 가르며 바닥으로 떨어져 내렸고
그러할 때 놀란 어머니는 고개 들어 계단을 보았고 그 계단에
자꾸만 자꾸만 상해가는 자기 아이를 보는데 손에 들려 있던 화
병은 스르르 바닥에 떨어져 무참한 소리와 함께 산산조각 나 수
선화며 물방울이며 날카로운 자기 조각이며 할 것 없이 거실에
흩뿌려지고 어머니는 어깨를 떨며 비명도 지르지 못한 채 심장
에 칼이 꽂힌 제물처럼 무기력하게 어깨를 떨며 아이가 완전히

바닥에 나동그라질 때까지 그렇게 어깨를 떨며 서 있는데 눈을 휘둥그렇게 뜬 어머니와 바닥에 고꾸라져 눈을 감고 있는 아이와 그들을 아프게 한 사연은 무대 위에 어지러이 널려 있는 사물들 그리고 소음을 거느리며 노란 조명 앞에 서서히 모습을 드러냈다.

아이는 눈을 뜰 수가 없었다. 아픔이야 참을 수 있었지만 어지러운 건 견디기 힘들었다. 주황색 눈꺼풀 안쪽으로 기이한 모양의 소용돌이가 보였다. 작은 점만 한 것도 있는데 대부분 그보다 훨씬 컸다. 어느 것이나 보라색을 중심으로 노란색, 붉은색 등이 겹겹이 둘러싼 채 빙글빙글 돌면서 사라지고 나타났다 또 사라졌다. 조금 지나자 소용돌이는 모두 어둠 속으로 스며들었다. 아이는 저도 모르게 눈꺼풀을 떨었고, 신음 소리를 냈다. 넋을 놓고 있던 어머니는 화들짝 놀라 허리를 굽혀 아이의 머리를 일으켰다. 힘없이 들렸다. 어머니는 그 머리를 감싸 안고 날카롭게 울었다.

잠시 후 정신을 차린 아이는 울고 있는 어머니 때문에 어리둥절했다. 가벼운 뇌진탕을 입은 아이는 그 순간, 자신이 계단에서 굴러 떨어졌다는 사실조차 완전히 이해할 수 없었기에 숨을 죽이고 어머니의 울음을 지켜보았다. 눈물은 흘러 아이의 가느다란 머리카락을 적시고 부드러운 이마를 적시고 창백한 볼을 적셨다. 또 목을 타고 흘러 우아하게 피부로 스며들며 온몸을 감싸기 시작했다. 습기 찬 피부를 흐르는 따뜻한 염분의 액체는 희미하게 남아 있는 태아 시절의 기억을 자극했다. 온몸이 마비된 듯한 나른함 속에서 맥없이 흐느적거리는 그 느낌은 암페타민의 마성과도 같이 아이를 사로잡았다. 어머니의 격한 호흡은 끊임없이 흘러가는 냇물의 리듬이었고 비탄에 싸인 절규는 나른하게 공명하는 연못의 화음이었다. 아이는 단 한 번의 경험으로 중독되었다.

금단 현상은 곧 찾아왔다. 어머니는 둘째 아이를 출산했다. 귀여운 계집아이였으며, 그 카랑카랑한 울음소리는 집 안 어디에서도 들을 수 있었다. 채 눈도 뜨지 못하는 어린 생명의 처소는 어머니의 팔 바로 안쪽에 마련되었는데, 거기는 애초에 아이의 자리였다. 티를 내지 않았지만 아이는 몹시 불안했다. 어머니에게 가장 소중한 존재가 자신이 아닐 수도 있다는 건 감당하기 버거운 일이었다. 아기의 감기로 어수선하던 어느 날, 아이는 다시 한 번 계단에서 굴러 떨어졌다. 공간이 일그러지는 아수라장 속에서 이마가 찢어지고, 팔이 부러졌다. 날카로운 고통이 밀려왔다. 그러나 예상하고 있던 것보다는 참을 만했다. 아이는 그보다 훨씬 큰 고통도 각오하고 있었던 것이다. 파리한 색상의 천장을 바라보고 누워 귓불을 타고 흐른 피가 바닥에 떨어지는 소리를 들었다.

똑, 똑, 똑.

선명한 피는 경쾌한 소리를 내며 떨어졌다. 그러면서 아이는 맑고 깊은 호수 속으로 몸이 송두리째 빨려 들어가는 듯한 섬망(譫妄)에 빠졌다. 전율로 몸이 부르르 떨렸다. 가만히 눈이 감겼으며, 부신수질에서 아드레날린이 분비되었다. 혈관이 수축되었고 빨라진 심장박동은 교감신경계를 흥분시켜 눈꺼풀을 가느다랗게 떨리도록 만들었다. 곧 어머니가 달려와 비명을 질렀다. 한 뼘이나 찢어진 이마에서 흐른 피가 여기저기 묻어 있었고, 한쪽 팔은 이상한 방향으로 꺾여 있었다. 어머니는 미친 듯이 아이의 가슴에 귀를 대고, 자신의 자궁에서 나와 이제 홀로 호흡하고 있는 작고 어린 생명의 맥박을 탐색했다. 희미했지만 조금씩, 틀림없이 뛰고 있었다. 그녀는 웃어야 할지 울어야 할지 종잡을 수 없었다. 짧은 간격을 두고 찾아온 슬픔과 기쁨, 절망과 환희가 동시에 그녀를 어지럽게 감쌌다. 어머니는 이윽고 아이의 머리를 쓰다듬으며 울음을 터뜨리는 쪽으로 방향을 정했다. 그것은 단순하고 즉각적인 본능의 발로였기에, 이 순간 어떠한 불길한 징조도 발견하지 못했다 하여 비난받을 이유는 없었다.

금세 뼈가 붙고 상처가 아물었다. 회복 속도는 비정상적이리만큼 빨랐기에 어머니도 아버지도, 심지어는 담당의사도 기뻐했다. 병원에서 해방되어 집에 돌아온 아이는 부모에게 둘러싸여 맛있는 음식을 잔뜩 먹었다. 옆방에서는 갓 태어난 동생이 시끄럽게 젖을 보채고 있었다. 하지만 어머니도, 아버지도 아기가 울고 있는 방으로 갈 생각을 하지 않았다. 이걸 좀 먹어봐, 이것도, 요것도 한번 먹어보겠니? 저것도 아주 맛있단다. 이런 말들이 식탁 위에 굴러다니고 있었다. 아기의 울음소리가 더욱 심해졌다. 몹시 분한 듯, 고래고래 악을 쓰는 울음소리였다. 눈앞의 음식들이 그 울음에 공명하여 조금씩 흔들리고 있었다. 아이는 불안해졌으며, 곁눈질로 힐끔힐끔 아기가 있는 방을 보았다. 그때 아버지의 눈짓을 받은 어머니가 조용히 일어나 아기의 방으로 걸어갔다. 아이는 또다시 저 어린 녀석에게 어머니를 빼앗겼다고 생각했다. 핏덩어리에 불과한 저 어린 녀석이, 고작 징징대는 울음 따위로 어머니를 가로채버렸다고 생각했다. 눈앞에 쌓인 수많은 음식들이 모두 하찮게 느껴졌다. 아이는 더 큰 소리로 울까 혹은 그러지 말까 망설였다.

하지만 어머니는 아기의 눈앞에 커다란 유방을 드러내는 대신에 문을 꼭 닫고는 다시 돌아와 식탁에 앉았다. 이걸 좀 먹어봐, 이것도, 요것도 한번 먹어보겠니? 저것도 아주 맛있단다. 이런 말들이 다시 식탁 위에 굴러다녔다.

아이는 생각했다. 저 어린 악마는 왜 계단에서 굴러 떨어질 생각을 하지 못한 걸까? 아주 약하고 연한 몸이기에 마음만 먹는다면 동정을 얻을 만큼의 상처를 입을 것이 분명할 텐데. 이런 의문들은 역으로 자신이 찾아낸 방법의 유효성을 새삼 확인시켜주었다. 완전히 닫힌 문 너머의 아기 울음소리는 가만히 귀를 기울이지 않으면 들리지 않았고, 음식이 가득한 둥근 탁자에서는 누구도 가만히 귀를 기울이지 않았다.

잠자리에 눕자 아이는 금세 꿈을 꾸었다. 거실에 낮게 깔린 따뜻한 액체 속에 누워 있었다. 움직이기 불편했으나 딱히 고통스러운 건 아니었다. 창문으로 밝은 빛이 들어오고 있었기에 두렵지도 않았다. 아이는 그 액체에 두껍게 덮인 채 눈을 들어 경계에 맺힌 어머니를 응시했다. 저 너머 건조한 세계에서 어머니는 온화한 미소로 아이를 지켜보고 있었다. 그때, 누군가에 의해 눈앞의 형상이 일그러졌다. 하지만 당황한 아이의 눈에는 파랑을 일으키는 손이 보이지 않았다. 사랑스런 어머니의 모습도 사라졌다. 보이는 것이라곤 그저 수면에 반사된 자기 얼굴뿐이었다. 깨어진 거울처럼 일렁이는 그 표면이 잔잔히 가라앉아 다시 어머니의 형상이 맺히기를 숨을 참고 기다렸다. 그러나 파랑은 좀체 가라앉지 않았으며 일렁이는 수면의 저쪽에는 어머니 대신, 어디선가 나타난 낯선 얼굴들이 웃고 있었다. 모두들 한결같이 적의가 어린 미소로 아이를 노려보았다. 그날, 아이는 약하게 체했다. 너무나 약하게 체했기 때문에 아무도 걱정해주지 않았다.

어머니는 계단 아래에 두껍고 부드러운 카펫을 깔았다. 이제 그곳은 더 이상 위험한 장소가 아니었다. 어머니는 아이가 일러준 교훈을 어느새 잊어버린 듯 다시 수유에 정신이 팔려버렸다.

아이가 밖에서 시퍼런 멍을 달고 와도 아기의 짓눌린 엉덩이만큼 돌보아주지 않았다. 문틈에 손가락을 다친 아이가 비명을 질러도 잠이 잘 오지 않아 기분이 상한 아기만큼 달래주지 않았다. 갓난아기 어머니로서의 그러한 행위들은 아이를 힘들게 했다.

아이는 계단 아래 돌돌 말려 있는 카펫 위에 올라앉았다. 무릎으로 턱을 괴고는 얄밉게 우는 아기 목소리, 어쩔 줄 모르고 뛰어다니는 어머니의 발걸음 소리, 이런 갖가지 음향들이 조밀하게 어우러진 저 너머를 응시했다. 소외감은 아이를 슬프고 불안하게 만들었다. 반짝이는 눈을 돌려 계단의 끝을 바라보았다. 한때 그 계단의 끝에는 숨 막히는 기대가 숨어 있었으니, 저 고통스러운 자해의 결과를 미리 확신할 수 있었던 까닭이다. 그러한 기대가 사라진 계단은 나무로 만들어진 건축물의 일부에 지나지 않았다. 아이는 눈을 감았다. 그대로 부드러운 카펫 뭉치에 누워 잠이 들어버렸다.

우윳병을 끓이던 어머니가 카펫 위에 아무렇게나 쓰러져 있는 아이를 발견한 것은 바로 그 직후였다. 어머니는 무섭게 쿵쿵거리며 아이에게 달려왔고, 복잡한 계산에 지쳐 막 잠이 든 아이의 멍한 머리를 부여잡고 울었다. 세 번이나 연속된 아이의 추락은 우연히 이루어지기 힘든 일이었으며 그러므로 그 순간 어머니가 느낀 자책은 대단한 것이었다. 어머니는 혹시 도움이 되지 않을까 하는 심정에 아이의 뺨을 세 차례나 때렸다. 하지만 그 첫번째 손날이 날아오기도 전에 아이는 이미 깨어 있었다. 어머니에 대한, 말로 설명하기 힘든 강한 투정 때문에 눈을 감고 있을 따름이었다. 아이는 정확한 시간차를 두고 연속해서 날아오는 매서운 손날을 묵묵히 참아냈다. 미동도 없이 감겨진 아이의 눈은 혼란에 빠진 어머니를 더욱 당황하게, 겁에 질리게 만들었다. 아이는 뒤늦게 호들갑을 떠는 어머니가 원망스러웠다. 어머니, 제가 정말로 죽으면 어쩌려고 그러세요, 하고 속으로 꾸중했다. 그때 가서 후회하실 건가요? 아이는 조용히 숨을 고르며, 가쁘게 요동쳐오는 어머니의 심장을 느꼈다. 어머니는 한참을 그렇게 울었다.

어머니가 급히 전화를 걸러 간 사이에 아이는 눈을 떴다. 서럽게 울렁이던 어머니의 가슴이 또렷이 떠올랐다. 스스로가 아주 대단한 존재가 된 것 같기도 했고, 무심했던 어머니에게 딱 적당한 벌을 준 것 같기도 했다. 아이는 천천히 일어나 카펫의 귀퉁이에 앉았다. 웃음이 터질 것 같아 허벅지를 꼬집었다. 잠시 후 돌아온 어머니는 카펫 위에 앉아 멍하니 바닥을 내려다보고 있는 아이를 발견했다. 그리고 달려들어 껴안았다. 어머니의 머릿속은 엉망진창이 되었고, 그래서 아이를 껴안고 볼을 쓰다듬고 이름을 부르며 우는 것 이외에는 어디에도 신경 쓸 여유가 없었다.

잠시 후 나타난 아버지와 함께 병원에 갔다. 언제나 조심스레 어물거리길 좋아하는 의사에 의해 아이의 무사함은 신의 가호로 치부되었다. 셋은 함께 장난감을 사러 번화가로 향했으며, 그러는 내내 홀로 남겨진 갓 태어난 아기에 대한 걱정 따위는 누구도 하지 않았다.

달라진 게 있다면, 더 이상 부모의 관심을 끌기 위해 높은 곳에서 굴러 떨어져 스스로 상해를 입힐 필요가 없음을 깨달았다는 것이다. 아이는 죽음의 순간에야 치유될 영원의 고통을 가진 듯이 행동하였다. 어머니의 관심이 필요할 때면 어디에서나 쓰러졌다. 분명 쓰러진 아이를 발견했을 때 보이는 어머니의 반응은 그런 아이의 행동을 지속시키기에 충분할 만큼 한결같았다.

아이는 가장 나쁜 경우도 상상해보았다. 이 모든 발작이 철없는 장난으로 판명되어, 쓰러져 있는 자신의 등 뒤로 경멸과 증오의 시선을 퍼붓고는 뚜벅뚜벅 아기에게로 걸어갈 어머니의 모습을 그려보았다. 하지만 그러한 상상은 늘 진행되고 있는 현실에 의하여 쉽게 묵살되었다. 현실은 그렇게 치밀하거나 논리적이지 않다는 사실을 아이는 깨달았다. 굳이 방법을 바꿀 필요가 없었다.

어머니의 입장에서는 상당히 난처한 일이었다. 아무런 원인도 없이 아이가 쓰러져버리고, 그럴 땐 하필 아기가 고열로 신음하고 있거나 배설물, 혹은 허기로 칭얼거리고 있는 중이었다. 여러 병원에 가보았지만 어디에서도 아이가 갑자기 쓰러져버리는 원인을 찾아내지 못했다. 전에 있었던 계단에서의 사고로 미루어 보아 미세한 두뇌계통의 질환일 것으로 추측하기는 했지만, 그 이상의 진단은 나오지 않았다. 의사가 자신 있게 권하는 정밀검사를 받아보아도 원인은 밝혀지지 않았다. 그러한 과정에서 아이는 자신에 대한 어떠한 방식의 접근도 무용지물이라는 사실을 알아차렸다. 아이는 눈물이 펑펑 쏟아질 것 같은 슬픈 눈망울로 여러 병원을 돌아다녔다. 그러할 때면 영락없이, 아이는 알 수 없는 병에 고통받는 가엾은 어린 천사였다.

아이의 상태에 부합하는 의학적 경우의 수가 '미지(未知)' 단 하나로 줄어들어버리자 부모는 포기하지 않을 수 없었다. 다만 가끔 쓰러져버리는 사고 이외에는 아무런 문제가 없다는 사실을 위안 삼았다. 부모의 신경은 점차 날카로워져갔고 아이는 자신의 방법에 신념을 더해갔다. 유능한 의사들과 수차례의 정밀검사가 오히려 아이를 안심시켰던 것이다. 아이는 자신이 고안해 낸 방법은 상당히 교묘하며 따라서 누구라도 그 비밀을 캐낼 수 없으리라고 자신했다. 어렴풋이 느낀 형이상학적 세계──비록 그것이 형이하학적 과학의 불완전성에서 비롯된 것이라 할지라도──의 완벽성은 경이로운 것이었다. 자신이 알지 못하는 현상에 대한 즉각적인 인정과 과감한 수용이 당대 의학 전문가들의 도덕률로 자리 잡았다는 것은 아이에게 있어 무척 다행스런 일이었다.

화장실에서, 식탁에서, 갓 태어난 아기를 구경하던 안방에서 아이는 돌연히 쓰러져 눈을 감았다. 그리고 그때마다 어머니는 미친 듯 달려와 아이를 껴안고 기분 좋게 몸을 흔들어주었다. 이와 같은 일은 계속해서 반복되었고, 점점 늘어났다. 아이는 이미 말끔히 소제된 귀를 파달라고 졸라대며 쓰러졌고, 있을 리가 없는 흰머리를 뽑아달라고 졸라대며 쓰러졌다. 어머니는 서서히 지쳐갔다. 예전이라면 웃어넘겼을 사소한 일에도 크게 화를 냈으며 한번은 앞치마를 두른 채 친정으로 돌아가 이틀 동안 내리 자기만 한 적도 있었다. 그동안 아이의 발작이 없었다는 것은 오히려 그녀에게 있어서 하마터면 저질렀을지도 모를 엄청난 과오를 깨닫게 하는 계기가 되었다. 만약 아이가 쓰러졌다면, 하는 생각에 그녀는 가슴을 쓸어 내렸다. 다행히 아무런 일도 일어나지 않았지만 그럴 가능성이 바로 아이의 어머니인 자신에 의해 조성되었다는 사실은 더러운 간음을 저지른 것처럼 용서받을 수 없는 일이었다. 그녀는 울며 반성했고, 몸에서 눈물을 모두 뽑아낸 후에는 기운을 내어 다시 헌신적인 어머니의 모습으로 돌아갔다.

그러나 이전만큼 고통스럽지는 않았다. 도저히 견딜 수 없을 정도로 어려운 상황에서도 살아남을 수 있도록, 신은 자기 피조물에게 어떤 능력을 주었다. 어머니는 이미 말끔히 소제된 귀를 파달라고 졸라대는 아이를 대하듯, 있을 리가 없는 흰머리를 뽑아달라고 졸라대는 아이를 대하듯 행동함으로써 자신의 삶에 조금씩 안정을 찾아갔다. 언제인가부터 어머니는 쓰러진 아이를 보고 비명 지르는 것을 자제하게 되었으며 또 언제인가부터는 천천히 걸어가 아이를 안고 쓰다듬어주었다. 이전과 상황이 달라진 것을 깨달은 아이는 그러나 이러한 변화가 자신에게 딱히 불리하지도 않다고 판단했다. 사냥꾼의 총격에 넋이 빠진 어린 사슴처럼, 가만히 자신의 머리를 어머니 가슴에 묻고는 그 고요한 순간을 즐길 뿐이었다.

아버지는 영민한 사람이었다. 아이에게 의심을 품었다. 일상적으로 반복되는 졸도는 우선 아이의 신체에 아무런 영향을 끼치지 않았다. 아이는 습관적인 졸도에도 불구하고 여전히 영리했으며 식욕이 좋았고 사회화 과정의 속도도 다른 아이들과 차이가 없었다. 어느 날 아버지는 술집에서 오랜 친구를 만났다. 그는 자기 병원을 운영하고 있는 소아과 의사였다.

집에 돌아온 아버지는 아이를 자신의 서재로 불렀다. 몇 가지, 아이가 이전에 저지른 과오를 들추며 을러댔다. 어느 순간이 다가오자 예상대로 아이는 맥없이 쓰러졌다. 아이는 적의를 품고 자신의 뺨으로 달려오는 아버지의 매서운 손날을 느낄 수 있었다. 하지만 끝내 눈을 뜨지 않았다. 어쩌면 아이답고, 또 한편으로는 전혀 아이답지 않은 파렴치한 기운이 끝까지 견디어 낼 수 있도록 도와주었다. 아내가 달려와 남편을 떠밀고는 아이를 데리고 가려 했다. 아버지는 결코 찬성할 수 없었지만 마구 소리 지르는 아내와 연계된, 시체처럼 누워버린 아이는 상대하기 힘든 적이었다. 아버지는 집을 나와 술을 마셨다. 만취해 집에 돌아와 보니 울다 지친 아내는 아이를 껴안고 잠이 들어버린 후였다. 쓸쓸한 거실에는 아기의 지친 울음소리가 버림받은 개새끼처럼 어슬렁거리고 있었다.

아무렇지 않은 표정으로 돌아오는 데 다소 시간이 걸렸다. 하지만 완전히 평온을 찾고 나서도 아버지의 머릿속에는 전투가 끝나지 않았다. 분명한 건, 이길 수 없다는 사실이었다. 이길 수 없는 적과의 싸움은 보이지 않는 적과의 싸움처럼 전의를 상실하게 만들었다.

어머니는 남편과 생각이 달랐다. 아이가 남편의 계략 앞에서 실지로 쓰러졌지만, 그건 어디까지나 이전에 아이에게 일어난 끔찍한 사고의 후유증 때문일 거라고 여겼다. 그때 분명히 아이는 당황했고, 당황한 순간에 복잡한 생리적 현상에 의해 자극을 받았고, 이어 연쇄적으로 저 고질적인 발작이 일어난 것이라고 믿었다. 자식을 위험에 처하게 한 사람 앞에서 아무렇지도 않은 표정을 지으며 살아갈 수는 없었다. 남편을 증오했으며, 아이를 더욱 감싸주었다.

어머니의 이러한 변화는 아이에게 기쁨을 주었다. 어떠한 상황이 닥쳐오더라도 어머니만은 자신을 비호하고 옹호할 것이라 확신하게 되었다. 아버지에 대해서는 경계를 풀지 않았다. 아이는 자신이 아버지의 계략에 속아 넘어갔으며 하마터면 모든 것이 탄로 날 뻔했다는 사실에 소름 끼칠 정도로 긴장했다. 원했던 건 단지 어머니의 따뜻한 품과 정다운 애무였다. 그건 부모로서 응당 자식에게 베풀어야 할 것들이고, 자신은 그 당연한 것들을 받기 위해 최선을 다했을 뿐이다. 발작의 보상으로 새로운 장난감과 맛있는 음식을 요구한 적은 한 번도 없었다. 그 또한 상당히 끌리는 것들이었지만, 스스로 정한 엄격한 규칙은 그러한 요구가 가져올지 모를 위험을 충분히 고려하고 있었다. 새로운 장난감, 맛있는 음식을 깨끗이 포기하는 편이 부모가 의심이 가득 찬 눈으로 자신의 몸뚱이를 훑어 내리는 순간을 견디어 내는 것보다 쉬웠던 것이다. 다만 어머니의 품속에 안기기를 원했는데, 아버지의 계략에 의해서 마치 그 무슨 음흉한 범죄처럼 까발려질 수 있었다는 사실은 아이를 이전보다 훨씬 치밀하고 조심스러운 인간으로 만들었다. 이처럼 욕망을 억누르고 모든 가능한 경우의 수를 계산해나가면서, 아이는 서서히 상황을 장악해갔다.

아이는 어느 날 어머니가 달력에 무언가 표시하고 있는 걸 보았다. 붉은색으로 별표를 그려 넣는 어머니의 뒷모습을 보면서 아이는 조심성 외에는 방어 수단이 전혀 없는 초식 동물이나 극도로 간교한 악마가 그리하듯 즉각적으로 그 표식이 자신의 발작 횟수임을 알아챘다. 그리고 그 분포가 상당히 난잡하다는 것도 깨달았다. 세 개의 별이 그려져 있는 날도 있었고, 며칠씩이나 별이 없을 때도 있었다. 이후로 아이는 면밀히 계산된 날짜와 시간에 맞춰 자신의 발작을 조절했으며, 더욱 교묘하게 보이기 위한 위장으로 간혹 일률적인 형태에서 벗어난 발작도 추가했다.

아이는 특히 아버지를 피했다. 애당초 아버지의 정이란 것은 그다지 표현되는 것이 아니었고, 표현되지 않는 아버지의 애정을 이해하기에는 아이의 나이가 너무 어렸다. 아이의 입장에서 아버지의 의심과 정상적 양육에 대한 열정은 일종의 적의로 보였다. 아버지는 '파랑을 일으키는 손'으로 간주되었다. 그 손은 벌을 받아야 했다. 아이는 의도적으로 아버지를 피했고, 어머니가 아버지와 단둘이 남겨지는 상황까지 슬그머니 봉쇄해버렸다. 아이는 어머니 앞에서 아버지에 대한 증오를 이야기하였다. 이상하게도 그 목소리에는 강약과 고저가 없었으며 일체의 감정 또한 세심히 은폐되어 있었기 때문에, 어머니는 마치 교과서를 읽는 듯한 기분으로 빠짐없이 흡수해 나갔다. 얼마 지나지 않아 어머니는 안방을 버리고 아이의 방으로 잠자리를 옮겼다. 가족과의 관계에서 얻어지던 평범한 행복을 잃은 아버지는 그 대신에 자신에게 속한 지위, 돈, 매력 따위를 소비하는 다른 길을 찾기 시작했다. 오래되지 않아 젊은 여자와의 외도가 발각됐다. 아버지는 가족 앞에서 두 손을 휘저으며 변명을 늘어놓는 대신 조용히 문을 나서 어디론가 가버렸다. 그날, 어머니는 매섭게 눈을 번득이는 아이를 껴안고 잠이 들었다.

며칠 후, 잠에서 깨어난 어머니는 바로 곁에서 앙증맞은 이불에 둘둘 말려 있는 아기를 발견했다. 하지만 잠이 들기 전에 먹은 신경안정제 때문에 쉽사리 상황을 판단할 수 없었다. 잠시 동안 그저 허한 웃음만이 입가에 맴돌았다. 믿을 수 없을 만큼 낯선 그 상황조차 두뇌를 지배하고 있던 독한 신경안정제의 약효를 금세 떨어뜨리지 못했던 것이다. 잠시 후, 어머니는 허우적거리며 이불을 걷어냈다. 그녀의 부들거리는 손끝 너머에 새파랗게 질려버린 아기가 있었다. 죽음의 순간 찾아온 경련 때문에 그 작은 몸뚱이는 야릇한 방향으로 뒤틀린 상태였다. 어머니는 아기를 껴안고 기묘한 소리로 울기 시작했다. 그러자 거실에서 텔레비전을 보고 있던 아이는 슬그머니 소파에서 일어나 바닥에 쓰러졌다.

장례가 끝난 후, 어머니의 손을 잡고 집으로 돌아와 현관문을 여는 순간 아이는 자신과 어머니만의 공기가 얼마나 포근한지를 새삼스레 느꼈다. 파도처럼 밀려오는 그 행복감은 아주 크고 강렬했기 때문에 아이는 약한 위경련을 일으켰으며 정말로 고꾸라져 기절할 뻔했다.

그날부터 며칠 동안 어머니는 종일 누워 지냈다. 이것 또한 아이에게는 그리 나쁜 일이 아니었다. 언제든지 힘없이 늘어뜨린 어머니의 팔 안쪽으로 자신의 머리를 들여놓을 수 있기 때문이었다. 이전과 달라진 것이라고는 어머니가 아이에게로 오는 것이 아니라 아이가 어머니에게 간다는, 그런 사소한 차이에 지나지 않았다. 얼마의 시간이 지나 어머니가 자리에서 일어나자 그 차이는 사라졌고 빈 공간에는 새로운 차이가 생겨났다.

그것은 어머니의 눈빛이었다. 어머니는 퀭한 눈빛을 하고는, 뜻도 모를 중얼거림 속에 묻혀 지냈다. 여전히 빨래를 하고 음식을 장만하고 아이를 안아주었지만, 알아들을 수 없는 중얼거림은 아이의 심기를 불편하게 만들었다. 아이는 제거해야 할 적이 새로이 나타났음을 느꼈다. 하지만 그 적은 눈에 보이는 적이 아니었고, 눈에 보이지 않는 적과 싸운다는 건 영원히 이길 수 없는 적과 싸우는 것처럼 전의를 상실케 만들었다. 아이는 서서히 초조해져갔다.

발작은 그러한 시점에서 재개되었다. 아이는 이전에 행했던 방법이 이번에도 소용 있을 것이라고 믿어 의심치 않았다. 횟수와 타이밍의 신중한 조율은 기본이고 상황이 극적일 때 더 효과가 있었다는 사실도 참고했다. 하지만 아무리 다각도로 고려한 발작이라도 그에 상응하는 어머니의 포옹은 이전만 못했다. 분명히 아이는 자지러지듯 쓰러져버렸고 그럴 때마다 어머니가 다가와 꼭 안아주었지만, 약물에 찌든 그 포옹은 가스가 빠져버린 축제의 풍선처럼 허전했다. 예민해진 아이는 오래전 집을 나가버린 아버지의 서재에 들어앉아 고민했다. 바람직하지 못한 변화가 생긴 것이 분명했다. 눈에 거슬렸던 장애물들은 모두 제거되었지만 알 수 없는 어떤 존재가 어머니와의 사이를 벽처럼 단단히 막아서고 있었다. 아이는 두려웠다.

어느 날, 밖에서 놀던 아이는 어머니의 품이 그리워 미칠 지경이 되었다. 급히 집으로 뛰어 들어왔다. 헐떡거리도록 잽싸게 뛰면서, 현관에서 자신을 으스러져라 품어줄 어머니를 상상했다. 그런데 문은 열려 있었고, 어머니는 부엌에서 등을 돌린 채 야채를 다듬는 중이었다. 좋은 기회였다. 아이는 충동적으로 짤막한 비명을 지르며 거실에 쓰러졌다. 곧 어머니가 다가왔다. 그리고 아이를 안아주다가 거칠게 뛰는 심장 고동과 흠씬 배어난 땀에 놀라버렸다. 어머니는 미친 듯이 아이의 얼굴을 때렸다. 아이는 익숙하게 그 고통을 참았다. 어머니는 아이를 으스러져라 품에 안았다. 괴상한 소리로 악을 썼다. 그 순간 아이에게 가장 힘들었던 건 고래고래 소리 질러 그 엄청난 기쁨을 표현할 수 없다는, 절대로 그렇게 해서는 안 된다는 사실이었다.

어머니는 아이의 증세가 악화되었다고 생각했다. 또다시 지옥의 계절이 찾아왔다고 믿었다. 견뎌내는 유일한 방법은 신경 안정제뿐이었다. 함부로 구한 약을 밥처럼 먹어댔다. 아이에게 있어서는 새로운 행복의 나날이 시작되었다. 발작의 횟수와 강도는 눈에 띄게 증가했고, 달력의 별표들은 다시금 난잡해졌다. 하지만 아이는 자신이 있었기 때문에 그러한 사실들에 조금도 개의치 않았다. 아이는 먼지 쌓인 아버지의 서재에 앉아 맥박수를 올리고 낮추는 일을 반복해 연습했다. 폐를 완전히 비우고 숨을 참거나 한계까지 공기를 들이마시는 것이 비결이었다. 동시에 커다란 벽면 거울을 통해 얼굴을 파랗고 빨갛게 만드는 법도 연습했다. 얼굴을 조금도 일그러뜨리지 않은 상태에서 그렇게 하는 것은 몹시 어려운 일이었지만, 이 역시 무서운 집중력으로 깨끗하게 해결해버렸다.

어머니의 신경은 더욱 날카로워졌다. 손에 피 묻은 붕대를 감고 다니거나 베란다에서 위태롭게 휘청거리며 고함치는 모습이 이웃들의 눈에 자주 띄었다. 가엾게 여긴 이웃 몇이 찾아와 병원을 소개한 적이 있었다. 그때마다 그녀는 거실에 아무렇게나 굴러다니는, 제대로 된 처방을 거치지 않은 약병들을 가리키며 억지웃음을 지었다. 아이의 장난은 더욱 빈번해졌다. 중도에서 멈추는 것이 힘들기 때문일 수도 있지만, 그렇게 단순히 유추하기엔 그 행위를 통해 얻어내는 보상이 너무 컸다.


어느 날 아이가 눈을 비비며 일어났을 때 어머니는 곁에 없었다. 문을 열고 나왔다. 어머니는 역시 거실에 있었다. 거실의 소파에 길게 누워 눈을 감고 있었다. 다가가 흔들어보았지만 일어나지 않았다. 어쩐지 몸이 차갑게 느껴졌다. 아이는 어머니가 자신을 놀리려 하고 있다고 생각했다. 자신이 늘 사용하던 방식이었기에 또한 무척 어리석은 행동이라고도 생각했다. 어머니의 눈을 강제로 열어 숙련의 차이에서 오는 허점을 꼬집어주고 싶었다. 아이는 어깨를 으쓱하며 소파를 돌아 어머니의 얼굴 쪽으로 걸어갔다. 하지만 소파의 바로 옆에서 아이는 바닥에 굴러다니고 있던 빈 약병을 밟고는 거실의 유리 테이블 쪽으로 넘어졌다. 유리는 굉음을 내며 깨져버렸고, 그중의 몇 개가 아이의 가슴과 팔, 그리고 이마에 박혔다. 잡다한 소음이 거실에 가득 찼다. 좋은 기회였다. 아이는 잔뜩 웅크린 채로 눈을 감았다. 연습한 대로 폐를 완전히 비워냈다. 조금 있자니 숨이 턱 막혀 왔다. 얼굴이 뜨겁게 달구어졌고 가슴도 몹시 뛰었다. 깊은 상처에서 피가 흘러나왔다. 예리한 통증이 온몸을 휘감았다. 이마에서 흐른 피는 쓰러진 아이의 목을 타고 바닥으로 떨어졌다.

똑, 똑, 똑.

피가 온몸을 감싸는 야릇한 촉감에 기분이 좋아졌다. 낯익은 느낌이었다. 아이는 아주 가까운 거리에서 어머니가 자신을 보고 있다고 생각했다. 바로 팔꿈치가 닿아 있는 소파의 위에서, 장난을 치려 했던 어머니는 이제 눈을 떠 자신을 보고 있다고 생각했다. 어서 일으켜 그 따뜻한 가슴으로 품어주기를 바랐다. 숨이 막혔다. 심장이 거칠게 뛰었다. 원망처럼 뜨거운 피가 피부를 적셨다. 겁이 났지만, 더 참기가 힘들었지만 거실에 휘날리는 죽음의 어떤 성분들이 아이를 끝없이 인내하게 만들었다. 어머니가 자신을 노려보고 있을 것이라고 생각했다. 소파에 기대어 자신을 바라보고 있을 것이라고, 아이는 생각했다. 사랑하는 어머니를 실망시키고 싶지 않았다. 정신을 놓아버릴 정도로 숨이 막혔다. 발끝이 저려왔다. 찌릿한 느낌이 등줄기를 타고 흘렀다. 오랜 시간 계속되어온 장난이었다. 아주 오랜 시간 계속되어왔기에, 이제 와 멈출 수 없는 장난이었다. 현기증이 났다. 점점 더 많은 피가 흘러내렸다. 축축하게 적셔진 살은 뜨겁다기보다는 아렸다. 눈이 자꾸 뒤로 돌아갔다. 깊게 파인 이마에서 뿜어져 나온 피는 엎드린 아이의 입가에 고였다. 그리고 굳어갔다. 아이는 믿었다. 어머니가 소파에 앉아 자신의 등이 들썩거리는지 지켜보고 있다고 굳게 믿었다. 그렇게 믿지 않을 도리가 없었다. 아이의 육체는 천천히, 이제껏 경험해보지 못한 슬픈 영역으로 접근해갔다. 마침내 그 경계를 넘어설 때, 통제력을 상실한 눈까풀이 가느다랗게 떨렸다. 날카로운 고통이 등줄기를 찌릿하게 훑고 지나갔다. 동시에 아이는 자신을 부드럽게 감싸는, 혹은 집어삼키는 무언가를 느낄 수 있었다.

흐릿해지는 동공으로 본 환영 혹은 무뎌져가는 피부로 접한 환각의 그것은 언젠가 아이가 막 장난을 시작하던 시절 꿈에서 본 가볍게 반짝이는 수면이었으니 그 아래 고요한 물속에 아이는 누워 있는 것인데 수면을 흔드는 손은 이제 어디에도 없고 파랑은 잔잔히 억제되었으며 선명하던 의식은 거울과도 같이 맑게 반짝이는 고요함 아래로 깊이깊이 가라앉아 서서히 앙금처럼 형태를 이루는데 그것은 마치 저 옛날 어머니 자궁 속 피와 양수로 둘러싸였던 시절의 기억처럼 따뜻하고 포근했으니 그 다정함에 취해 갓난아기처럼 가만히 미소 지으며 자신에게서 흘러나온 피의 웅덩이가 주는 온기에 몸을 맡겼지만 피가 차차 식어가면서 따뜻함도 사라지고 포근함도 사라져 아이가 갖고 있던 또는 갖고 싶어 했던 많은 것들이 덜 중요한 것들에서 보다 중요한 것들의 순으로 지워져갈 때 그 마지막의 가장 중요한 것은 영원한 침묵 속으로 사라지기 전 마침 덜덜 떨며 벌어지는 아이의 입에서 가느다랗게 새어나오는데 그것은 한편으론 신음이나 탄식의 형태를 띤 것 같기도 했고 또 다른 한편으로는 어머니에게 전하는 언어의 형태를 띤 것 같기도 했으니 신음이나 탄식으로 볼 때는 어느 쪽인지 의미를 짚기 힘들되 언어로 볼 때에 그건 분명 더는 버틸 수가 없으므로 이제 그만 자기를 꼭 안아달라는 애원처럼 보였는데 그 가느다란 소리마저 그치자 눈을 휘둥그렇게 뜬 채 식어버린 소파 위의 어머니와 사산된 태아처럼 맨바닥에 웅크린 아이와 마침내 그들을 쓰러뜨린 사연은 무대 위에 어지러이 흩어져 있는 소도구들 그리고 음향을 몰아 시커멓게 덮쳐오는 장막 너머로 깨끗이 사라져갔다.

# 「사랑 손님과 어머니」의 음란성 연구

## ─'달걀'을 중심으로

# I 서론

## 1. 문제 제기

멋진 문학 작품의 의미가 왜곡되거나 편협한 해석만이 유령처럼 배회할 때 작가가 느끼는 고통은 가늠하기 어렵다. 정확한 의도를 짚어내는 것이 힘들다면 가능한 한 다양한 담론을 생산해야 할 필요성이 그래서 존재한다. 시대적, 문화적 선입견으로 인하여 그간 우리는 뛰어난 작품에게 응당 바쳐야 할 존중에 인색했다. 특히 표면에 드러난 줄거리와 몇몇 묘사에 집착한 나머지 음란물이라는 누명을 씌워버리는 일이 잦았는데, 이런 좆같은 처사는 상대주의가 널리 퍼지고 자유정신이 옹호되는 현대에 들어와도 별로 달라지지 않아 D.H 로렌스의『채털리 부인의 사랑』, 제임스 조이스의『율리시스』, 마르키 드 사드[1]의『소돔: 120일』, 윌리엄 버로우즈의『벌거벗은 점심』, 헨리 밀러의『북회귀선』, 아나이스 닌의『마틸다』, 바르가스 요사의『궁둥이』, 알리시아 스타임베르그의『아마티스타』, 장정일의『내게 거짓말을 해봐』 등이 그런 대접을 받았다. 그 반대, 즉 음란한 작품이지만 터무니없이 서정적으로 해석되었던 경우도 드물지 않다.

지시어가 아닌 상징어로 이루어진 문학 작품은 무한한 해석의 가능성을 향해 항상 열려 있다. 그 유연함을 존중하는 건 연구자나 비평가, 독자에게 있어서 선택 사항이 아니라 일종의 의무다. 모든 작품은 창작의 과정보다는 해석의 과정을 통해 세계에 접근하며, 그로써 세계의 지워버릴 수 없는 중요한 요소가 된다. 이 각각의 요소에 대해 진지하지 않다면 세계는 더 이상 우리의 것이 아니다.

오늘날 필자가 주요섭의 대표작 중 하나인「사랑손님과 어머니」에 대한 새로운 시각을 제기하는 건, 말하자면 우리의 세계를 구성하는 한 요소의 이름을 애정으로 발음하는 것과 같다.

---

1) 사드의 작품에 던져진 당대의 부당한 모욕은 특히 1768년에 일어난 '아르쾨에유의 거지 여인 구타사건'과 1772년 발생한 '마르세유의 봉봉사건'의 심리 과정에서 제기된 피고인 사드에 대한 검찰 측의 논조에서 찾아볼 수 있다. 파리 최고법정 공개 서가 제4열람실의 18세기 공판 자료 참조.

그간 우리는 이 요소를 보지 않았거나, 보더라도 간과했거나, 애써 외면해왔다. 필자 역시 마음이 되게 섬세한 문학 연구자로서 이러한 죄책감에서 자유롭지 못했다. 그것이 본 연구의 동기다.


## 2. 연구사 검토

교과서에도 실려 있는 주요섭[2]의 「사랑손님과 어머니」에 대한 연구는 비교적 활발히 진행되어온 편이다. 크게 두 방향으로 나뉠 수 있는데, 역사주의적 관점과 형식주의 혹은 구조주의적 관점이 그것이다.[3]

역사주의적 관점은 많은 연구자에 의해 선호되었는데, 이는 주요섭의 작품 생산이 가장 왕성했던 시기가 광복 이전이며 본고의 주요 텍스트인 「사랑손님과 어머니」 역시 일제 치하인 1935년 『조광(朝光)』지에 발표되었기 때문인 것으로 보인다. 우리가 주요섭을 논할 때 제일 먼저 거론해야 할 저작은 조윤하 교수가 저술한 『식민지 사회의 이성』이다. 이 글에서 조윤하는

---

2) 1902년 평양에서 출생하였다. 호는 여심(餘心)이며, 1921년 단편 「깨어진 항아리」로 등단한 뒤 다양한 사회적, 문학적 활동을 벌이다 1972년 사망했다.
3) 이와 관련하여, 특히 「사랑손님과 어머니」를 분석함에 있어 신화주의 비평, 원형주의 비평 등의 연구는 전무하다시피 했다. 본고에서는 이러한 다양한 관점도 아울러 소개하고, 응용할 것이다.

각각의 텍스트를 한 사회가 생산해내는 의사소통의 일종으로 간
주하는 관점에서 출발하여 주요섭의 작품들을 '식민지의 목소
리'[4]로 규정하였다. 그에 의하면 주요섭의 작품은 "지식인으로
서 누리는 비교적 안락한 삶과 당대의 리더로서 바라본 참담한
식민지 풍경의 혼재"로 가득하다는 것이다. 이 저작은 식민지
사회의 각종 통계지표를 활용한 사회과학적인 문학 연구 방법을
통해 성취된 것으로, 후행 연구에 많은 영향을 끼쳤다. 비슷한
논조의 연구로 주요섭의 서사 기법과 시대 성격을 다룬 김치원
의 논문집이 있지만, 그는 가금류의 뇌를 가진 비평가이며 문장
은 흑사병 수준이라 별로 언급하고 싶지 않다. 한편 서동준은
그의 주목할 만한 글[5]에서 "주요섭의 일관된 작의(作意)는 당
대 사회적 욕망의 보편적 반영"이라며, 주요섭의 작품이야말로
"생산된 양식으로서의 소설"이라 평가했다. 사회와 작가와의 관
계를 다룸에 있어 보다 엄밀한 방정식을 주장한 이팔오는 이러

---

4) 1964년에 출간된 조윤하의『식민지 사회의 이성』은 한국적 현실을 분석하는 두
   관점, 현상론적 잣대와 불가지론의 입장에 의해 각각 후설학파와 흄 학회의 열성
   적인 지지를 얻었다. 그러나 조윤하 자신은 1987년『존재하지 않았던 근대』를 통
   해 전향적 자세를 보임으로써 그들을 정신적으로 강간했다.

5) 서동준의 노작『생산된 양식으로서의 소설』은 작가의 개별성에 대한 회의적 시각
   에서 출발하여 극단적인 '저자의 부정(혹은 저자의 죽음)'으로까지 이어진다. 이
   에 대한 비판적 시각으로는 노충호의『저자의 신분에 관한 사회학적 분석』, 김병
   현의『서사사회학 논고』등이 있으며, 특히 버클리학파가 편찬한『관념의 도해』는
   주관적 관념론의 입장에서 '저자의 부정'이라는 개념의 비현실성을 예리하게 공격
   하였다. 그들 모두는 서동준에 의해 고소당했다.

한 견해들이 과학과는 거리가 먼 책상 위의 사유에 불과하다고 일축하며 오로지 숫자와 기호로 대체할 것을 제안하였는데, 개인에게 미치는 사회의 통제력을 매개변수 $\Psi$로 지정하여 $\theta$(작품의 개별적 특성) $= \delta$(작가의 우유부단 지수) $\times 2.85 \int$(작가의 경제력 지수) $/ \Psi$(사회 통제력 매개변수), 즉 $\theta\Psi = \delta \times 2.85 \int$로 표현하였다. 이로써 얻어진 주요섭 작품의 개별적 특징은 소수점 밑 셋째 자리까지 보았을 때 15.243인데, 이 숫자가 뭘 의미하는지는 겸손하게도 차후의 과제로 남겨놓았다. 이외에 다수의 학위논문, 연구서, 단행본이 시대와 작품을 묶어 연구하는 역사주의 관점에서 주요섭의 「사랑손님과 어머니」를 분석하였다.

작가도 한 사회의 일원이며, 소속원은 사회가 구획 짓는 일정한 영향권 내에 있음을 고려할 때 역사주의적 관점은 매우 의미 있는 해석의 방법이다. 그러나 작가는 또한 개별적인 인간이기도 하다. 작가를 생동하는 정신의 개척자로 보지 않고 작품을 자유로운 영혼의 목소리로 듣지 않을 때 작가는 일일 뉴스 아나운서에 불과하고 작품은 때가 탄 거울에 지나지 않는다. 그러한 학계에서의 자성과 반발은 형식주의 혹은 구조주의적 관점으로 전개되었다. 형식주의 혹은 구조주의적 관점은 작품이 의미하는 모든 바는 사회와의 관계가 아니라 오로지 작품 내부에 있다는 주장에서 출발하여 보다 엄격하고 과학적인 텍스트 분석을 요구한다. 이 관점하에서 우리는 박선영의 혁명적인 논문 한 편을 놓치지 말아야 할 것이다. 1965년에 발표된 「본질과 진실」이라는 논문을 통해 저자는 "'에구 좋아' 했으면 그야말로 기분이 좋은 것이다"라고 당당하게 선포했다. 옥희가 '에구 좋아' 하는 장면은 「사랑손님과 어머니」의 도입부, 사랑에 외삼촌 친구가 묵게 되었다는 소식을 옥희가 듣고 난 후 나온다. 과연 역사주의적 관점에서라면 이 부분을 어떻게 설명할 수 있겠는가? 일본 파시스트 손님을 맞이하는 식민지 어린아이의 철없는 환호성으로 해석할 것인가? 박선영의 저 놀라운 화두는 역사주의적인 과잉 해석을 경계하며 어린아이의 여리고 순수한 눈으로 텍스트를 접할 것을 요구하고 있다. 더불어 "그럼 작은 외삼촌은 어데루 가나?"라는 텍스트 내의 문장을 염두에 둔 듯 "누군가가 '어데루'라고 했으면 그건 '어디로'가 아니라 있는 그대로, 즉 '어데루'일 뿐"이라고 주장하였다. 필자는 전적으로 동조하는데, 저자의 고견대로 '어데루'는 '어데루'지 '으데루'나 '으데로' '워데로' '워데루'가 아니며 '어디로'는 더더욱 아니기 때문이다. 비슷한 견해로 붕산칼슘처럼 생긴 문학평론가 정찬호의 논문이 있지만 지면상 생략하기로 한다.

이제껏 알려진 바에 의하면 역사주의적 관점, 형식주의 혹은 구조주의적 관점은 서로 상충하는 것으로 보인다. 그러나 두 관점은 하나의 텍스트를 제대로 이해하기 위해 상호보완적으로 작용해야 한다. 이제껏 그런 시도가 없었기에, 설령 있었더라도 성공하지 못했기에 누구도 이 텍스트에서 '달걀'의 중요성을 인식하지 못했던 것이다. 이것은 한국 문학사의 크나큰 손실이 아닐 수 없다. 성급히 단언한다면, 바로 이 '달걀'에 대한 역사주의적 관점과 형식주의 혹은 구조주의적 관점의 상호보완적인 접근이야말로 좁게는 「사랑손님과 어머니」의 진정한 이해에 이르는 길이며, 넓게는 주요섭의 작품 세계와 1930년대 한국 사회를 돌이켜 가늠해볼 수 있는 잣대가 되는 것이다. 필자가 요새 좀 바쁘긴 하지만 이런 대의를 위하여 본격적으로 논의를 진행하도록 한다.


## II 본론


### 1. 숨겨진, 그리고 발각된 키워드로서의 '달걀'

텍스트에서 총 스물한 번, 인물들간의 대화에서만도 일곱 번이 나오는 '달걀'은 소설의 내부로 들어가는 열쇠다. 물론 작가가 마련해놓은 정교한 제반 장치들에 의해 달걀이 가진 키워드로서의 성격은 가려진다. 최초로 진술되는 '달걀'은 주어진 환경을 설명하는 도입부에 위치한다.

바누질을 해서 돈을 벌어서 청어도 사고 닭알도 사고 또 내가

먹을 사탕도 사고 한다구요.[6]


작중 화자인 옥희의 이와 같은 전언은 교활하다. '닭알' 즉 '달걀'을 하찮은 '청어'와 '사탕' 사이에 두었기 때문이다.[7] 실제로 청어는 이후 소설 어디에도 다시 나오지 않으며, 사탕은 전혀 중요하지 않은 상황에서 순전히 분위기 전환의 도구로 단 한 번 나올 뿐이다. 그럼에도 이리 능청스럽게, 그것도 나열된 세 가지 사물들의 한가운데 배치하는 것은 가장 중요한 것을 일부러 숨기는 일종의 복선에 해당한다.[8]

이처럼 '숨겨진 달걀'은 화자의 전언에서뿐 아니라 실제 벌어지는 상황에서도 찾아볼 수 있다.


그래두 나는 한 번 맘을 먹은 댐엔 꼭 그대루 하구야 마는 성미지오. 그래 안마당으로 뛰쳐들어가면서

"어머니 어머니 사랑 아저씨두 나처럼 삶은 닭알을 제일 좋아

---

6) 주요섭, 「사랑손님과 어머니」, 『조광』 1호, 1935. 11, p. 45.

7) 배치 빈도 조정을 거치지 않은 사지선다형 문항에서 정답이 ②나 ③일 경우가 많은 이유는 정답을 오답 사이에 감추고자 하는 출제자의 의도가 의식적·무의식적인 여러 경로를 통해 답안의 배치 단계에서 작동하기 때문이다.

8) 우리가 복선에 주목하는 이유는 그것이 사건 진행에 주요한 기여를 하기 때문이기도 하지만, 그보다는 그것이 '감춰져 있'기 때문이다. 이와 관련하여 앨런 하트브로엄의 「복선의 배치 연구」와 스티븐 코르하임의 「감추는 양식으로서의 서사」를 참조할 것.

한대."

하고 소리를 질렀지오.

"떠들지 말어."

하고 어머니는 눈을 흘기십디다.[9]


위에서 '달걀'은, 심지어 발음하는 것조차 어머니에 의해 제지당하고 숨겨진다. 즉 모녀 사이에서 달걀은 심층구조 속으로 들어가는 것이다. 작가 주요섭은 달걀의 미학을 이런 식으로 '벽장'[10] 속에 숨겨버렸다. 하지만 모든 문학 작품이 예외 없이 그렇듯, '벽장'은 언제나 들키고 발각되기 위해 마련된 공간이다. 결국 필자와 같이 잘난 연구자에게 들키고 발각되지 않는다면 그야말로 무의미한 미학에 지나지 않는다.

게다가 이러한 서사적 '숨겨짐'과 달리 집중도를 분석해보면 '달걀' 키워드는 소설 전체의 4분의 1 지점에서 4분의 2 지점으로 넘어가는 부분, 그리고 소설의 대단원에 해당하는 부분에서 각각 열 번씩 폭발적으로 사용되었다. 이는 키워드의 95.2%가 텍스트의 10%가량 되는 부분에 집중되었다는 것을 의미한다. 그간 한국 문학 연구자들이 이러한 키워드의 고의적인 집중에

---

9) 같은 책, p. 47.

10) 「사랑손님과 어머니」의 중반부에서 화가 난 옥희가 숨는 곳도, 달걀이 보관된 곳도 어두운 '벽장'이다. 벽장이 내포한 은밀한 이미지에 대해서는 시몬 레야스핀의 「다락의 기원」을 읽어볼 것.

무심했다는 것은 실로 놀라운 일이다. 계용묵의 단편「백치 아다다」에서 주인공 '확실'이 '아다, 아다다' 하고 끝없이 지껄이는 걸 제외한다면 도대체 한국 문학의 그 어떤 텍스트가 이처럼 강박증에 가까운 특정 단어의 집중 배치를 보여주고 있는가? 우리는 왜, 어떻게 이것을 70년 동안이나 간과해왔단 말인가? 달걀이라고 무시하는 건가?


## 2. '알'로의 접근

그렇다면 달걀이란 무엇인지 먼저 구조와 성분 분석을 통해 알아보도록 하자. 달걀은 난백(흰자), 난황(노른자), 난각(껍질), 난각막(난각과 난백의 경계막), 기실(공기주머니), 알끈(노른자의 위치를 안정시키는 끈), 배아 등으로 이루어져 있다. 보통 크기 달걀 한 개의 무게는 약 50g 정도이며[11] 이 안에 수분이 74.7%, 단백질이 12.3%, 지방이 11.2% 들어 있다. 보다 간단히 분류하자면 난각, 난백, 난황이 차지하는 비율은 각각 11%, 58%, 31%이다. 달걀에는 라이신, 메티오닌, 트립토판 등 필수 아미노산이 포함되어 있으며, 난백의 알부민과 난황의

---

11) 소란은 44g 미만, 중란은 44~52g, 대란은 52~60g, 특란은 60~68g이고 68g을 초과하면 왕란이다. 성인의 불알은 한쪽이 평균 12g가량인데 17g 이상은 쇠불알, 22g 이상은 왕불알이라 한다.

비텔린 등은 세포 생성에 중요한 작용을 해 생명 합성의 토대가 된다. 이외에 비타민 A, B, B6, B12, E와 엽산(Folate) 등이 들어 있고 칼슘, 철분 등 미네랄도 풍부해 냉면에 반쪽을 넣어 먹으면 좋다.

다음으로는 달걀을 인간의 유전자에 내재된 원형적 이미지로 파악하기 위해 음성언어학적으로 접근해보도록 한다. 달걀은 말 그대로 '닭(Hen)'이 낳은 알이다. 즉 '닭'과 '알' 두 명사가 '닭알'로 합쳐지면서 연음법칙의 영향을 받아 '달갈'이 되고, 다시 '갈'의 반모음이 이중모음화 현상을 일으켜 '달걀'이 된 것이다. '달걀'에서 '닭'을 제거하여 만물에 적용되는 보편성을 추구할 용기가 있다면 우리는 '알'을 보게 된다. '알'이란 무엇인가? 생명의 근원이요 시작이다.

19세기 영국의 기호학자 노먼 야콥슨은 『언어로서의 생명과 생명으로서의 언어』라는 두 권짜리 저서를 통해 '알'과 관련된 언어학적 통찰을 보여준다. 이 책에서 그는 "엄마라는 단어와 마찬가지로 전 세계적으로 곡선, 동그라미, 알은 유사한 발음구조를 가지는데 이는 사람은 언어를 배울 수 있고 짐승은 언어를 배우지 못하는 사실에서 유추할 수 있듯 인간에게 태생적으로 내재된 보편적 언어 형상이 인류 구강 구조의 자발적 통제하에 각각의 언어 체계가 개별적으로 발달할 때 단어의 생성 과정에 개입한 흔적으로 설명될 수 있으며 특히 생명, 모태 등의 원형적 이미지에 연관될 때 보다 적극적으로 작동하는 것으로 보인다"고 하였다. 야콥슨의 주장대로라면 곡선, 동그라미, 알은 인종과 시대, 국적을 초월하여 생명과 탄생의 원형 이미지를 암시하며, 그 이미지는 구강 구조가 허락하는 범위 안에서 유사한 발음을 이끌어낸다. 이를 역으로 짚어보면 곡선, 동그라미, 알이 가진 유사한 발음은 곧 이들이 보편적이고 원형적으로 생명과 탄생의 이미지를 내포하고 있다는 강력한 증거가 되는 것이다. 우리의 초점은 알이지만 곡선과 동그라미 역시 그만큼 중요하다. 고대 전설을 다룬 스칸디나비아의 『에다』에 따르면 세계의 중심에는 생명수 '이그드라실'이 서 있어서 세계의 구성원 모두에게 양식을 차별 없이 골고루 나누어준다. 이 나무의 가지는 직선이 아니며 아라베스크양식처럼 곡선을 이룬다. 사실 자연계에는 오로지 곡선만이 존재하며, 직선은 수학이 생산해낸 상상의 산물에 지나지 않는다. 인체 리듬을 좌우하며 특히 여성에게 있어 생산성 주기의 척도가 되는 달의 완만한 차고 기욺, 삶의 수레바퀴를 상징하는 동양의 윤회, 보다 확대하여 동서고금의 신화에서 동그랗게 구부러진 아치형 다리가 품고 있는 재회의 이미지까지 포함한다면 동그라미나 동그라미를 지향하는 곡선은 알과 마찬가지로 생명, 순환, 반복을 상징함을 알 수 있다.[12]

---

12) 동그라미나 동그라미를 지향하는 곡선이 생명, 순환, 반복을 상징하는 이유에 관해 기호생물학자 안드레아 빈의 견해도 참조해볼 만하다. 인간을 포함한 대부분 생명체의 암컷은 임신을 함으로써 복부가 곡선이 되며, 이 곡선은 시간이 지나면서 점점 더 동그라미를 지향한다. 빈에 의하면 이러한 임신 리듬의 관찰을

필자는 앞에서 '알'이야말로 생명의 근원이요 시작이라고 언
명한 바 있다. 이 말은 많은 의미를 함축하고 있는데, 표면적으
로는 인간의 난자(ovum)처럼 하나의 개체가 발생하는 토양이
되는 물질 덩어리이기에 그렇다. 기독교적 세계관에서 만물의
시작은 물론 여호와의 천지창조 순간이다. 아일랜드의 대주교
제임스 어셔[13]는 기원전 4004년 10월 23일 정오가 바로 천지창
조의 순간이라고 계산해냈는데, 현대 천체물리학자들의 보편적
인 견해에 의하면 이 천지창조의 지점, 물리학적 용어로 빅뱅은
아주 작은 알에서 시작되었다. 결국 우리 모두는 6천여 년 전에
'알'이었음이 신학적으로 증명된 셈이다. 더불어 기독교적 세계
관에서 '알'은 단지 시작과 탄생의 의미만을 지닌 것이 아니라
재생과 부활의 의미도 품고 있다. 부활절(復活節)[14]은 교회력
에서 가장 오래된 축일이다. 부활절은 초대 니케아 공의회에서
결정된 대로 3월 21일경인 춘분 후 최초의 만월 다음에 오는 첫
째 일요일에 열린다. 이 행사에 빠지지 않고 등장하는, 주인공

---

통해 인류는 동그라미나 동그라미를 지향하는 곡선에 생명, 순환, 반복의 이미
지를 부여하게 된 것이다.

13) 1581년 1월 4일 더블린에서 태어나 1656년 3월 21일 잉글랜드 서리 라이기트에
서 죽었다. 이후 옥스퍼드의 신학자이며 헤브루 학자인 존 라이트후드는 어셔의
계산을 면밀히 검토, 수정함으로써 이 날짜를 기원전 3938년 9월 17일 오전 아
홉 시로 바로잡았다.

14) 부활절을 의미하는 영어 'Easter'와 독일어 'Ostern'은 튜턴족의 여신 이름인 에
오스트레(Eostre)에서 파생된 것으로 보인다. 에오스트레가 만물을 소생시키고
싹 틔우게 하는 봄의 수호신임에 주목할 필요가 있다.

에 가까운 존재가 있다. 바로 달걀이다. 예수의 부활을 기념하는 행사에 달걀이 사용되는 것은 결코 우연이 아니라, 그 밀접한 상관관계를 나타내는 부인할 수 없는 증거인 것이다.

이상의 사실들로 미루어 보아 기독교적 세계관에서 달걀, 특히 '알'은 생명의 기원, 부활을 구현하는 존재로서의 위치를 갖고 있음을 알 수 있다. 서구뿐만이 아니라 가까이는 신라의 시조인 박혁거세 신화에서도 '알'이 은유하는 생명과 시작의 모티프가 숨어 있다. 이처럼 '알'의 상징과 관련한 증거와 논의는 무수히 많다.[15]

이 지점에서 우리는 다시 '생명'에 집중할 필요가 있다. 생물학자 리카르도 호킨스의 『못된 유전자』에 의하면 백여 년에 이르는 우리의 삶이란 DNA의 하룻밤 유숙에 불과하다. 수백만 년을 살아남는 DNA는 자신의 생명 연장을 위해 우리의 본능을 조종하고 의지를 제약한다. 그들은 심지어 우리의 몸과 마음을 창조했다. 자신이 좀더 수월하게 여관을 드나들 수 있도록 개체의 사이를 잇는 통로를 만들었다. 또 젊고 부유하고 아름다운

---

15) 유진용은 1999년 출간된 『알의 기원』에서 "세대교체를 통해 끊임없이 번식하는 인간의 기원을 에덴동산의 사과 한 '알'에서 찾을 수 있다. 인간은 여호와의 뜻을 거스르고 사과 한 '알'을 먹음으로써 끝없는 번식의 고통을 자초했다. 더불어 트로이 전쟁의 단초가 된, 파리스 왕자가 불화의 여신 에리스로부터 받은 사과 한 '알'도 우리는 간과해서는 안 될 것"이라고 하였다. 하지만 수량을 나타내는 그 '알'과 논의의 초점인 이 '알'은 전혀 다른 개념의 알이다. 나이도 지긋하신 분이 왜 이런 헛소리나 하고 자빠졌는지 이유를 모르겠다.

이성에게 끌리도록 마음을 움직여왔다.[16] 우리는 그 통로가 성교의 도구이며, 그 마음이 사랑의 감정이라고 알고 있다. 호킨스의 이론에 의하면 생명은 순환을 전제한다. 다시 말해 영원불멸보다는 한없이 반복되는 새로움이야말로 생명의 본질인 것이다. 인간을 끝없이 갱신하게 하는 것은, 그리하여 영원히 살도록 해주는 것은 무엇인가? 바로 성교다.

이제 우리는 '달걀'에서 시작된 생명에 대한 화학적, 언어적, 원형·신화적, 생물학적 고찰을 넘어 특별히 성적 상징을 탐구할 지점에 이르렀다. 놀랍게도 달걀은 암·수 양쪽 모두를 아우르는 성적 상징이다. 우선 달걀은 생명의 토대인 난자와의 기능적·형태적 유사성으로 인해 수태와 여성성을 상징한다. 또 성교시 남근에서 뿜어져 나오는 정액과 주성분이 동일하기에 남성성을 상징한다. 달걀이 남성성을 상징한다는 것은 이러한 성분

---

16) 젊고 부유하고 아름다운 배우자는 그렇지 않은 배우자에 비해 동료 인간들의 보호를 더 잘 받을 수 있고 따라서 계승된 DNA의 숙주, 즉 자식을 보다 안전하게 키울 수 있기 때문이다. 이를 뒷받침하는 흥미로운 실험이 있었다. 외모에 대해 공정해야 할 대표적인 직종인 의사와 판사(남성)를 대상으로 한 실험에서, 젊고 아름다운 여성은 동일한 위급 상황에 처했을 때 늙고 추한 여성보다 먼저 의사의 응급 처치를 받았으며 판사로부터는 동일한 범죄에서 낮은 형량을 선고받았다 (단, 자신의 매력을 이용해 남성을 농락한 범죄에 한해서는 터무니없는 중형이 선고되었다). 이 실험에 의하면 늙고 추한 여자는 젊고 아름다운 여자에 비해 감옥에 오래 갇히거나 제때 치료를 받지 못해 죽을 확률이 높다는 결론이 나온다. 비슷한 개념으로 심리학에서 사용되는 후광효과(Halo effect)가 있는데, 신체적인 매력이 타인의 평가에 긍정적인 영향을 미치는 현상을 일컫는다.

상의 유사성뿐 아니라 고환과의 형태적 유사성으로도 설명될 수 있다. 사실 의학적으로 널리 알려졌다시피 수컷의 성에 있어서 가장 중요한 것은 남근이 아니라 고환이다. 성욕과 성행위 능력은 남근에서 나오는 것이 아니라 고환에서 나온다. 진정한 남성은 무식한 고대인들의 조각에서처럼 야구방망이를 달고 다니는 게 아니라 핸드볼 공 두 개를 사타구니에 차고 다닌다.

아전인수를 일삼는 몇몇 학자들의 방조 내지는 조장 아래 이 제껏 우리는 문화사에 등장하는 길고 두툼한 건 무조건 남근의 재현이며 남성성의 상징이라고 해석해왔다. 그렇다면 야구는 난봉꾼들의 난봉대결이며 다듬이질은 의류에 대한 성적 학대인가? 이런 불합리한 잣대에서 벗어나기 위하여 우리는 남근 중심적 사고에서 벗어나 불알 중심적 사고로 옮겨가야 할 것이다.


## 3. 구조 속의 달걀

먼저 「사랑손님과 어머니」의 인물 설정을 확인해보도록 하겠다. 작중 화자인 옥희의 진술에 의하면 어머니 캐릭터에 대한 대략적 설명은 다음과 같다.

우리 어머니는 그야말로 세상에서 둘도 없이 곱게 생긴 우리 어머니는 금년 나이 스물세 살인데 과부랍니다.[17]

'과부'란 무엇인가? 남편이 죽은 부인을 말한다. 인간은 누구나 죽고, 또 죽는 타이밍이란 마음대로 되는 게 아니므로 남편이 일찍 죽을 수도 있고, 반대로 아내가 먼저 죽을 수도 있다. 그런데 홀아비는 궁상맞고 처량하고 안쓰럽게 보는 반면 과부에 대해서는, 특히 「사랑손님과 어머니」의 경우처럼 스물셋밖에 안 된 젊은 과부에 대해서는 동서고금을 막론하고 음탕의 누명을 씌워버린다. 한국에만 국한시켜놓더라도, 우리는 수절하는 과부는 가지로 자위한다는 뜻인 "과부집 가지밭에는 애가지가 안 남는다"는 속담을 알고 있다. "과부가 마음이 좋으면 동네 시아버지가 열둘이다"는 속담은 마음 약한 과부의 절개는 무너지기 쉽다는 의미이고, "복 있는 과부는 넘어져도 요강 꼭지에 앉는다"는 속담은 불행도 오히려 행운으로 변할 만큼 운 좋은 사람을 이르는 말이다. 이런 속담들이 공통적으로 제기하고 있는 과부에 대한 시각은 유감스럽게도, 정조 개념이 희미하고 성행위에 자유분방한 의식을 가진 존재라는 것이다. 그렇다면 우리는 「사랑손님과 어머니」의 도입부에서 작중 화자가 굳이 위와 같은 통속적인 진술을 한 까닭을 이해할 수 있을 것이다. '어머니'로 호칭되는 저 여인은 "세상에서 둘도 없이 곱"게 생겼고, '스물세 살'로 젊으며, 게다가 '과부'다. 작품 내에서 그녀가 차

---

17) 같은 책, p. 45.

지하는 역할을 강조하는 데 있어 이밖에 어떤 문장이 더 필요할 것인가? 더불어 서사의 구조상, 위의 진술은 여인 앞에 혜성처럼 등장할 불알 중심적 인물을 강하게 예고한다.

다음으로 작중 화자이자 사건을 중개 혹은 이끌어가는 인물인 옥희를 보도록 하자. 스스로 밝히듯이 옥희는 "금년 여섯 살 난 처녀애"다. 여기서 '처녀'라는 단어에 주목해야 한다. 사전적 정의에 따르면 처녀란 첫째, 아직 결혼하지 않은 여자로 총각에 대응하는 말이며, 둘째, 아직 이성과 성교를 한 적이 없는 여자를 일컫는다. 성교를 하였으나 결혼하지 않은 여자는 처녀라 부르고, 성교하지 않았으나 결혼을 한 여자는 처녀라고 부르지 않는 사회 통념상 '처녀' 호칭의 사용에는 '성교라는 경험'이 아니라 '결혼이라는 의례'와 관련된 잣대가 개입되었다고 인정해야 할 것이다. 그렇다면 위 진술에서 우리가 알 수 있는 건 옥희가 결혼을 하지 않았다는 사실뿐이다. 즉 옥희의 성 경험 여부는 함부로 판단할 수가 없는 것이다.

상식적으로 여섯 살은 '처녀'라 부르기 곤란한 나이다. 그렇다면 옥희가 자신을 '처녀'라고 진술한 건 개성이 담긴 그녀만의 특수한 언어 습관인 것인가? 그렇지 않아 보인다. 소설 중간에 "자 옥희야. 커—단 처녀가 왜 저 모양이야. 어서 와서 이 아저씨께 인사해여"라고 하는 타인(외삼촌)의 진술이 있기 때문이다. 그렇다면 우리는 두 가지 가능성을 확보할 수 있다. 첫째, 이 시대에는 '처녀'라는 단어를 모든 결혼하지 않은 여성에게 부과하였다. 둘째, 불분명한 성 경험 여부를 포함하여 옥희의 '처녀'적 요소는 이 소설 내에서 강조되어야 할 필요가 있다. 어느 쪽이 진실인가? '아저씨'와 '외삼촌' 등 결혼하지 않은 남성들을 '처녀'에 대응하는 호칭인 '총각'이라고 부르지 않는 점, 함께 어울리는 친구들은 성 구분 없이 싸잡아 동무라고 하면서 유독 자신은 '처녀'라고 진술하는 점 등 의심스러운 부분을 제쳐놓고서라도 첫번째 가능성을 부정하는 작업은 비교적 쉽다. 필자의 옆집에 사는 백 년 묵은 할망구에게 물어봤더니 오후 내내 도리도리했다. 그러므로 답은 두번째, 즉 불분명한 성 경험 여부를 포함하여 옥희의 '처녀'적 요소를 강조하는 것이 작품의 의도에 부합하기 때문인 것으로 확인된다.

이 지점에서 자기가 '여섯 살' 먹었다는 옥희 '처녀'의 진술 역시 의심해야 할 필요가 발생한다. 그간 우리는 "나는 금년 여섯 살 난 처녀애입니다"라는 작품의 첫 문장을 조금의 망설임도 없이 수용해왔다. 하지만 '처녀애'가 주장하는 자기 나이를 믿지 말아야 한다는 건 널리 알려진 생활의 지혜다. 정직해서 늘 손해만 보고 사는 필자도 예쁜이들이 득실대는 나이트클럽에 가면 보통 일곱 살은 깎는다. 솔직하게 나이를 밝히면 돌아오는 건 재앙밖에 없으니 말이다. 게다가 이건 가상의 인물이 벌이는 가상의 사건에 관한 이야기이다. 허구의 산물인 소설의 일개 진술을 곧이곧대로 받아들여도 좋을 것인가?

"애 우리 엄마두 거즈뿌리 썩 잘하누나. 내가 닭알 좋아하는 줄 잘 알면서두 생 먹을 사람이 없대누나. 내가 사내라구 떼를 좀 쓰구 싶지만 저 우리 엄마 얼골 좀 봐라. 어쩌문 저리두 새파 래졌을가? 아마 어데가 아픈가 부다."[18]

인용한 옥희의 진술은 소설의 마지막 부분이다. 자기가 여섯 살이라는 옥희의 주장을 받아들이기로 마음먹었다면, 엄마가 거짓말쟁이이며 현재 육체적 병환을 지니고 있다는 가정의 시각 도 의심 없이 받아들여야 할 것이다. 하지만 실제로 이 부분은 대부분의 연구자들에 의해 주인공의 순진한 착각 내지는 철없는 투정으로 치부되고 있다. 이것은 불합리하다. 소설 내내 옥희의 나이는 고정되어 있건만 그녀의 진술 일부는 사실로, 또 다른 일부는 착각이나 투정으로 받아들이는 이러한 비과학적인 풍토 는 재고되어야 한다.[19] 전반적인 상황으로 미루어 짐작할 때 옥 희가 젊어 보이기는 하나, 서로 상충되는 정보로 인해 정확한 나이를 판단할 수 없음을 우리는 정직하게 인정해야 한다. 그렇 다면 앞서 내린, 옥희의 성 경험 유무를 알 수 없다는 소결(小

---

18) 같은 책, p. 63.
19) 마르셀 프루스트의 소설 『장 상퇴유』를 분석한 필립 N. 보이어만의 저작은 화자 진술의 일관성이 소설의 스토리 전개보다는 담론의 미적 구조에 의해 제어된다는 흥미로운 시각을 제공한다. 이를 러시아 형식주의자들의 이론을 빌려 부연하자면 화자 진술의 일관성은 사건의 연쇄인 파뷸라(Fabula)보다는 구조화된 이야기인 수제(Sujet)에 근원을 두고 있는 셈이다.

結)의 타당성은 다시 한 번 검증된다.

마지막으로 그간 주요섭 혹은 「사랑손님과 어머니」 연구자들에 의해 철저히 외면당해온 옥희의 '외할머니'가, 이 소설의 치밀하게 감춰진 순환구조를 드러내는 데 있어 가장 중요한 인물임을 밝히고자 한다. 표면적으로는 역할이 극히 미미한 주변인물이라 도대체 이 소설에 왜 얼굴을 들이밀고 지랄인지 의아할 정도지만, 다음과 같은 옥희의 진술 하나만으로도 작품의 미적 구조를 위해 필수불가결한 존재임이 드러난다.

외할머니 말씀을 들으면 우리 아버지는 내가 이 세상에 나오기 한 달 전에 돌아가셨대요. 〔……〕 우리 아버지의 본집은 어데 멀리 있는데 마츰 이 동리 학교에 교사로 오게 되기 때문에 〔……〕 여기서 살다가 일 년이 못 되어 갑작이 〔……〕 돌아가셨다니까 나는 아버지 얼골도 못 뵈었지오. 그러기 아모리 생각해보아도 아버지 생각은 안 나요.[20]

논의를 보다 진전시키기 위해서 약간의 상상을 동원할 것을 제안한다. 이어지는 인물 구도에 대한 분석과 그 모든 논의가 종합되어 도출된 결론에 기반을 둔 상상이니만큼 다소 성급한 감이 있지만, 다음과 같은 후일담을 고안해보도록 하자. 이 작

---

20) 같은 책, p. 45.

품의 종결부에서부터 열 달이 흘러 옥희가 아이를 낳는다. 물론 '아저씨'의 아이(편의상 옥희II라고 해두자)다. 이 옥희II가 자라 '여섯 살[21]'이 된다. 그리고 옥희II는 자신의 외할머니, 다시 말해 옥희의 어머니로부터 아버지에 대해 듣는다.

뭐라고 듣게 될까? '한 달'을 '몇 달'로 바꾼다면 위의 문장과 똑같아진다.

옥희II의 아버지인 '아저씨'는 몇 달 전에 (자기 집으로) 돌아갔고, 본집은 어디 멀리 있으며, 마침 이 동리 학교에 교사로 오게 되었기 때문에 여기서 살다가, 일 년이 못 되어 갑자기 (자기 집으로) 돌아가 버렸다. 따라서 옥희II는 아버지 얼굴을 본 적이 없고, 아무리 생각해 보아도 아버지 생각이 나지 않는다.

이제 다시 외할머니라는 존재에게로 돌아가보면, 이 인물이 일면 단순하게 보이는 소설의 구조를 어떻게 격상시키고 부각시키는지 알 수 있을 것이다. 이 작품의 감춰진 순환구조, 즉 한 남자가 오고, 옥희로 통칭되는 존재와 성교하고, 어머니로 통칭되는 존재에 의해 쫓겨나고, 옥희로 통칭되는 존재는 옥희II를 낳고, 옥희II는 어느 날 나타난 한 남자로 인해 새로운 딸(편의상

---

21) 여기서 여섯 살은 중요하지 않고, 사실과도 거리가 있다는 것을 우리는 이미 알고 있다. 따라서 옥희가 여섯 살이 되었다는 진술은 다만 옥희에게 '세월이 흘렀다' 내지는 '남자를 받아들일 준비가 되었다' 정도로 해석해야 한다.

옥희III라고 해두자)을 갖게 되고, 옥희로 통칭되던 존재는 어머니로 통칭되는 존재로 변이하여 남자를 쫓아내고, 어머니로 통칭되던 존재는 외할머니로 통칭되는 존재로 변이하여 손녀 옥희III에게 쫓겨난 아버지[22]의 행방과 출생의 비밀을 알려주는, 그 영원히 반복되는 프로메테우스 혹은 시지프스 신화의 구조 말이다. 이를 표로 나타내면 다음과 같다.[23]

| 외할머니 | 어머니 | 옥희 | | | | |
|---|---|---|---|---|---|---|
| | 외할머니 | 어머니 | 옥희II | | | |
| | | 외할머니 | 어머니 | 옥희III | | |
| | | | 외할머니 | 어머니 | 옥희IV | |
| | | | | 외할머니 | 어머니 | 옥희V |
| | | | | | | ∞ |

[표 1]

다음으로는 이 작품 내에서 인물 구도가 어떻게 성적으로 조

---

22) 무수히 반복해서 출현하는 '아저씨'의 하나로 보는 쪽이 정당하다. '아버지'라 부른다고 해서 정식으로 주례를 모시고 예식장에서 결혼했다고 볼 수는 없다. 소설 내에는 결혼사진도, 결혼반지도, 결혼식 장면도, 결혼기념일도 언급되지 않는다. 시집과 시부모와 그 가족들도 전혀 등장하지 않는다. 필자는 여기서 잠깐 혼인 빙자 간음을 언급하고 싶다.

23) 〔표 1〕의 위에서 아래 방향은 시간의 흐름에 따른 동일인의 호칭 변화, 왼쪽에서 오른쪽으로는 세대의 연속성을 나타낸다. 이 표에 의하면 오른쪽 아래 방향으로 제2, 제3, 제4의 옥희가 끝없이(∞) 등장하는데, 동일한 공식의 무한한 반복이라는 측면에서 물리학에서 말하는 '세포 자동자(같은 형태를 계속 발생시키는 추상적인 메커니즘)'의 문학적 재현으로 볼 수 있을 것이다.

직되었는지 살펴보도록 하겠다. 이 가족은 음(陰)을 상징하며, 이는 사랑손님을 둘러싼 외할머니, 어머니, 옥희로 이어지는 모계의 음란 삼각편대에 의해 강조된다. 물론 미적 구조를 흐트러뜨리는 지나친 상징을 경계하여 양(陽)을 의미하는 외삼촌을 끼워 넣긴 했지만, 그는 옥희의 유치원 여선생과 마찬가지로 구색 갖추기에 불과하며 소설 내에서의 역할은 상당히 미미하다. 심지어 이 글의 작가는 "우리 집 식구라고는 세상에서 제일 이쁜 우리 어머니와 단 두 식구뿐이랍니다. 아차, 큰일났군, 외삼촌을 빼놓을 뻔했으니……"라는 옥희의 능청스런 진술을 동원함으로써 외삼촌의 극중 왜소함을 더욱 강조하기까지 한다. 이러한 환경 위에—물론 표면적으로는 다음과 같은 과장된 진술에 의해, 성적인 상황을 통제하고 억압하려는 것처럼 보인다.

"옥희야. 옥희 아버지는 옥희가 세상에 나오기두 전에 돌아가셨단다. 옥희두 압바가 없는 건 아니지. 그저 일즉 돌아가셨지. 옥희가 이제 아버지를 새로 또 가지면 세상이 욕을 한단다. 옥희는 아직 철이 없어서 모르지만 세상이 욕을 한단다. 세상이 욕을 해. 옥희 어머니는 홰냉년이다. 이러구 세상이 욕을 해. [……] 그리되면 옥희는 언제나 손꾸락질 받구. 옥희는 커두 시집두 훌륭한 데 못 가구. 옥희가 공부를 해서 훌륭하게 돼두 에 그까짓 홰냉년의 딸 하구 남들이 욕을 한단다."[24]

표면적으로 보았을 때 위 진술은 성숙해지기 위해 언젠가는 깨고 나와야 할 견고한 껍질, 말하자면 일시적인 쾌락에 대항해 정절을 지키려는 스물세 살 꽃다운 어머니의 아타락시아[25] 의지로 인해 진행이 방해받는 것처럼 보인다. 그 더디게 흘러가는 사건 속에서 달걀은 앞서 살펴본 기능과 상징을 재현하며 도드라진다.

"옥희는 어떤 반찬을 제일 좋아하나?"
하고 묻겠지요. 그래 삶은 닭알을 좋아한다고 했더니 마즘 상에 놓인 삶은 닭알을 한 알 집어주면서 나더러 먹으라구 합디다. 나는 닭알을 베껴 먹으면서
"아저씨는 무슨 반찬이 제일 맛나우?"
하고 물으니까 그는 한참이나 빙그레 웃고 있드니
"나두 삶은 닭알."
하겠지요. 나는 좋아서 손뼉을 짤깍짤깍 치고

24) 같은 책, p. 59.
25) 쾌락에 동요하지 않는 상태, 마음의 평정을 일컫는다. 회의론(懷疑論)의 비조(鼻祖)인 고대 그리스의 철학자 피론은 폭풍우에 우왕좌왕하는 선상의 사람들에게, 그 배에서 무엇인가를 먹고 있는 새끼돼지를 가리키며 현자는 그 돼지처럼 마음이 평정하여야 한다고 가르쳤다. 신중한 판단을 추구하는 회의론(Pyrrhonism)은 그의 이름에서 유래하였다. 한편 금욕적인 생활을 한 쾌락주의자 에피쿠로스 역시 아타락시아를 추구했는데, 그는 지속적이고 정신적인 쾌락을 위해 일시적이고 육체적인 쾌락을 제어해야 한다고 주장했다.

"아 나와 같네 그럼. 가서 어머니한테 알려야지."

하고 일어서니까 아저씨가 꼭 붓들면서

　"그러지 말어."[26]


　이 부분은 드디어 달걀이라는 성적 상징을 이용해 은근하게 상대의 의중을 떠보기 시작하는 중요한 장면이다. 옥희는 아저씨의 욕정이 어머니를 향해 있다고 섣불리 판단해버리고는 당사자에게 알리려 한다. 그러자 갑자기 아저씨가 옥희를 "꼭 붓들면서" 만류한다. 욕정의 대상이 어머니가 아니라 바로 옥희였기 때문이다. 그게 아니라면 하숙하는 주제에 주인집 귀한 따님인 옥희에게 "그러지 말어" 하고 윽박지를 필요가 전혀 없다. 또한 아저씨는 대화의 핵심인 달걀 발언까지 외부로부터 은폐하려고 시도한다. 둘이 나눈 달걀 운운하는 이야기는 이미 성행위의 초기 단계였기 때문이다. 그건 고도로 상징화된 언어적 전희(前戲)였다.

　이제 앞서 인용한 부분, 즉 달걀이라고 말하는 옥희를 나무라는 어머니의 의도를 정확히 파악할 수 있게 되었다. 달걀을 달걀이라 말하지 못하게 하는 건 달걀이 성을 상징하기 때문이다. 어머니는 옥희가 아직 성의 상징과 체험을 받아들일 준비가 되어 있지 않다고 판단했던 것이다. 달걀이 단백질이 되어 남성의 몸으로 들어가 다시 성기를 통해 뿜어져 나옴을 우리는 익히 알

---

26) 같은 책, p. 47.

고 있다. 그렇다면 옥희가 달걀을 넙죽 받아먹는다는 것은, 남성이 건네주는 단백질을 신체적으로 받아들인다는 것은 정확히 무엇을 의미하는가? 어렵게 고민할 필요는 없다. '오캄의 면도날' 이론에 의하면 보다 간단한 방정식이 답일 확률이 높다. 우리는 분연히 수줍음을 떨치고 일어나 눈앞에 놓인 짤막한 진실을 응시해야 한다. 달걀을 받아먹는다는 건 그 단백질을 자기 몸에 넣는다는 말이다. 즉 콘돔도 없이 벌어지는 성교를 의미한다.

이를 좀더 잘 알아먹게 표로 나타내면 다음과 같다.

| 표면적 사건 | 심층적 의미 |
|---|---|
| 어머니가 사랑손님에게 달걀을 줌 | 사랑손님에게 정액의 생산과 사출을 요구함 |
| 사랑손님이 자신의 달걀을 옥희에게 줌 | 사랑손님이 옥희에게 정액을 발사함 |

[표 2]

그러므로, 다음과 같은 옥희의 충격적인 진술은 하드코어 포르노를 연상시키는 낯 뜨거움의 무차별 폭격이다.

그뿐 아니라 아저씨한테 놀러 나가면 가끔 아저씨가 책상 설합 속에서 닭알을 한두 알 꺼내서 먹으라고 주지오. 그래 그 담부터는 나는 아주 싫것 닭알을 많이 먹었어요.[27]

---

27) 같은 책, p. 47.

그러나 웬일인지 나를 그렇게 귀애해주든 아저씨도 아레방에 외삼촌이 들어오면 갑작이 태도가 달라지지요. 이것저것 묻지도 않고 나를 꼭 끼어안지도 않고 점잖게 앉어서 그림책이나 보여주고 그러지오.[28]

아저씨가 사랑에 와 게신 지 벌서 여러 밤을 잔 뒤입니다. 아마 한 달이나 되었지오. 나는 거의 매일 아저씨 방에 놀러 갔읍니다. 어머니는 가끔 그렇게 가서 귀찮게 굴면 못쓴다고 꾸지람을 하시지만 정말인즉 나는 조금도 아저씨를 귀찮게 굴지는 않었읍니다. 도로혀 아저씨가 나를 귀찮게 굴었지오.[29]

질투하는 어머니, 잰 체하며 튕기는 옥희가 묘사된 마지막 인용문으로 보아 이제 모녀는 삼각관계의 연적이 된다. 어지러운 음란의 향연이다.

어떻게 해석하면 작가는 마지막 순간 싹뚝, 이 잔치를 종결시켜버리는 것으로도 보인다. 어머니가 남은 달걀 여섯 개를 모두 삶아주며 남자를 떠나보내기 때문이다. 우화나 고전소설에서 흔히 나타나는 결말 패턴인 '추방을 통한 정의의 회복'과 유사한

---

28) 같은 책, p. 49.
29) 같은 책, p. 48.

데, 난봉꾼과 성적 상징인 달걀을 함께 무대 밖으로 퇴장시킴으로써, 비도덕적인 외부인의 틈입에 의한 식민지 사회의 가치관 혼란을, 이른바 '달걀 없는 세상'을 제시 혹은 예언하는 방식으로 정리하는 것이다. 그러나 이렇게 지나친 역사주의적 관점에서의 해석은 외할머니의 존재를 미미하게 만들고, 이 작품을 단순한 성장기 소설로 격하시키며, 1930년대 작품에 사용되었다고는 믿기 어려운 선진 기법인 순환·재귀구조를 가려버리는 결과를 가져온다.

그러므로 이 소설의 결론을 해석함에 있어 앞서 필자가 상상적으로 제안한 후일담을 작품이 품고 있는 담론의 구조적인 영역에 포함시켜야 한다. 그런 후에야 우리는 식민지 지식인 주요섭의 엉큼한 내면과 독창적인 세계관을 발견할 수 있을 것이다.


## III 결론

이제껏 우리는 한 시대의 시대정신, 그 시대정신의 토대를 이루는 앞선 시대의 시대정신을 분석하는 역사주의적 관점과, 텍스트에 드러난 어휘적 구조, 인물들의 특징과 서사적 담론을 분석하는 형식주의적 관점 간의 상호보완, 또 상징들의 근원을 은근하게 더듬어가는 신화·원형적 연구 방법을 통해 「사랑손님과 어머니」의 분석을 진행해왔다. 이 과정에서 '달걀'이라는 저항할 수 없는 핵심 키워드를 발견하였으며 이를 중심으로 논의를 진전시켰다.

앞서 분석한 바와 같이 '달걀'은 원형적으로 생명을 상징하며 이는 곧 성(SEX)으로 이어진다. 성담론을 주제로 텍스트의 인물과 사건들 사이의 관계를 탐구함으로써 이 소설의 의도와 구조가 이전에 알려진 바와는 사뭇 다르다는 결론을 도출해냈다.

이 소설은 단순한 성장기 소설(Initiation story)이 아니라 성교를 중심으로 세계의 원리와 끝없는 갱신을 해명하고자 한 알레고리(Allegory) 소설이다. 옥희의 집은 평범한 가정이 아니라 한 남성을 두고 아귀다툼을 하는 매음굴이다. 남을 가르치는 직업을 가진 옥희의 '아버지'와 '아저씨'는 산수나 국어를 가르치는 평범한 선생이 아니라 성교와 출산, 갱신과 영원을 지도하는 생명의 스승이며, 옥희는 여섯 살이 아니라 그저 젊은 처녀이고, '외할머니'는 주변인물이 아니라 구조에 결정적으로 기여하는 핵심인물이다. 전체 구조 역시 직선적인 연대기 구성이 아니라 끝없이 반복되는 순환구조이며, 이 작품의 결말은 단절이 아니라 새로운 시작이다.

따라서 작품의 의의는 재고되어야 한다. 우리는 모든 걸 도덕적이고 희망적으로 해석하고자 하는 선량한 욕망과 투쟁해야 한다. 그 싸움에서 승리할 때 비로소 이 작품이 품은 강렬한 어둠이 우리 앞에 드러날 것이며, 세계의 명암은 보다 확고히 구분 지어질 것이다.

존재, 혹은 고통따위의
시시하기 짝이 없는 것들

무료함에 성기를 잘라보았더니 피가 많이 흘렀다. 허둥대며 수건으로 도려낸 자리를 감싸자, 하얀 수건에 붉게 물들어가는 피의 눈부신 무심함이 과연 무료하지 않아 좋았다.

정오부터 시작해 바닥에 점점이 흩어진 피를 닦는 데만 반나절이 걸렸다. 잠시만 한눈을 팔면 피는 굳어버린다. 닦기 힘들어지는 것이다. 그리고 검게 굳어버린 피는 보기에도 좋지 않다. 피를 굳게 만드는 것이 피 속의 혈청인지 혈소판인지는 모르겠지만, 아무튼 집에 원심분리기가 있어 이럴 때마다 그 녀석을 분리해낸다면 굳지 않아 좋을 텐데, 하고 생각했다. 그러면 하루 종일 잡다한 뒤처리에 시달리는 대신 처연하게 빛나는 붉은 피의 한가운데 나는 서 있게 될 것이다.

피를 다 닦고 허리를 펴 일어나자 어지러웠다. 나는 소파에 기대 아라비아의 터번처럼, 아니 먹성 좋은 아기의 기저귀처럼 감싸놓은 수건을 풀어보았다. 피는 수건 속으로 말끔하게 배어들어갔고 소녀의 겨드랑이처럼 연한 속살만이 수줍게 고개를 숙이고 있었다. 이처럼 잘라내고 나니 그곳에 붙어 있던 성기의 옛 모습을 짐작하기란 여간 어려운 게 아니다. 나는 고개를 돌려 잘려나간 성기를 바라보았다. 이러저러한 내 분주함을 감당하느라 약간의 먼지를 뒤집어쓴 성기는 백화점의 의류 광고지 위에 놓여 있었다. 95퍼센트의 세일을 두 달간! 이것이 광고의 요지다. 95퍼센트를 깎아주면 아마도 남은 5퍼센트에서 인건비, 옷감 값, 물류비, 그리고 백화점 사장의 유흥비가 마련될 것이다. 그래도 좋다면 나로선 이러쿵저러쿵 할 이유가 없지만, 졸지에 95퍼센트나 깎여버린 옷을 입고 있는 모델의 얼굴에는 어머나, 하는 당황한 기색이 역력했다.

허둥대는 와중에도 저 비닐로 코팅된 광고지를 찾느라 꽤나 고심했었지, 생각을 하니 나의 조바심에 웃음이 나왔다. 나는 이토록 낙천적인데, 그러나 광고지 위에 놓인 나의 성기는 쪼글쪼글 말라붙어 여간 흉한 게 아니다. 어떻게든 해야 할 텐데 어떻게 해야 할지는 잘 모르겠다. 내 살이니만큼 양념간장이나 다시마국물로 조리하기도 민망하고, 이리저리 싸 휴지통에 넣는 건 어쩐지 낭비 같다. 비닐에 곱게 포장해 냉동실의 자반고등어 곁에 두자니 그 또한 한때는 매끄러운 어루만져짐을 당하던 성기의 입장에서 보면 두 배나 무안한 일이다.

한참을 생각했더니 골치가 아파왔다. 나는 냉장고에서 주스를 꺼내어 마셨다. 아주 시원한 오렌지 주스다. 다 마시고 나자 그제야 표면에 물방울이 맺혔는데 노란 염료를 칠한 곳은 더욱 노랗게, 파란 염료를 칠한 곳은 더욱 파랗게 보였다. 붉은 염료를 칠한 곳도 역시 더욱 붉게 보였지만 전체적으로 보아 메스꺼울 정도로 파란 느낌이었다.

나는 방으로 돌아왔다. 어수선한 거실 때문에 속이 울렁거렸다. 나는 예민하기 짝이 없는 사람이라 정리되지 않은 곳에 오래 있으면 왼쪽 겨드랑이의 임파선이 부어버린다. 예를 들어 책은 책꽂이에 있어야 한다. 책이 책꽂이에 있지 않고 침대나 바닥에 놓여 있다면 그건 책꽂이를 얄밉게 조롱하는 것과 같다. 그건 마치 오랑우탄이 정글에 있지 않고 YMCA에 있는 것처럼 어색한 일이다.

침대에 누웠다. 누워 차분히 마음을 가라앉히며 생각해보니 성기를 잘라놓고 이렇게 아무 냄새도 없는 침대에서 새우처럼 까다롭게 배배 꼬며 잠이나 청하기는 싫은 기분이다. 나는 가만히 일어나 옷장을 열었다. 가지런히 정리된 바지들이 눈에 들어왔다. 대충 손에 잡히는 순서대로 세 벌, 그러니까 세번째와 일곱번째와 여섯번째의 바지를 꺼냈다. 아니, 처음에 꺼낸 것은 세번째의 바지이고, 그다음에 꺼낸 것은 세번째의 바지를 꺼낸 다음의 일곱번째 바지이니 처음에 있던 그대로의 시각에서 보면 여덟번째의 바지가 맞다. 여섯번째의 바지는 같은 맥락에서 보면 일곱번째의 바지가 되어버린다. 손가락을 하나하나 꼽으면서 확실하게 세어보았다. 그 확실함이 나를 행복하게 만들어주었다.

아무튼 꺼내고 보니 모두가 길이를 조금쯤은 줄이고 싶었던 바지들이다. 나는 바지들을 일렬로 늘어놓고 하나씩 입어보았다. 피부에 사락거리는 건조한 직물의 느낌이 좋았다. 더군다나 잡티 하나 없이 깨끗이 빨아 다려놓은 바지들이다. 언젠가 그 바지 중 하나에 오물이 묻은 적 있다. 기차 바퀴에 두 동강 난 남자가 분수처럼 피를 뿜을 때, 나는 한 손에 차표를 들고 바로 곁에 있었다. 나 참 기가 막혀서, 하고 투덜대는 듯한 남자의 눈에는 초점이 없었기에, 무엇이 그 남자를 기가 막히게 만들었는지 쉽게 알아차릴 수 없었다. 집에 돌아온 나는 바지에 튄 피의 흔적을 찾기 위해 입은 채로 꼼꼼히 살펴보았는데, 서둘러 들어오느라 열어놓은 문으로 굶주린 모기들이 들어와 허겁지겁 나를 물었다. 탁탁 모기를 때리다 보니 점점이 묻은 바지의 피가 내 것인지, 이제 어디로도 가지 못할 그 남자의 것인지 알 수가 없게 되었다. 무를 갈아 수건에 싸서 문지른 후, 찬물로 지워냈다. 거짓말처럼 깨끗이 사라졌다. 그래서 행복해졌다. 어느 날엔가 세상에 비가 내린다면, 저 말없는 기차 바퀴에 묻은 한 남자의 피도 이처럼 사라지게 될 것이다. 비가 여러 번 더해질 때 그 우울한 사건에 관한 기억도, 그의 생애와 사랑, 존재와 고통의 사연도 이처럼 사라지게 될 것이다. 초점 없는 눈으로 나 참 기가 막혀서, 하고 투덜대봤자 결국은 사라지게 될 것이다. 망각의 힘이 제일 세니, 모든 것은 사라지고 결국 우리는 행복해질 것이다.

나는 조용히 세번째 바지, 즉 여섯번째에 걸려 있었으나 애초에는 일곱번째에 걸려 있었고 세번째로 골라낸 바지를 입었다. 전에는 내 바지가 아니었던 것처럼, 성기를 잘라내고 나서야 완전히 들어맞는다는 느낌은 세 벌이 똑같았다. 이 제품들은 어느 무료한 날, 성기를 잘라버릴 운명을 지닌 나를 위해 생산된 바지가 틀림없다. 나는 자꾸자꾸 행복해졌다. 기껏해야 주먹만 한 성기지만 사타구니에 위치하고 있기에 한 인간의 다리를 짧아 보이게 하는 데는 천하의 명수다. 이를 피하려고 성기를 한 손으로 쓸어 바지의 왼쪽이나 오른쪽에 처박아놓는 수컷들도 있는데, 그런 녀석들의 사타구니는 하나같이 꼴사납다. 한쪽이 불룩 튀어나온 주제에 다리만 길어 보이면 은하계를 접수한 양 만세를 부른다. 나는 그들이 성기를 잘라낼 생각을 하지 못했다는 사실에 조의를 표한다. 성기는 쓸데없는 부분이다. 맹장만큼 쓸데없는 부분이다. 아니, 맹장보다 쓸데없는 부분이다.

고등학교 시절에 나는 무척 효자인 한 친구와 사귄 적이 있다. 도시락에서 간혹 머리카락이 나오면 '아아, 어머니가 싸주신 머리카락, 아, 어머니' 하고 영원히 해탈 못할 중처럼 중얼거리면서 꼭꼭 씹어 먹던 친구였다. 그럭저럭 탈 없이 지냈건만 추운 대학 입시 날 맹장이 터져 결국 대학엔 못 가고 작은 음식점에 취직했다. 친구는 맹장을 탓하지 않았다. 맹장과 함께 그 속에 있었을 어머니의 머리카락이 없어져버린 게 허전하다고만 했다. 이건 내 생각이지만, 어머니의 머리카락은 얌전하게 맹장으로 간 것이 아니라 오랜 시간 피를 타고 흐르다 급기야는 아들의 뇌로 들어간 모양이다. 친구는 음식점이 홍수에 잠기던 날 첫 발작을 일으켰다. 돌아가신 어머니가 그날 이후로 자주 눈앞에 나타난다고 했는데, 그 말을 들은 나는 그건 어머니의 머리카락이 뇌 속에 들어가 있기 때문이라고 내 생각을 말해주었다. 친구는 멍하니 있더니, 갑자기 나를 꼭 껴안고는 행복해하며 엉엉 울었다. 정말이지 앞뒤 안 가리는 효심이란 예나 지금이나 희한한 부분이 있다.

문득 오줌이 마려워졌다. 나는 화장실로 가서 지퍼를 내리고 성기를 집어 들었는데, 가만히 보니 집어든 건 성기가 아니라 성기의 미망(未忘)이었다. 별수 없이 바지춤을 내리고 좌변기에 앉았다. 이모저모를 자세히 보니 붉은 속살에서 빨대가 하나 뻗어 있는데, 거기서 천천히 물이 고여 떨어졌다. 반투명한 이 물질이 있는 걸로 보아 아마도 아까 마신 오렌지주스가 이제 나오는 것이리라 생각되었다. 소변만으로 좌변기에 앉아보지 않아서 그런지 몰라도, 몹시 긴장되며 나와야 할 것이 쉬이 나오지 않았다. 똑똑 떨어지는 소변보다는 뚝뚝 떨어지는 이마의 땀이 더 많았다. 그렇지만 더 귀찮은 건 일을 끝낸 후에 성기를 툭툭 털고 싶지만 휴지로 쓱쓱 닦아야 한다는 점이다. 예나 지금이나 경험이 없는 행위는 나를 축축 늘어지게 한다.

더 이상 참지 못하겠다고 생각했다. 성기에 똑딱단추라도 달려서 떼었다 붙였다 할 수 없는 노릇이라면 얼마간 귀찮더라도 달고 다니는 편이 차라리 행복할 것이다. 오렌지 주스를 마시고도 짜증이 나는데 내가 좋아하는 맥주를 마시면 얼마나 답답할 것인가. 별 생각 없이 마신 상쾌한 맥주가 식도를 타고 들어가 토실토실 살이 오른 간에서 걸러지고, 다시 장을 타고 먼 길을 내려와 예쁘게 생긴 방광에 모여서 잘려진 요도를 통해 밖으로 배출되는 동안 이루어지는, 몸의 아주 작고 사소한 신진대사들이 한결같이 나를 괴롭히겠구나 하는 생각이 들어 불쾌해졌다.

나는 씩씩하게 걸어가 백화점 의류 광고지에서 성기를 집어들고, 그리고 반짇고리를 가져왔다. 엉성하긴 하지만 성기 정도 꿰맬 자신이 내겐 있다. 하지만 내가 하는 일이라는 게 늘 그렇듯, 이번에는 어울리는 실을 구할 수가 없었다. 성기 둘레를 촘촘히 꿰맬 만큼 긴 실은 파란색뿐이다. 하지만 희뿌연 살과 파란색의 세 가닥 실이 안 어울린다는 사실은 제쳐두고서라도 나는 파란색을 참 싫어한다.

파랑은 저물어가는 유년의 하늘색이다. 어릴 적, 집 근처 공사장에서 넘어진 형의 머리통을 각목에 꽂힌 대못이 뚫어버렸을 때 하늘은 몹시 진한 파란색이었다. '빠득' 소리가 났고, 급습한 공포와 고통에 놀라 비명도 지르지 못하던 형의 사지는 논두렁의 아이가 패대기친 개구리마냥 떨렸다. '빠득' 소리는 아마도 형의 악다문 이빨들의 격렬한 마찰음이었는지도 모른다. 그 작은 순간에 이빨이 부스러지도록 이를 악문 채 어린 형은 누구와 싸우고 있었던 것일까. 낯설음, 뼈를 바수고 아직 덜 여물어 보드라운 뇌를 뚫고 들어오는 붉은 대못의 낯설음이었을까? 운명, 이제 막 정이 들어가는 세상에서 자신을 완벽하게 격리시키고 소멸시키려는 잔인한 운명이었을까? 아니면, 아니면 존재 혹은 고통 따위의, 형보다 두 배나 더 살아낸 내겐 시시하기 짝이 없는 것들이었을까.

공사장의 누런 흙먼지, 조각같이 잘생긴 뒤통수에서 흐르던 붉은 피, 잠시 허우적대던 형의 가늘고 하얀 발목, 뺨을 타고 흐르는 한 줄기 투명한 눈물, 이런 갖가지 색이 어울려 있었음에도 불구하고 그 순간 나를 지배했던 건 아랫도리에 무어라 형언할 수 없이 고요한 빛의 황혼을 달고 있던 진한 파란색의 하늘이었다.

한참 후에야 달려온 어머니는 싸움에 져버린 형의 텅 빈 눈을 감겨주었다. 고여 있던 형의 눈물이 땅에 툭, 하고 떨어졌다. 그러고는 이내 흙먼지에 둥글게 말려 더러워졌다. 난 툭, 하고 물체가 바닥에 떨어지는 소리를 몹시 싫어하는데 그러고 보니 아마도 그때부터인 모양이다. 어머니는 복수를 하는 듯한 목소리로, 이젠 네가 대를 이어야 한다고 내게 말했다. 이제와 생각해보면 적잖이 울렁거리는 고막을 타고 스며오던 그 목소리도 하늘처럼 진한 파란색으로 느껴진다.

이런 생각을 하다 방심한 나머지 손에 든 성기가 툭, 하고 바닥에 떨어졌다. 어쩐지 서러운 생각이 들었다. 파란 실을 이빨로 와락 물어뜯었다. 잇몸에서 피가 나고 파란 실은 네 조각이 되어 더 이상 아무런 효용도 없어져버렸다. 이 괜한 심술로 시시한 나의 하루에 동참했던 저 가벼운 명제들과 함께, 가엾은 성기는 내게서 영원히 떨어져 나갔다.

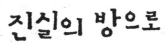

# 진실의 방으로

O가 들어선 낡고 거대한 건물은 발길에 닳아 각이 무뎌진 계단도, 고운 니스 광택이 사라진 난간도, 몇 번이나 회반죽을 덧칠해 울퉁불퉁해진 벽도 모두 서서히 스며든 세월의 잿빛으로 침묵. 소리가 전혀 없다는 의미가 아니다. 분명 날카롭고 소름 끼치는 소리, 가슴을 쥐어짜는 듯한 신음 소리가 여기저기서 새어나오고 있었다. 그럼에도 그것은 역시 침묵일 뿐, 다른 무엇이 될 수 없었다.

O는 겨울의 안개 속으로 빨려 들어가듯 계단을 올랐다. 삼층, 길게 펼쳐진 복도 양편으로 문양 없는 갈색의 목조 문들이 빼곡히 늘어서 있었다. 그 무수한 문들은 완전히 똑같이 생겼고, 안팎에서 풍기는 느낌도 동일했다. 문에 걸린 표찰을 보며 걸었다. 복도 안쪽으로 들어갈수록 조금씩 어두워졌고, 더불어

공기는 그 어둠에 속아 아래로 두텁게 깔리는 것 같았다. 찾던 문 앞에 선 O는 손에 쥔 서류와 문에 걸린 표찰을 번갈아 보며 확인했다. 이윽고 손을 들어 가볍게 노크, 똑똑똑.

문이 열리는 소리는 흡사 낡은 열차가 급정거하는 것처럼 귀를 긁었다. 안에서는 온갖 기이한 냄새가 흘러나왔다. 그것은 탄내 같기도 했고 독한 소독약 냄새 같기도 했다. 더러운 배설물 냄새 같기도 했고, 또 어떻게 보면 피비린내 같기도 했다. 메스꺼웠기 때문에, 안으로 들어서며 O는 숨을 멈추고 침을 꿀꺽 삼켰다. 복잡한 기계의 부품들이 정교하게 맞물려 돌아가는 듯한 소리와 함께 문이 뒤로 닫혔다.

안쪽에는 나무 책상을 사이에 두고 두 남자가 앉아 있었다. 한쪽은 입에 거품을 물어가며 뭐라 떠드는데, 다른 한쪽은 가만히 듣고만 있는 것이었다. 마구 떠드는 쪽을 볼 때, O는 그의 얼굴이 낯익어 깜짝 놀랐다. 그러나 자세히 보니 아는 사람 같지는 않았다. 범죄자들의 얼굴은 다들 비슷하니까, 하고 O는 생각해버렸다. 가만히 듣고 있던 쪽이 일어나 O에게 다가왔다. O로부터 서류를 받아들었다. 사십대 중반의 경감이었다. 뽀얗고 두툼한 볼의 후덕한 인상이었으며 마음씨 좋아 보이는 눈초리는 아래로 살짝 처져 있었다. 긴 머리카락까지 마구 볶아놓아 어떻게 보면 여자, 아니 아줌마로 착각할 수도 있을 것 같았다. 그가 작고 귀여운 음성으로 O의 이름을 불렀다. O는 고개를 끄덕였다. 어쩐지 실례인 것 같아 예, 하고 소리 내어 대답한 건 그 후였다.

경감은 테이블 옆에 있는 빈 의자를 손가락으로 가리켰다. O가 앉자, 앞에 있는 사내를 턱으로 가리키며 변호하듯 말했다. "착한 꼬마야." 사내는 전혀 '꼬마'가 아니었지만 둘 중 누구도 그 호칭에 주목하지 않는 듯했다. 낡은 오랏줄로 가지런히 묶인 두 손을 사타구니 사이에 끼우고 있었기 때문에 사내의 허리는 굽어 보였다. "얘는 그저 겁이 좀 났을 뿐이야."

O는 곁눈질로 주위를 둘러보았다. 복도와 전혀 다를 것 없는 울퉁불퉁한 잿빛 벽에는 커다란 감청색 캐비닛이 하나 서 있고, 그 옆에는 작은 욕조가, 또 그 반대쪽 벽에는 국방색 야전침대가 자리를 잡고 있었다. 한가운데 놓인 책상 위에는 오래된 타자기와 누렇게 변색된 전화기가 올려져 있었다.

"왜 이러시는지 모르겠어요. 제가 모두 말씀드렸잖아요." 사내가 말했다. 어쩔 수 없는 공포로 질려 있는 그의 목소리에는 당혹감과 원망도 삼할 쯤 섞여 있었다. 그런 사내를 보며 O는 또다시 낯익음을 느꼈다.

"아니, 그건 진실이 아니야." 말꼬리를 올리며 대꾸하는 경감의 표정에는 어딘지 장난기가 엿보였다. "꼬마야, 거짓말은 못 써요. 이곳은 진실의 방이란다."

사내는 고개를 숙였다. 그리고 힘없이 가로저었다. 경감은 수화기를 들어 어디론가 전화했다. 곧 두 명의 건장한 수사관이 들어와 사내를 데리고 갔다. 사내가 움직일 때마다 지독한 악취가 풍겼다. 도대체 어떻게 하면 저런 악취를 달고도 살아갈 수 있을까 하고 O는 생각했다. 나가던 사내가 O를 힐끗 보았다. O는 그 얼굴에서 동정, 혹은 조소 비슷한 감정을 읽었다. 그들이 나가자 남은 경감과 O는 마주보며 다정한 잿빛으로 침묵.

"익숙해질 거야." 꽤 긴 잿빛이 흐른 뒤 경감이 입을 열었다. "지금은 이 적막이 낯설겠지. 냄새도 거슬릴 테고. 하지만, O라 그랬지? 아가야, 너도 곧 이 분위기를 좋아하게 될 거란다." 경감은 손으로 턱을 한번 문지르고는 말을 이었다. "이런 적막이야말로 진실이 튀어나오기 직전을 의미하거든. 여기 오는 꼬마들은 모두 거짓말을 하지. 그러다 그들이 입을 다물어버리면, 슬슬 진실을 말할 시기가 된 거야. 조금씩 벌어지는 입에서 출산의 신음이 흘러나오고, 그 신음이 차츰 형태를 이루면서 내게 전달될 때, 아아 그것이 바로 진실이란다."

꿈꾸는 듯한 표정으로 말을 마친 경감은 O의 손목시계를 가리키며 풀어달라는 시늉을 냈다. O는 체온이 묻어 있는 시계를 풀어 경감에게 주었다. "이건 내가 보관하겠어." 시계를 책상 서랍에 넣으며 경감이 말했다. "나는 서둘러 진실을 찾아내야 해. 그 임무를 게을리 한다면 나도, 이곳도 존재할 필요가 없지. 누군가가 여기를 폐쇄해버리고 말거야. 아가야, 너도 당분간 퇴근할 생각은 안 하는 게 좋아. 세상에 가득한 거짓말쟁이들이 이곳으로 계속해서 밀려오거든. 당분간 저 침대에서 나랑 번갈아 가며 자도록 해요. 그러려면 시계는 필요 없지. 이 방에서는 몇 시인지가 중요하지 않아. 중요한 건 과거에 저지른 일이거나 곧 벌어질 일, 아니면 바로 지금이니까. 시간은 언제나 그 셋 중 하나야."

식사가 배달되어 왔다. 먼지처럼 건조한 밥이었다. 이리저리 날리지 않도록 조심스럽게 입에 쑤셔 넣으며 O는 꼬마라고 불리던 사내를 생각해보았다. 또 경감은 왜 나에게 아가라 할까 생각해보았다. 두 호칭의 차이를 생각해보았고 그것들을 입 안에서 살짝 굴리며 각각의 어감을 느껴보았다.

식사를 마치고 O는 경감이 건네준 담배를 피웠다. 연기가 흘러나갈 창이나 환기구가 없어 방 안은 뿌연 연기로 가득 찼다. 담배를 다 피운 후, 경감은 어디론가 전화를 걸면서 O에게 서류뭉치를 건넸다. O는 공손히 서류를 받아들어 꼼꼼히 읽어보았다. 조금 전 사내의 사진이 붙어 있었다. 여전히 낯익은 얼굴이었다. 내가 이 사람을 어디서 봤을까? 기억나지 않았다. "살인을 했군요." 서류를 읽으며 O는 무심코 중얼거렸다. "그렇게 생기지 않았는데, 아아 끔찍해라."

노크 소리가 났다. 수사관들이 오랏줄에 묶인 사내를 데리고 들어왔다. 끔찍한 악취가 방 안에 퍼졌다. 그 역겨운 냄새는 사내의 몸에서 끊임없이 흘러나와 바닥으로 떨어졌고, 저희끼리 동그랗게 뭉쳐져 이리저리 굴러다녔다. 경감은 사내에게 담배를 주었다. 사내는 오랏줄에 묶인 두 손을 뻗어 담배를 받아 물고는 깊이 빨아들였다. 그의 눈에 서려 있던 총기가 담배 연기로 잠깐 흐려졌는데, 순간 빠르게 나타났다 사라진 표정은 보기에 따라 미소 같기도 했고 울음 같기도 했다.

"자, 한번 시작해볼까." 경감이 타자기를 끌어다 자기 앞에 놓고는, 두 손을 비비며 다정하게 말했다. "이젠 말할 준비가 됐겠지?"

그러나 사내의 입에서 튀어나온 소리는 경감이 원하던 진실이 아니었다. 더듬거리면서도 사내는 쉴 새 없이 지껄였는데, 거의 대부분 자신이 포박되어 있는 방에 대한 저주 그리고 원망이었다. 무료해진 O는 주위를 둘러보며 몸을 살짝살짝 움직였다. 창문이 나 있지 않아 날이 저물었는지 해가 떴는지 확인할 길이 없었다. 사내는 시간 가는 줄 모르고 한참을 떠들어댔다. 딱히 졸린 건 아니었지만 O는 손으로 입을 가리며 하품했다. 지루했다.

"꼬마야." 경감이 사내를 향해 말했다. O는 화들짝 정신이 들었다. 사내도 놀랐던지 말을 채 맺지 못하고 입을 다물었다. "너 참 버릇없구나. 거짓말은 이제 그만 하도록 해. 자꾸 이러면 끔찍한 벌을 받을지도 몰라요."

그 말을 들은 사내가 비웃는 표정을 짓자 경감이 벌떡 일어났다. 책상을 돌아 재빠르게 다가가더니 눈 깜짝할 사이에 의자와 함께 사내를 바닥에 쓰러뜨렸다. 손이 묶여 있던 사내는 허리를 구부리며 엎어졌다. 경감이 발로 얼굴을 밟고 짓누르자 바동거리며 일어나지 못했다. 그 상태로 경감이 O에게 손짓했다. O로

하여금 사내의 얼굴을 대신 밝게 한 후, 가슴을 모질게 걸어찼다. 사내는 몸을 외로 꼬며 짧고 급박한 비명을 질렀다. 사내 몸에 가해지는 충격과 그 몸에서 터져 나오는 비명이 고스란히 O에게 전달되었다. "버릇없는 꼬마는 혼날 거예요. 이렇게, 이렇게." 경감은 계속해서 사내를 걸어차며 가느다란 소프라노의 목소리로 흥얼거렸다. 경감의 발이 움직일 때마다 사내 몸에서 악취가 쏟아져 나왔다. "응? 거짓말을 하면, 이렇게, 이렇게."

이윽고 발길질을 멈춘 경감이 이마에 흐른 땀을 닦으며 뒤로 물러서 의자에 앉았다. 사내는 길고 느릿한 울음을 쏟아내기 시작했다. 경감이 눈짓하자, O는 사내를 안아 일으켰다. 악취 때문에 눈을 제대로 뜨기도 힘들었다. 경감 맞은편의 의자에 앉은 사내는 머리를 책상에 처박고 어깨를 떨었다.

사내를 내보낸 뒤 경감은 O에게 잠시 눈을 붙이라고 말했다. O는 도대체 몇 시인지, 이곳에 온 뒤로 얼마만큼의 시간이 흐른 것인지 감을 잡을 수 없었다. 그런데 경감의 자상한 명령이 떨어지는 순간, 등줄기에서부터 무시무시한 피로가 몰려와 당장이라도 쓰러질 것만 같았다. O는 야전침대에 눕자마자 잠이 들었다. 잠, 모든 것이, 깊은 수렁의 덫에, 빠져들어, 먼 이국의 묘지에, 산 채로 묻히듯, 그대로 멈추어버린, 잠.

"아가야, 이제 일어나라."

경감의 경쾌한 목소리를 듣는 찰나 O의 몸은 용수철처럼 튀어 올랐다. 그러고 나서도 한동안 O는 정신을 차리지 못했다.

경감은 욕조에 물을 받는 중이었다. 물이 가득 차오르자 수도꼭지를 잠근 후 책상 앞에 앉았다. 눈을 가늘게 뜨고 서류를 들여다보았다. O도 그 옆에 앉았다. 가만히 보니 경감은 어느새 깨끗이 면도를 하고 옷도 갈아입었다. 그렇잖아도 우윳빛이던 뺨은 더욱 뽀얗고 매끄럽게 보였다. 희미한 머스크향이 방의 악취에 더해졌다. 형광등 아래에서는 도무지 시간을 가늠하기 어려웠다. O는 몇 시나 됐는지 보기 위해 손목을 들었는데, 그러고 나서야 자신에게 시계가 없다는 사실을 깨달았다.

식사가 들어왔다. 음식점에서 주문한 것 같은데, 경감은 맛나게 먹었지만 O로서는 입 안이 타들어갈 만큼 건조한 식사였다. 이곳의 식사는 왜 이리 건조한 걸까, 하고 O는 속으로 투덜댔다. 억지로 밥을 삼키고 난 후 경감이 건네준 담배를 피웠다.

"여기가 어디지?" 문득 경감이 혼잣말하듯 물었다. 입에 문 담배와는 좀체 어울리지 않는, 맑고 투명한 소프라노였다.

"경감님의 방입니다." O가 대답했다.

"아니, 그렇지 않아." 경감이 생긋 웃으며 고개를 저었다. "우리 아기가 잘못 알고 있네요. 이 방의 주인은 내가 아니라 진실이야. 이 방은 진실의 방이지. 이 방에 들어오는 꼬마들은 온통 거짓말쟁이들이야. 그래서 여기 올 수밖에 없는 거지. 꼬마들이 거짓말을 할 때면, 내 귀에는 이 방의 고동 소리가 들려. 아이 참, 정말 커다랗게 들려. 넌 안 들리니?"

잠시 귀를 기울이는 척하던 O는 눈을 동그랗게 뜨고는 귀엽게 고개를 저었다.

"음, 두근두근, 커다랗게 들려. 마치 폭발할 것처럼 말이야. 아까 그 꼬마가 말할 때도 들려왔지. 그건 저기서 나오는 소리야." 그러면서 경감은 느릿느릿 손을 들어 감청색 캐비닛을 가리켰다. "저게, 이 방의 심장이야." 심장, 이라 발음할 적에 입술 사이로 흘러나온 연기가 천장에 닿을 즈음 경감의 말이 이어졌다. "너도 곧 알게 될 거야. 저 심장이 너에게 말을 걸 때가 있다는 것을. 여기서는 오직 진실만이 통하지. 귀를 기울이도록 해봐요. 진실은 다정하니까. 나는 거짓말하는 못된 꼬마들 앞에서는 아주 힘이 세단다. 끝까지 쓰레기 같은 거짓말만 한다면, 확 지워버릴 수도 있어. 깨끗이 청소하는 거야. 그것도 내 임무 중 하나지. 하지만 나는 보통 그 힘의 일 할도 사용하지 않아. 왜냐하면, 진실은 다정하니까. 누구든 진실의 끄트머리라도 내뱉는 순간 그 다정함을 느낄 수 있다는 것을 알아야, 우리 함께 명심하도록 해요."

그때 노크 소리가 났다. 집중해서 경감의 말을 듣던 O는 저도 모르게 벌떡 일어났다. 두 명의 수사관이 사내를 다시 데리고 들어왔다. 고약한 냄새가 나는 사내를 남기고 수사관들이 가버리자 이제는 그럭저럭 익숙해진 잿빛으로 침묵.

"이런." 경감이 입술을 꾹 닫고 있는 사내와 O를 번갈아 보며 짐짓 놀란 듯이 말했다. "꼬마야 부디 조심하도록 해. 나야 너를 귀여워해주지만, 여기 이 아기는 참을성이 부족하거든. 한

번 거칠게 날뛰기 시작하면 나로서도 네 안전을 보장해줄 수가
없어요."

"그래. 이렇게 되는 거로군." 사내가 고개를 꼿꼿이 치켜들고
대들었는데, 묘하게도 그건 귀여운 목소리였으며 최소한 귀여운
척하는 목소리였다. "그래, 알 것 같아. 이제 알겠다고. 그러니
거짓말 그만 해!" 사내는 이번에는 O를 보며 앵앵거렸다. "그
리고 너, 이 애송이, 너도 곧 신나서 나를 괴롭히겠지. 이렇게
끝나는 거야, 그렇지? 나는 이렇게 끝나는 거라고, 빌어먹을!"

"꼬마야 난," 분개한 경감이 카랑카랑한 목소리로 말했다.
"너한테 거짓말을 하지 않아요. 이곳은 진실의 방이거든. 게다
가 너 입이 너무 험하구나. 그렇게 버릇없이 얘기하면……"

돌연 말허리가 잘려나갔다. 예상치 못하게 다가온 정적 속에
서 허공에 뿌려진 경감의 말들이 먼지처럼 가볍게 떨어져 내렸
다. O는 경감의 입을 보았다. 여전히 닫혀 있되 그 언저리에는
미묘한 경련이 맺혀 있었다. 요상한 신음 소리를 내며 서서히 벌
어졌다. 이어 고개가 천천히 움직였다. 처음에는 아니라고 부인
하는 것 같았다. 조금 지나자 두리번거리는 모습이 무언가를 찾
는 듯했다. 그러면서 움직임은 차츰 격렬해졌고, 나중에는 완전
히 미쳐버린 사람처럼 세차게 흔들어댔다. O는 경감의 눈이 허
옇게 뒤집힌 것을 보고는 기겁해서 뒤로 물러섰다. 경감은 잇몸
을 드러낸 채 고통의 신음을 뿌리며 머리와 어깨, 무릎을 앞뒤로
무섭게 내저었다. 제 가슴을 쥐어뜯고, 몸을 외로 꼬았다. 금세

라도 쓰러질 것처럼 위태로운 모습이라 O는 부축하기 위해 주춤 거리며 다가섰다. 그러나 경감은 손을 휘휘 저으며 만류하더니, 윽박지르듯 물었다. "이 소리! 너, 이 소리 들리니?" 당황한 O 가 무어라 대답하기도 전에 경감이 허공을 향해 외쳤다. "바로 이 소리야. 두근두근, 이 방의 심장이 고동치고 있어. 고막이 찢어질 것 같아. 폭발할 것 같아. 잘 들어봐, 들리니? 들려?"

O는 무어라 대답해야 할지 몰라 멍하니 경감을 바라보았다. 그리고 경감에게서 눈을 떼지 못하는 사내를 보았다. 다시 경감 을 보고, 사내를 보았다. 발광하는 경감과 비교하자면 사내는 지나치게 순종적으로 보였고, 상황에 완전히 사로잡혀 있는 것 같았다.

방을 단숨에 날려버릴 것 같던 괴상한 움직임이 조금씩 가라 앉았다. 뒤집혔던 눈동자도 제자리로 돌아왔다. 경감은 힘이 부 친 듯, 책상에 두 손을 짚고 기대어 가쁜 숨을 몰아쉬었다. "들 었니? 들었어? 분명, 뭐라고 말했는데, 내가 제대로, 못 들었 단 말이야. 아가야, 너 들었지?"

처량하고, 간절히 바라는 목소리였다. O는 자신도 모르게 네, 하고 대답했다. "제가 들었어요."

"그렇지?" 경감의 표정이 한순간에 밝아졌다. "그러면 내게 도, 어서 알려줘요, 진실의 심장이 무어라 했는지를."

O는 잠시 머리를 굴리다가 눈웃음치며 대답했다. "목이 마르 다고 했어요. 그러니 어서 물을 줘야지요." 그리고 O는 사내의

어깨를 잡고는 욕조로 잡아끌었다. 사내는 홀린 듯 넋이 빠진 표정으로 순순히 따라주었다. 경감도 신이 난 얼굴로 사내의 반대쪽 어깨를 잡았다. 욕조 앞에 무릎을 꿇린 후, 둘은 사이좋게 사내의 머리를 물속으로 밀어 넣었다.

일 분씩 다섯 번 머리를 물속에 담그고 나자 사내는 축 늘어졌다. 의욕이 넘친 O가 다시 한 번 담그려할 때 경감이 아이참, 하면서 투정부리듯 말렸다. "그만, 이제 그만 해도 돼요. 여기를 보렴." 경감이 가리킨 곳은 사내의 엉덩이였다. 언제부터인지 그 아래가 불룩하게 튀어나왔는데, 거기서 더러운 냄새가 흘러나오고 있었다. "앞으로 여기를 잘 봐야 해. 이런 꼬마들은 똥구멍이 먼저 열리고 그 후에 입이 열리니까. 이를테면 진실의 척도지. 따라해봐요, 똥구멍이 먼저, 그 후에는 진실." O는 그 말을 앵무새처럼 따라하면서, 자신에게도 제법 깜찍한 면이 있다고 생각했다.

사내를 내보내고 경감은 야전침대에 누워 잠이 들었다. 그 동안 O는 여기저기 튄 물을 닦아내고 책상을 정리했다. 꽤 깔끔해졌으나, 동그랗게 뭉쳐져 이리저리 굴러다니는 악취만큼은 어찌할 수 없었다. 경감은 미동도 않고 조용히 자고 있었다.

청소를 마치고 나서 O는 책상 앞 의자에 앉았다. 등받이에 비스듬히 기댄 O는 경감이 했던 질문, 즉 진실의 심장이 두근거리는 소리를 들었느냐는 물음에 자신이 제대로 대처했는지 자문해보았다. 다른 대답은 없었을까? 그렇다, 하고 O는 확신했다. 자신이 한 대답과 이어진 행동은 옳을 뿐 아니라 어지간한 귀염둥이가 아니고서는 할 수 없는 것이었다. O는 스스로 칭찬하고는 과한 칭찬에 수줍어했다. 그러던 중 진실의 심장이 두근거리는 소리라는 것이 실제로 있는가 하는 데에 생각이 미쳤다.

O는 귀를 기울여보았다. 어렴풋이 무언가 들려오는 것도 같았다. 규칙적이고 일정한 소리였다. 하지만 심장의 고동 소리와는 차이가 있었다. 그건 이 거대한 건물의 지하에 있을 보일러나 발전기 소리일지도 모른다. 아니면 자기에게 배정된 방을 찾아 복도를 헤매는 문밖 누군가의 발짝 소리일지도 모른다. 두리번거리는 O의 시야로 욕조 옆에 낀 푸르스름한 이끼가 들어왔다. 그것은 아주 자세히 관찰하지 않으면 찾기 힘들 정도로 작았다. O는 기분이 묘해졌다. 이 방에 들어온 이후, O는 자기와 경감 외의 어떠한 생물도 이곳에 살고 있다고 생각해본 적이 없었다. 물론 그렇게 작은 이끼는 언제든 면봉 혹은 그보다 하찮은 것으로 닦여질 수 있다. 즉 죽이거나 때릴 필요도 없이, 그저 사소한 선택에 의해 지워지는 존재에 불과한 것이다. 그러나 일단 발견되고 나니, 이제 O로서는 욕조 쪽 벽을 볼 때마다 제일 먼저 이끼의 존재를 시야에 담게 되었다. 그러므로 이끼를 향하여 잠시 반가운 잿빛 침묵. 죽은 듯 자고 있는 경감의 곁에서 O는 이끼를 다정하게 바라보았다. O에게 그런 행동은 처음이 아니었다. 어려서부터 O는 천장에 슨 작은 벌레의 알, 나무 창틀에 생긴 손톱만 한 버섯 따위에 유난히 정을 주었다. 그러

다 누군가의 손이 그것들을 지워버리면, 충격에 이불을 뒤집어쓰고는 종일 앓아버리곤 했다.

전화벨이 길게 울리고, 잠시 멈췄다가 다시 한 번 울릴 때 어느새 일어난 경감이 수화기를 낚아챘다. 경감은 짧게 대답하고는 수화기를 내려놓았다. 그의 목소리에서는 방금 전까지 누리던 달콤한 숙면의 흔적을 찾아볼 수 없었다. 경감은 O를 향해 말했다. "우리 조금쯤은 서둘러야겠어요."

경감은 의자에 앉아 서류를 뒤적이기 시작했다. 그러한 자세로 O에게 질문을 던졌다. "그런데 아가야, 너 아까 심장의 소리를 들었다고 했지?"

예, 하고 O는 자랑스럽게 대답하면서, 경감의 메마른 손이 자기 머리를 살살 쓰다듬어주길 기대했다. 그러나 경감의 이어지는 질문은 의외였다. "이상하구나, 내게는 그렇게 들리지 않았는데. 심장이 정말 목이 마르다고 했니?"

그 질문에는 대답하기 힘들었다. O는 경감이 지금 자신을 놀리고 있는 걸까 생각해보았으나, 그것이 설령 짓궂은 장난이라 할지라도 O로서는 묵묵히 당할 수밖에 없었다. 그리하여 O가 힘없이 고개를 가로저을 때, 경감의 말이 이어졌다. "너는 지금 내가 장난치는 줄 아니? 농담이나 거짓말하는 것 같아?" 별수 없이 무안한 잿빛으로 침묵. O가 당혹감에 시선을 내리깔자 경감이 달래듯 말했다. "들리지 않으면, 아가, 들리지 않는다고 말해. 거짓말하지 말고. 이 방에서는 절대로 거짓말하면 안 돼요."

192

그렇지만, 하고 O는 기어들어가는 목소리로 대꾸했다. "아까 경감님께서는, 그 사내한테, 제가 거칠다고 하셨는데요, 사실, 저는 별로……" 더듬거리는 O의 변명은 다음과 같은 경감의 단호한 목소리에 압도되었다. "아니, 그것 역시 틀림없는 진실이야. 그 꼬마 앞에서 너는 굉장히 거칠어져. 눈을 보면 알 수 있지. 그 꼬마 앞에서 넌 너무 거칠어져서, 나로서는 도저히 말릴 수가 없어. 우리 함께 명심하도록 해요, 그게 이 방의 진실이니까."

　수사관들의 부축을 받으며 사내가 들어왔다. 지독한 악취는 여전했지만 기가 많이 꺾여 있었다. 자리에 앉자마자 고개를 푹 숙였다. O 또한 경감의 꾸중 때문에 의기소침해져서 괜히 욕조 옆의 이끼만 바라보았다. 경감은 조용히 일어나 캐비닛 쪽으로 향했다. 그러자 사내도, O도 긴장하여 그를 주시했다. "이게, 뭔지 알겠지?" 경감이 사내를 향해 자랑스럽게 물었다. 사내는 분한 듯 얼굴을 찡그리는데, O는 자신도 모르게 손을 들어 '진실의 심장'이라 대답할 뻔했다. 경감이 다이얼을 돌려 캐비닛을 여는 순간 잠깐, O는 시뻘겋고 커다란 심장이 꿈틀거리는 광경을 상상했다. 하지만 막상 열어젖혀진 캐비닛 안에는 심장 대신 기괴하게 생긴 물건들이 잔뜩 들어 있었다. 복잡한 전선으로 연결된 네모난 기계, 부드러운 천에 싸인 야구방망이, 외과용 카테터와 긴 고무 튜브, 검게 녹슨 공사용 집게와 바이스, 곱게 접힌 비닐들, 그리고 작은 바늘이 빼곡히 꽂혀 있는 천 뭉치 등이었다. 그것들이 바로 진실의 방을 고동치게 하는 심장이었다.

사내는 입을 앙다물고 가만히 있었다. 그건 O도 마찬가지였다. 경감은 캐비닛을 열어둔 채 돌아와 책상 앞에 앉았다. 그리고 사내를 표독스럽게 쏘아보았다. 사내의 표정이 점점 일그러졌다. 가슴을 들썩거리며 울음을 터뜨렸다. 잠시 후, 그 울먹이는 얼굴 그대로 사내가 입을 열었다.

"그게, 나는, 저는, 어릴 적 많이 앓았어요, 아픈 건 정말……"

아니, 아프지 않을 거야,라고 경감이 달래주었다. "진실은 다정하니까. 진실만 있으면 누구도 아프지 않아." 경감은 사내에게 다가가 어깨를 어루만져주었다. "꼬마야, 너는 몹시 귀엽고 착해서 이 어두운 곳과는 어울리지가 않아요. 그러니 어서 진실을 고백하고 여기서 나가도록 해. 너는 영리해서 진실이 무언지 잘 알고 있잖아. 그렇지?"

O는 이번에도 제가 먼저 예, 하고 대답할 뻔했다. 사내는 살인을 했는데, 도저히 용서받지 못할 끔찍한 죄를 저질렀는데, 그런 사내를 대하는 경감의 다정함은 너무 감동적이어서 눈물이 나올 것 같았다. O는 고개 돌려 캐비닛을 보았다. 살인자의 흐느낌 속에서, 그 잡다한 물건들이 하나 둘 정교한 유기체처럼 어우러지며 또렷한 형상을 이루어냈다. 그건 정말 심장이었다. 거기에는 다른 어떠한 이름도 붙일 수가 없었다. 거기에 붙여진 다른 어떠한 이름도, 진실이 될 수 없었다.

사내를 돌려보내고 둘은 자욱한 악취 속에서 식사를 했다.

후, 불면 날아갈 것 같이 건조한 밥과 반찬이었다. 식사가 끝나고 둘은 담배를 피웠다. 조용히 천장을 덮는 연기를 보다 O는 사내를 떠올렸다. 어디서 보았을까? 내가 그를 어디서 보았지? 분명 낯익은 얼굴이었으나 도무지 생각나지 않았다. 짧고 간단한 실마리 하나, 그것만으로 갇혀 있던 모든 기억이 분수처럼 터져 나올 듯한데, 그 실마리는 손끝 너머에서 부유하다 자꾸만 자꾸만 허공으로 스며드는 것이었다.

수사관들의 부축을 받으며 사내가 들어왔다. 무엇을 예감했던지 사내는 방에 들어서자마자 심하게 몸부림을 쳤고, 그래서 두 수사관은 그를 억지로 의자에 앉히기 위해 무척 애를 썼다. 수사관들이 나가자 사내는 상처 입은 짐승처럼 원망 가득한 얼굴로 경감을 보았다. 경감은 아무 말 없이 그를 바라보기만 했다. O는 의자에 비스듬히 걸터앉아 둘을 주시했다. 그렇게 둘의 맞닿은 시선 사이로 시간이 흘렀다. 아주 많은 시간이 흘러갔다. O의 어림짐작으로는 하루가 지나고, 이틀이 지난 것 같았다. 사내와 경감, 그 둘은 눈 한번 깜빡이지 않은 채 놀랍게도 긴 시간을 버티고 있었다.

그러나 영원하지는 않았다. 마네킹처럼 무표정하게 앉아 있던 경감이 조용히 일어나 캐비닛 앞에 선 것이다. 가느다란 소프라노로 중얼거리기 시작했다. "못 참겠군. 계속 거짓말만 하고 있어. 네가 하는 말, 전부 거짓말이야. 알아? 심장이 뛰고 있어. 진실의 심장이 뛰고 있다고. 정말 시끄러워." 빠른 리듬에 실린 경감의 목소리는 점점 찢어질 듯한 고음으로 변해갔다. "저 심장 소리 때문에 내 고막이 터져버리고 말겠어!" 어느새 몸을 돌린 경감의 손에는 부드러운 천에 싸인 야구방망이가 들려 있었다. 경감은 사내에게 돌진해 사정없이 방망이를 휘둘렀다. 뼈가 부서지는 둔탁한 소리가 터져 나왔다. 사내는 비명 한 번 질러보지 못하고 바닥에 쓰러졌다. 그래도 경감의 방망이질은 멎지 않았다. 경감은 사내의 머리며 허벅지며 옆구리며 할 것 없이 마구 후려갈겼다. 그 모습은 마치 거대한 풍차 같아서 O는 감히 접근할 수 없었다. 피투성이 사내가 완전히 기절해버리고 나서야 경감은 구타를 멈추고 만족스럽다는 듯, 그럼에도 여전히 유치원 선생님 같은 말투로 소리쳤다. "그래, 이제 조용하네, 이제 조용해! 침묵은 진실의 바로 전 단계예요. 거짓말이 사라지고 나면 침묵이 깔리고, 그 후에 진실이 나오는 거야. 아가야 내가 말했지! 응? 내가 말하지 않았어?"

갑자기 경감이 O를 향해 몸을 돌리며 날카롭게 외쳤다. "지금이야! 이 소리 들리니?" 기를 쓰고 노력했으나 이번에도 듣지 못해 O로서는 참으로 쑥스럽고 부끄러운 잿빛 침묵. 가만히 귀를 기울여보니 무슨 소리가 나긴 했다. 그건 이따금 꿈틀거릴 때 터져 나오는 사내의 신음 소리 같기도 했고, 책상 서랍에 들어 있는 시계 초침 소리 같기도 했다. 또 이리저리 생각해보면 애타게 바라던 대로 캐비닛에 들어 있는 심장의 고동 소리 같기도 했다.

물을 끼얹자 사내는 대충 의식을 회복했지만 영 엉뚱한 헛소리를 해댔다. 이윽고 사내의 눈빛이 원래대로 돌아오는 듯하자, 경감의 방망이가 재차 춤을 추었다. 이번에는 즉시 정신을 잃었다. O는 사내를 의자에 앉히고, 물을 끼얹었다. 부르르 떨리던 눈꺼풀이 살짝 열리자, 곧바로 경감이 다가와 사내의 왼쪽 귀를 표적 삼아 배팅 연습을 했다. 그렇게 연이어 세 번 기절을 한 사내는 옆으로 누운 채로 입에서 피를 쏟았다. 경감은 사내의 머리맡에 무릎 꿇더니 엄지와 검지로 피의 점도를 확인했다. 괜찮아, 하고 경감은 숨을 몰아쉬는 와중에도 친절하게 알려주었다. "이건, 내장에서 나온 피가, 아니에요."

사내를 바닥에 그대로 놓아둔 채, 경감은 손수건으로 이마를 닦으며 의자에 앉았다. 그리고 숨을 고르기 위해 중간중간 끊으면서 O에게 말했다. "거짓말쟁이들을, 위한, 세계는 없어. 여긴 더더욱. 진실, 알아? 진실, 그게 나를 이처럼, 자유롭게, 해주는 거야." 목소리 톤이 너무 높아 깜짝깜짝 놀라는 것처럼 보였다. 휴, 하고 길게 숨을 내쉰 경감이 말을 이었다. "하지만 지금은 잠시, 멈추도록 해요. 진실을 얻기 전에는, 저 꼬마 죽으면 안 돼요. 고리가, 끊겨버리니까. 진실은 고리처럼 이어지고, 이어지고, 또 이어지거든." 경감의 말이 끝남과 동시에, 그 헐떡이는 잿빛 침묵 속에서 O는 들었다. 두근거리는 심장박동 소리를 확실히 들은 것이다.

"들립니다!" O는 자신도 모르게 소리쳤다. "두근두근, 제게 들려오고 있어요. 아, 이것이 진실의 심장박동이군요!"

경감은 O를 물끄러미 보았다. 두 손을 펴 자신의 얼굴을 감싸 안았다. 그렇지 않아, 하고 경감이 말했다. "그건 내 심장박동 소리일 뿐이야. 지금 여기에는 아무런 거짓말이 없어. 꼬마가 저리 정직하게 누워 있는데 진실의 심장이 왜 고동치겠어? 네가 들은 건 내 심장 소리야."

굵은 오랏줄로 다리까지 묶은 뒤, 경감과 O는 사내를 한쪽 구석에 반듯이 눕혀놓았다. 그러고 나서 경감은 O를 캐비닛 앞으로 이끌었다. 자, 이걸 봐. 경감이 하나하나 손가락으로 가리키며 자랑스럽게 말했다. "여기에 진실을 위한 모든 도구가 있어요. 이 바늘을 잇몸 위쪽에 깊이 찔러 넣고 튜브로 약을 흘려넣는 거야. 치아 신경을 지지는 거지. 여기 네모난 필름은 테이프를 이용해 피부에 붙이는 거야. 보통 목이랑 꼬리뼈 부위에 하나씩 붙이지. 반드시 엉덩이를 욕조 쪽으로 향하게 돌려놔야 돼요. 전기를 흘리자마자 시뻘건 피가 섞인 똥이 폭발하듯 튀어나오니까. 잘 알겠지? 누구나 할 것 없이 똑같아, 몸은 정직하거든. 몸은 거짓말을 못해요. 여기 이 침은 눈꺼풀을 뒤집고 안구 뒤쪽을 찌를 때 쓰는 거야. 그럴 땐 너무 깊이 찌르지는 않도록 해야지. 알겠어? 이 바이스는 불알을 끼우고는 터질 때까지 조이는 거야. 조금씩 천천히 조여야 더 효과가 있지요." 말하면서 경감의 목소리는 서서히 고조되어갔다. "이 안대, 젊고 자존심 강하고 겁 많은 꼬마한테는 너저분한 기구보다 이 안대가 훨씬 효과적이야. 이걸로 눈을 가리기만 하면 금세 훌쩍거리면서 오줌을 싸버리지. 이렇게 상대에 따라 사용되는 도구가 달라져요. 저기 누워 있는 귀염둥이, 저런 꼬마는 그냥 몽둥이가 최고야. 죽기 전에는 유언처럼 진실을 남기게 되거든."

자, 하고 경감이 말을 이었다. "이젠 정말 서둘러야겠어. 그렇지만 우리 아가는 일단 좀 자도록 해요."

그 말을 듣자 O의 눈꺼풀이 무섭게 내려오기 시작했다. 야전 침대에 제대로 눕기도 전에 기절하듯 잠에 빠져들었다. 잠, 정지된 검은 커튼이, 가만히 내려와, 의식을 덮고, 존재하는 모든 운동과 소리를, 깊이깊이 감추고, 그대로 얼려버리는, 위태로운 잠.

정신이 들면서 O는 경감 앞에 차렷 자세로 서 있는 자신을 발견했다. 분명 잠을 잔 것 같은데 언제, 어떻게 일어났는지는 기억나지 않았다. 머리가 지끈거렸다. 앉아요, 하고 경감이 발랄한 목소리로 말했다. O는 자동인형처럼 어색하게 의자에 앉았다. 경감이 배달되어온 음식을 O 앞에 놓아주었다. 우리 아가 배 많이 고프지? 경감이 눈을 찡긋하며 말하자, O는 미칠 것처럼 배가 고파져 허겁지겁 밥을 입에 쑤셔 넣었다. 밥은 여전히 건조했다. 건조해서 맛있었다.

의식이 돌아왔는지 사내가 괴로운 신음을 토했다. 경감이 전혀 개의치 않고 밥을 먹었기 때문에 O 또한 사내를 외면하려 노력했다. 식사를 마친 경감은 O에게 담배를 건네주고 자신도 입에 물었다. 그리고 의자에서 일어나, 누워 신음하는 사내에게도 한 개비 물려주었다. 사내는 순순히 받아 물었다. 재가 얼굴에 떨어지는데도 아랑곳 않고 담배를 피웠다. 사내가 뿜어낸 연기는 경감이나 O의 그것과는 달리 자로 잰 것처럼 곧게 올라갔다. 담배를 다 피운 경감은 O에게 눈짓을 보냈다. O는 사내를 일으켜 의자에 앉혔다.

여기 있는 이 아기는, 하고 경감이 O를 가리키며 사내에게 말했다. 너무 거칠거든. 아까도 내가 말리지 않았으면, 아마 너를 그냥 죽여버렸을 거야. 꼬마야, 너 얼마 전에 시체 본 적 있지? 무슨 생각이 들었지? 시체는, 아무것도 아니야. 아무것도 아니란 말이야. 시체는 그저 시체일 뿐이야. 죽고 나면, 그건 아무것도 아닌 게 되어버려요. 시체는 그런 거야. 방금 전에 하마터면 너도 그런 시체가 되어버릴 뻔했다니까, 어휴.

경감의 말을 듣자, O는 자신이 참으로 위험하고 거친 아기이며 방금 전만 해도 사내를 죽여버릴 뻔 했다는 사실을 깨달았다. 때마침 경감이 달려들어 자신을 말려준 건 다행스러운 일이었다. O는 자기 얼굴을 쓰다듬었다. 수염이 잔뜩 자라 있었다. 오늘은 도대체 며칠일까? 얼마나 시간이 흐른 것일까? 거울을 보고 싶었지만, 그가 생각하기에도 진실의 방과 거울은 절대로 어울리지 않았다. 어울리지 않는 것을 원했기에 O는 벌을 서는 잿빛으로 침묵.

시간은, 하고 경감이 말을 이었다. 언제나 세 가지 중 하나야. 과거에 저지른 일이거나 곧 벌어질 일, 아니면 지금이지.

과거에 저지른 일은 너의 살인이고, 왜 그를 죽였는지, 어떻게 죽였는지 말하는 건 너에게 곧 벌어질 일이야. 그리고 지금 당장은 우리 아기가 너를 괴롭히는 거지. 왜냐하면 애는 야수처럼 진실에 굶주려 있고, 그걸 얻기 위해 무슨 짓이라도 할 테니까요, 바로 지금!

경감의 말이 끝남과 동시에 O는 야구방망이를 움켜쥐고 달려들어 사내의 귀 밑을 후려갈겼다. 말해! O는 카랑카랑한 목소리로 외쳤다. 꼬마야, 어서 말해! 사내는 다시 바닥에 굴러떨어져 머리를 웅크리고 몸을 떨었다. 경감이 손으로 제지하는 시늉을 내자, O는 방망이를 책상에 내려놓고 사내를 다시 의자에 앉혔다. 그동안에도 O는 쉴 새 없이 사내에게 따귀를 날렸다. 사내 역시 비명을 지르는 사이사이 악에 받친 고함을 터뜨리고 울음 섞인 욕설을 퍼부었기 때문에 방은 온갖 소음으로 가득했다.

그러다 O는 들었다. 똑똑히 들었다. O는 구타를 멈추었다. 눈을 휘둥그레 떴다. 신기한 듯 경감을 바라보았다. 경감이 O에게 빙그레 웃어주었다. 그래, 우리 아기가 드디어 들었네요. 이번에는 제대로 들은 거야. 이게 바로 진실의 심장이 고동치는 소리지. 축하해요. O의 귀에는 정말로 두근두근 거대한 박동 소리가 들려왔다.

미친놈들, 하고 사내가 소리를 질렀는데, 그건 거의 절규에 가까웠다. 진실, 진실이라고? 사내는 O를 향해 눈물을 주룩주

룩 흘리며 말했다. 어이 애송이, 내가 진실을 알려줄까? 이 바보 녀석, 진실을 알고 싶어?

그렇지, 하고 경감이 손뼉을 맞부딪치며 기뻐했다. 이제야 비로소 진실이 터져 나오려 하네요. 좋은 일이야. 버릇없는 꼬마라 조금쯤은 걱정했었는데. 그리고 웃으며 O에게 지시를 내렸다. 나는 진실을 기록할 준비를 해야겠어. 그동안 이 꼬마를 잘 이끌어주도록 해요. 경감은 서둘러 방을 나섰다.

O는 사내를 노려보았다. 묘한 우월감에 절로 미소가 지어졌다. 그래, 하고 입을 열었다. 결국 세번째 시간이 왔어. 네가 진실을 말하는 순간이 된 거야. 어서 말해봐. 경감이 오기 전에 내게 진실을 말해야 돼요. 그래야 내가 좀더 귀여움을 받을 수 있을 테니까. O는 손바닥이 위로 향하게 두 팔을 벌리며 말을 이었다. 봐, 한번 둘러보라고. 지금 여기에는 너와 나, 그리고 무섭게 두근거리는, 고막을 찢을 것처럼 두근거리는 진실의 심장뿐이야. 모두가 알다시피 나는 네 앞에서 아주 거칠고, 지금은 아무도 나를 말리지 못해. 자, 꼬마야. 어서 입을 열고, 네가 저지른 살인의 진실을 말해봐.

좋아, 하고 사내가 코에서 피를 흘리며 말했다. 그 목소리는 혈관에서 흘러나와 차갑게 식어가는 자기 피만큼의 창백함을 담고 있었다. 이렇게 단둘이 마주하고 보니 O는 사내가 누구인지, 또 어디서 보았는지를 알려주는 그 작은 실마리가 이미 자기 손아귀에 들어와 있음을 알았다. 그러나 손바닥을 펴 확인할 여유가 없었으니, 그에게 부여된 가장 중요한 임무는 이제껏 진행되어오던 일을 계속해서 진행시키는 것, 저 진실의 고리가 끊어지지 않도록 하는 것이기 때문이었다. 그리고 무엇보다, 이상한 두려움이 O로 하여금 그 실마리와의 대면을 막았다. 사내의 담담한 목소리가 이어졌다. 어차피 알게 되겠지만, 지금 당장 알고 싶다면, 좋아 말해줄게. 바보 녀석, 이 불쌍한 녀석, 진실의 심장? 좋아, 내가 알려줄게. 책상 밑 서랍을 열어봐. 거기 있어. 그래, 거기 진실이 있어.

O는 잠시 망설였다. 나를 놀리는 걸까? 아닌 것 같았다. O는 서랍 쪽으로 걸어갔다. 이거? O가 서랍 손잡이를 가리키며 중얼거렸다. 그래, 그거. 사내가 대답했다. O는 허리를 약간 굽혀 손잡이를 잡았다. 차갑고 육중한 느낌이었다. 이거 말이지? O가 다시 중얼거렸다. 그래, 하고 대답하는 사내의 눈은 진한 핏빛이었다. 시간을 끌려는 수작일까? 아닌 것 같았다. 좋아, 하고 말하며 잡아당겼다. 쉽사리 열리지 않았다. 기운 내 힘을 주자 귀에 거슬리는 소리를 내며 간신히 열렸다. 서랍 내부가 드러났다. 안쪽에서 탁한 바람이 불어왔다. O는 눈을 껌뻑거렸다. 도리질을 해보고, 다시 눈을 껌뻑거렸다. 서랍 속은 깊었다. 마른 우물처럼 깊었다. 그렇지만 저 아래까지 조금도 어둡지 않았다. 오히려 반질반질하게 세공된 무수히 많은 금속면에서 나오는 빛으로 눈이 부실 정도였다. O는 다시 눈을 껌뻑거렸다. 손으로 서랍 양쪽 테두리를 단단히 부여잡고는, 몸을 숙

여 깊숙이 머리를 집어넣었다.

그것은 무덤이었다. 시계들의 거대한 무덤이었다. 헤아릴 수 없이 많은 손목시계가 아무렇게나 쌓여 있었다. 모양도 시곗줄도 각양각색이었다. 거의 다 멈춰 있었지만, 자세히 보니 아직 두 개는 초침이 움직이고 있었다. 맨 위에 놓인 O 자신의 시계가 그중 하나였다. 이게 뭐야, 하고 O는 눈을 껌뻑이며 중얼거렸다. 고개가 맥없이 흔들렸다. 코를 찌르는 고약한 냄새 때문에 현기증이 일었다. 온통 악취 속에 빠져 있는 기분, 그리고 그 냄새는 다름아닌 자기 몸에서 나고 있다는 사실. 시선을 옮길 때마다 금속의 광채가 눈을 찔렀다. 아래에 쌓여 있는 작고 빤짝이는 수천의 눈동자가 자신을 노려보는 것 같았다. 엄청난 숫자의 은빛 거미들이 우글거리는 것 같기도 했다. 이게 뭐야, O는 다시 중얼거렸다. 머리가 지끈거렸다. 서랍 안은 겨울 같기도 했고 여름 같기도 했다. 수많은 세월을 버텨온 후텁지근한 얼음들이 먼지와 함께 여기저기 뭉쳐 있었다. 머리카락이 곤두섰다. 그리하여 시공을 일그러뜨리는 뿌연 악취 속에서 무작정 흘러나오는 O의 갈라진 목소리는, 이게 뭐야!

서랍 너머에서 사내가 가느다랗게 말을 이었다. 거기 위쪽에, 갈색 가죽으로 된 손목시계가, 하나 보일거야. 그게 내꺼야. O는 쉽게 찾을 수 있었다. 초침이 움직이고 있는 두 개의 시계 중 하나이기 때문이었다. 다만 그 시계의 초침은 앞으로 나아가지 못하고, 당장이라도 멈출 것처럼 제자리에서 맥없이 떨리고 있었다. 그래서 O 자신의 시계에서 나는 초침 소리는 거의 아무런 방해를 받지 않고 두근두근 서랍 전체, 나아가 방 전체에 홀로 울려 퍼졌다. O는 몸을 일으켰다. 망막에 맺힌 시계들의 빤짝임이 좀처럼 지워지지 않아, 다시 한 번 눈을 껌뻑거렸다. 고개 들어 사내를 보았다. 그의 코와 입에서 방울방울 떨어지던 피는 이제 아래를 향해 일직선으로 흘러내리고 있었다. 뭐가 뭔지 알 수가 없었다. O는 버럭 용을 써 서랍을 닫아버렸다. 째깍째깍, 진실의 심장이 고동치고 있었다. 아무리 귀를 막아도 소용없었다. 배설물 냄새, 비린내, 땀내. 숨을 제대로 쉬기 힘들었다. 째깍째깍, 온몸이 톱니바퀴로 움직이는 것 같았다. 째깍째깍, O는 비명을 질렀다.

메아리가 사방의 벽을 무수히 왕복하는 가운데, O는 책상 위에서 야구방망이를 집어 들고는 미친 듯이 사내에게 덤벼들었다. 쓸쓸히 웃고 있는 사내의 정수리를 힘껏 내리쩍었다. 쩍, 두개골 갈라지는 소리와 함께 뜨거운 뇌수가 터져 나왔다. 사내의 머리는 앞으로 숙여졌다가 용수철처럼 튕기면서 뒤로 꺾였다. O는 방망이를 들어, 안구가 반쯤 튀어나온 채 천장을 마주보고 있는 사내의 이마를 후려갈겼다. 목이 의자 뒤로 완전히 꺾였다. 뾰족하게 바스러진 목뼈가 턱 아래의 피부를 가르고 삐져나왔다. 몇 방울 피가 그 끝에 맺히더니 똑, 똑 떨어져 내렸다. 걸쭉한 웅덩이에 무언가 가라앉는 소리, 뽀로록 기포 올라오는 서늘한 소리를 끝으로 사내와 사내의 육체는 지나가버린 그 계절의 마지막 잿빛으로 침묵.

모든 소음이 사라진 방. O는 거대하게 고동치는 진실의 심장, 아니 째깍째깍 움직이는 자신의 시계 초침 소리를 들었다. 더욱 고약해진 악취는 젤리처럼 뭉쳐져 피부 여기저기에 끈적끈적하게 들러붙었다. 그리고 빠르게 커져갔다. O는 눈을 감았다 떴다. 다시 눈을 감았다 떴다. 아무리 감았다 떠도 망막에 맺힌 눈부신 환영, 명멸하는 저 금속성 광채는 사그라지지 않았다.

인기척을 느꼈다. 뒤돌아보니 경감이었다. 문을 등지고 서서 가만히 지켜보는 중이었다. 방에서 벌어진 모든 상황을 똑똑히 기억하려는 듯, 그의 얼굴은 붉게 상기되어 있었다. O는 경감의 눈을 통해 자신을 보고, 자기 손에 쥐어진 방망이를 보고, 그 방망이에 맞아 죽은 사내를 보았다. 방망이의 끝 부분에는 머리카락이 숭숭 나 있는 노랗고 빨간 살점이 붙어 있었다.

O는 흠칫 놀라 방망이를 바닥에 내던졌다. 경감에게 다가가 뭐라 설명할 생각이었는데, 조용히 문이 열리고 서너 명의 사람들이 들어왔다. 그들 모두 머리통이 터진 시체를 마주한 예의로 경건하게 잿빛 침묵. 사내에게 다가가 맥을 짚어보고, 손과 발에 묶여 있는 오랏줄을 풀고, 사방에 흩뿌려진 피를 닦고, 살점과 방망이를 비닐에 담고, 캐비닛 문을 닫았다. 그들의 모습은 노련한 무당이 작두를 타듯 섬세하고 우아하고 아름다웠다. O는 그들을 도와주려는 마음에 여기 피가 덜 닦였고, 저기 의자가 넘어져 있고 하면서 참견했다. 사람들은 O를 힐끗 보기도 하고

살며시 웃어주기도 했는데, 그러할 때 O는 문득 그들 전부의 얼굴이 경감과 너무나 흡사하다는 사실을 깨달은 것이었다. 뽀얗고 두툼한 볼의 후덕한 인상이었으며 마음씨 좋아 보이는 눈초리는 아래로 살짝 처져 있었다. 심지어 아줌마로 착각할 만큼 마구 볶아놓은 머리 모양까지 같아, 어떻게 봐도 모두가 경감이었다. O는 애써 그 사실을 무시하려 했지만, 몸이 자꾸 떨려오는 건 어찌할 수 없었다.

저 꼬마가, 하고 O는 간신히 입을 열었다. 저 꼬마가 끝까지 진실을 말하지 않았어요. 그 말을 들은 경감이 살인 현장에서 눈을 돌려 O를 향해 이를 드러내며 웃었다. 경감의 미소에 용기를 얻은 O가 눈을 동그랗게 떠 최대한 귀여운 표정을 지으면서 말을 이었다. 여기는 진실의 방이고, 저 꼬마 때문에 진실의 심장이 무섭게 뛰었어요. 고막이 터질 지경이었지요. 저런 꼬마는 지워버려야 해요. 침묵은 진실이 나오기 전 단계, 괜찮아요, 우리 함께 청소하기로 해요. 똥구멍이 먼저, 그 후엔 진실, 진실은 다정하고, 아, 또 시간은 세 가지뿐이지요. 과거에 저지른 일이거나 곧 벌어질 일, 아니면……

그때 욕조 옆의 작은 이끼를 발견한 경감은 그쪽으로 걸어갔다. O가 지켜보는 가운데, 손가락 하나를 이용해 깨끗이 지워버렸다. 쉭, O의 가슴에서 새어나오는 무참한 바람 소리. 경감은 손가락을 바지에 문지르며 O를 향해 돌아섰다. 그의 눈은 짓궂은 장난기로 가득한 것 같기도 했고, 교활한 비웃음으로 가득한 것 같기도 했는데, 또 어떻게 보면 거기에는 따분하고 반복적인 사무의 고단함 외에는 아무것도 담겨져 있지 않은 것 같았다. 마침내 O는 죽은 사내의 얼굴이 낯익게 느껴졌던 바로 그 이유와 마주했다. 그는 O 자신과 너무나 닮은 사람이었다.

O는 낮은 신음을 흘렸다. 익숙하게 움직이는 여러 손에 의해 팔목이 결박되고, 자연스럽게 책상 맞은편 의자에 앉혀졌다. 째깍째깍, 시계처럼 정교한 잿빛 침묵 속에서 진실의 톱니바퀴가 무섭게 돌아가고 있었다. 역겨운 냄새가 O의 몸에서 끊임없이 흘러나와 바닥으로 떨어졌고, 저희끼리 동그랗게 뭉쳐져 이리저리 굴러다녔다. "그건 진실이 아니야." 경감의 다정한 소프라노가 아득하게 들려왔다. "꼬마야, 거짓말은 못써요. 이곳은 진실의 방이란다."

두유전쟁

1944년 겨울, 베를린 슈프레 강 기슭에 위치한 티르가르텐의 유대인 수용소에서 대규모 폭발 사고가 발생했다. 건물들은 산산조각이 났고 거대한 불기둥이 인근을 잿더미로 만들었다. 독일군 지휘부는 상황을 파악하기 위해 유능한 과학자들로 구성된 조사단을 파견했다. 원인이 조금씩 드러났다. 「다중돌연변이 유전자를 가진 인체에서 생성되는 고농축 유분에 관한 보고서」라는 제하의 서류는 엄중한 경호를 받으며 나치 최고위급 간부에게 전해졌다. 1945년 4월 30일 새신랑 히틀러가 자살한 직후, 약탈의 도시 베를린에 진군한 미 정보 요원들은 원형탈모증이 있는 소련 병사에게서 그 기밀 보고서를 입수했다. 유일한 전리품을 빼앗긴 소련 병사는 손으로 눈을 가리고 울었다.

21세기 가을의 대한민국은 오억 년 전 캄브리아기 때와 별반 다를 것 없이 조용했다. 자취방에서 이리저리 뒹굴며 빌려온 만화책을 들여다보던 스물세 살의 성범수는 허기를 느끼고는 깜짝 놀라 허겁지겁 라면을 끓이기 시작했다. 라면을 끓이는 것은 성범수가 해낼 수 있는, 몇 안 되는 일 중 하나였다. 라면이 거의 익어갈 무렵 누군가 현관문을 노크했다. 기름이 자글자글 흐르는 헝클어진 머리카락을 매만지며 문을 여는 순간, 검은색 스키마스크를 쓴 네 명의 건장한 사내가 쏟아져 들어와 성범수를 결박했다. 그중 한 명이 성범수의 코에 약품으로 적신 손수건을 갖다 대었다. 성범수는 배가 많이 고팠지만, 빠르게 흡수되는 약에 못 이겨 가만히 웃으며 기절했다.

미합중국 백악관의 대통령 집무실 책상에 두 개의 파일이 놓여졌다. 하지만 대통령은 아무리 봐도 두 파일 사이의 연관성을 찾을 수가 없었다. 그는 예수와 베드로의 연관성도 알지 못하는 사람이었다. 그러나 그의 가장 큰 매력은, 가망이 없음에도 불구하고 끝까지 노력한다는 점이었다. 덕분에 그는 미합중국의 대통령이 되었다.

옆구리에 총을 찬 국방장관이 집무실로 들어왔다. 그는 깡패였다. 2미터가 넘는 근육질이라, 뻣뻣이 서서 욕설이라도 퍼부을 때면 밑에서 꾸중 듣는 사람으로서는 천벌을 받는 기분이었다. 그는 끝까지 노력하고 있던 대통령에게서 파일을 빼앗아 찬

찬히 읽었다. 그리고 왜 자기에게 알리지 않았느냐고 버럭 호통쳤다. 당장에 최고위급 회의를 소집하라고 대통령 보좌관들에게 명령했다. 미합중국 대통령은 천벌을 받는 기분이었다.

벽안의 피부과 의사는 정신없이 짐을 꾸렸다. 한시 바삐 한국을 벗어나 고향인 미국으로 돌아가야 했다. 이십여 년 넘게 살아온 한국에서 그는 아내를 얻고 아이를 얻고 치질도 얻었다. 문예지에 시를 기고할 정도로 한국말에도 익숙해졌다. 이제 그 모든 걸 떨쳐버리고 고국으로 돌아갈 시간이 된 것이다. 그는 자기가 해낸 일이 무엇인지 잘 알고 있었다. 그리고 전 세계에 깔려 있는 수많은 동료들을 제치고 자기가 그 일을 해내었다는 사실에 이루 말할 수 없는 자부심을 느꼈다. 보름 전에 찾아온 한 환자가 말없이 머리를 들이밀 때만 해도, 이마를 뒤덮고 눈썹까지 흘러내린 그의 머릿기름을 볼 때만 해도 단순한 간의 지질대사 이상으로 생각했다. 간이 좋지 않으면 머릿기름이 많아지는 건 당연한 이치다. 그러나 특수현미경으로 기름을 관찰하고 간단한 실험을 해보았더니 놀라운 결과가 나왔다. 그는 성범수라는 이름을 가진 청년의 두피에서 조심스럽게 끈적끈적한 머릿기름 샘플을 채취했다. 대사관을 통해 청년의 인적사항과 함께 본국으로 보냈다. 그리고 조금 전, 마침내 답신이 온 것이다.

'축하한다, 당장 튀어라.'

언젠가 표절한 시의 한 구절처럼, 그는 튀어야 할 때를 알고 튀는 아름다운 스파이였다.

　정신이 든 성범수는 눈을 부비며 일어났다. 군대용 야전침대
가 놓여진 어두운 방이었다. 한쪽 벽에서 희미한 불빛이 흘러나
왔다. 다가가서 만져보니, 불빛은 철문의 틈새에서 나오는 것이
었다. 성범수는 잠시 망설이다 노크를 해보았다. 문이 너무 육
중해서 지리산에 노크하는 기분이었다. 발로 걷어차자 희미하
게나마 소리가 났다. 잠시 후 귀에 거슬리는 마찰음을 내며 문
이 열렸다. 척 보기에도 싸움을 대단히 잘할 것 같은 사내들이
들어와 다짜고짜 그를 끌어냈다. 성범수는 순순히 따라갔는데,
그건 다만 두들겨 맞기 싫어서였다. 그는 폭력적인 홀아버지 밑
에서 자랐기에 두들겨 맞는 건 지긋지긋했다. 끊임없는 구타는
성범수로 하여금 십대 초반의 나이에 실어증에 걸리게 해주었
다. 그건 성범수가 십대 초반부터 단 한 마디도 세상에 내뱉지
않았다는 말이다. 홀아버지는 삼 년 전 공사장에서 동료 인부들
에게 두들겨 맞아 시름시름 앓다 하늘나라로 가셨다. 덕분에 유
족인 성범수는 돈을 좀 만질 수 있었다.

　성범수가 끌려간 곳은 요상한 모양의 컴퓨터가 벽면에 잔뜩
늘어서 있는, 천장이 낮고 약간 어두운 방이었다. 가운데 놓인
탁자를 둘러싸고 말쑥하게 군복을 차려입은 예닐곱 명의 고급
장교들이 서 있었다. 스무 개에 가까운 직업 군인의 눈깔들이
일제히 성범수에게 쏠렸다. 150센티미터 조금 넘는 키에 뽈록

튀어나온 배, 거기다 주특기인 멍청한 표정까지 짓고 있어 그다지 고혹적인 자태는 아니었다. 그들은 성범수에게 의자를 권했다. 딱딱한 철제 접의자였다. 성범수는 시키는 대로 고분고분 따랐다. 성범수는 남이 시키는 대로 고분고분 따르는 것이 취미였다. 말을 잃어버린 후, 십여 년을 살아오면서 성범수는 늘 남이 시키는 대로만 했다. 시키는 대로 하면 적어도 두들겨 맞을 염려는 없기 때문이었다. 그런 과정에서 깊게 생각하는 능력도 조금씩 퇴화되었다. 언어를 말한다는 것은 언어적 사고를 한다는 것과 같은 의미다. 입을 닫아버린 후 성범수의 커뮤니케이션 영역은 극도로 좁아졌는데, 남의 말을 알아듣고 돌고래 수준으로나마 생각할 수 있는 건 자주 보는 만화책 덕분이었다. 만화책이 없었다면 성범수의 지성은 통증과 쾌락만을 느끼는 아메바 수준으로 전락했을 것이다. 문득 뒤통수 어딘가 따끔한 통증이 느껴졌다. 성범수는 가만히 손으로 만져보았다. 피가 배어나오고 있었다. 어쩐 일인지, 머리 껍질이 조금 벗겨진 것 같았다.

미합중국의 대통령은 주눅이 들어 있었다. 일부러 그런 건 아니라고 변명을 해봐야 소용이 없었다. 입만 열었다 하면 사정없이 국방장관의 손찌검이 날아왔다. 그는 대통령 알기를 중증 정박아인 자기 아들처럼 알았다. 그 시간에 국방장관의 정박아 아들은 아버지에게 맞은 상처를 입으로 핥으며 벌거벗겨진 채로 다락에 갇혀 있었다. 상처를 입으로 할짝거리는 건 진실로 현명한 방법이다. 의학계의 최신 보고에 의하면, 인간의 침에는 통증을 완화시키고 상처를 아물게 하는 성분이 들어 있다고 한다.

　얌전히 앉아 있는 보좌관들, 각 부처 장관들 앞으로 국방장관이 던진 서류뭉치들이 날아들었다. 회의는 일방적으로 진행됐다. 임명된 지 채 두 달도 안 된 신임 국무장관이 제기한, 인권 문제와 주한미군 문제, 비자 문제와 연계시켜 외교적으로 양보받자는 계획은 우렁찬 욕설 속에서 폐기되었다. 다만 순순히 줄 건지 말 건지 전화나 한번 해보자는 제안은 받아들여졌는데, 깡패 국방장관이 그 제안을 일단 협박부터 하고 나서 두들겨 패자는 걸로 이해했기 때문이다. 한국과 미국 간에 직통라인이 연결되었다. 한국의 대통령도 미국의 대통령 못지않게 주눅이 들어 있었다. 양국의 대통령은 잔뜩 주눅이 든 채로 어설픈 덕담만 하다 수화기를 내려놓았다. 내려놓고 난 후에야 미합중국의 대통령은 자기가 실수했다는 사실을 깨달았다. 사정없이 손찌검이 날아왔다. 폭발적인 따귀 사운드에 경악한 신임 국무장관이 달려들어 국방장관을 제지했다. 짜증이 난 깡패 국방장관은 권총을 뽑아 들고 연거푸 세 방을 쏘았다. 순직한 미합중국 신임 국무장관이 하늘나라로 가시다 슬쩍 뒤돌아보니 미합중국의 대통령은 어깨를 잔뜩 웅크린 채 여전히 따귀를 맞고 계셨다.

　잡혀오기 전에 성범수는 배가 고파 깜짝 놀랐고, 그래서 허겁지겁 라면을 끓이고 있었다. 라면을 끓이는 건 성범수가 해낼 수 있는, 몇 안 되는 일 중 하나였다. 성범수를 잡아간 사람들은 가스레인지의 불을 끄지 않았다. 뭐 자랑은 아니지만, 성범수의 집에서 자연스럽게 화재가 일어났다.

성범수의 집을 불길이 집어삼키고 있던 시각, 대한민국 청와대 내에 있는 지하 벙커에서는 회의가 열렸다. 긴 책상이 한가운데 놓였고, 별을 잔뜩 단 사람들이 한쪽 줄에, 대통령을 비롯한 청와대 보좌관들과 외교팀이 다른 한쪽 줄에 앉았다. 대화는 간간이 이어지고 끊어지기를 반복했다. 대통령과 몸집이 어마어마한 젊은 보좌관 한 명은 내내 인상을 찌푸리고 있었다. 마침내 대통령이 짜증내듯 입을 열었다. "그러니까 당신들 말은, 그냥 내주자는 거잖아. 아니야?"

또 웅성웅성. 별을 네 개 단 노인네가 입을 삐죽거리며 말했다. "그게 아니라, 막더라도 최소한의 인원과 장비가 비밀리에 투입되어야 한다는 겁니다. 혹시라도 언론에 알려지거나 하는 바람에 전면전이 되면 우린 다 죽습니다."

"니미럴!" 말이 끝나자마자 수석 안보보좌관, 즉 내내 인상을 찌푸리고 있던 거구의 보좌관이 쏘아붙였다. '니미럴'은 그 싸가지 없는 보좌관이 가장 즐겨 쓰는 표현이었다. "그게 그 말이잖아!"

그러면, 하고 별을 세 개 단 장군이 용감하게 말했다. "정규군을 투입해서 미국이랑 한판 붙자는 말인가요? 후세인 꼴이

나시려고?"

"니미럴, 그래, 싸우면 당연히 우리가 진다. 그러니까 그냥 항복하자는 거야? 게다가 우리도 산유국이 될 수 있는 절호의 기회잖아!"

꾸중을 들은 삼성장군은 아차, 하고 입을 다물었다. 계속해서 웅성웅성. 모두 고개를 숙이고 있는데, 어디선가 또 니미럴, 하는 소리가 들려왔다. 잠시나마 꼬박꼬박 말대꾸라는 용맹을 떨었던 삼성장군은 고개를 푹 숙였다. 속으로 중얼거렸다. 별을 마지막으로 하나만 더 달고 싶었는데. 딱 하나만 더 달면 되는데.

여보, 미안해.


미합중국 샌디에이고에 있는 태평양 함대 기지에 닿을 때까지 그 젊은 인디언 중사는 자신에게 맡겨질 임무에 대해 전혀 모르고 있었다. 보안이 철저히 유지되는 브리핑 장소에 들어서자 작달막한 키에 민첩해 보이는 아홉 명의 군인이 앉아 있었다. 전부 인디언 출신으로, 미 해병대 군복에 하사 계급장을 달고 있었다. 그들은 괴상한 오클라호마 사투리로 브리핑을 하는 사람이 별을 세 개나 달고 있는, 그 기지의 사령관이라는 사실에 놀랐다.

사복 차림으로 노스웨스트 항공의 비즈니스 클래스에 앉아 한국으로 향하는 열 꼬마 인디언들의 얼굴에는 표정이 없었다. 그들에게는 공통점이 많았다. 하나같이 어머니는 젊은 나이에 살해당했고, 아버지는 약물과 도박 중독자였다. 저 지옥 같던 인

218

디언 가족의 생활에서 그들을 구해준 건 자비로운 백인들이었다. 열 꼬마 인디언들은 백인들에게 은혜를 갚아야 했다. 백인들이 기획한 이번 작전의 이름은 '자비와 환희'였다. 이십대 초반의 한국 남성을 구출하여 그의 인권과 생명을 보호하는 자비를 베풀어 전 세계 지성인들에게 환희를 준다는 것이 작전의 요지였다. 그 외에는 아무것도 알려주지 않았다. 별을 세 개나 달고 있는 태평양 함대의 사령관은 말이 없는 편이었다. 게다가 한국인들 사이에서 눈에 띄지 않도록 키 작은 토종 인디언을 선발할 정도로 멍청했다. 그건 너구리 나라에서 오리 나라로 오리너구리 첩자를 보내는 것과 같은 짓이었다.

오리너구리.


검사 결과가 나왔다. 대한민국 국방부 소속의 중년 화학자는 결과가 표기된 그래프를 들여다보았다. 그는 그래프에 나타난 결과를 남자가 생겼다는 아내의 말만큼 믿을 수 없었다. 그러나 모든 수치는 정확히 한 가지 사실을 증명하고 있었다. 멍청하게 생긴 이십대 청년의 머리에서 하루 이백만 배럴의 원유에 해당하는 고농축 유분이 흘러나오고 있는 것이다. 가슴에서 탄식이 새어나왔다. 화학자는 국방부에서 오래 근무했기에, 저 백수건달 청년의 존재가 만성적인 에너지 부족에 시달리는 약소국 대한민국에게 얼마나 큰 축복이며 동시에 재앙인지 잘 알고 있었다. 이 정보는 애초에 미국 정보기관에서 흘러나온 것이니만큼,

저쪽에서는 이미 모든 계획을 수립해놓고 본격적으로 작전을 전개했을 것이다. 전쟁인가, 하고 화학자는 무거운 한숨을 쉬었다.

화학자는 천천히 일어나 실험실 문을 나섰다. 보고서 작성을 지시하기 위해 조수인 병장 계급의 사병에게 다가갔다. 그때 병장은 자기 상관인 화학자가 가까이 온 줄도 모른 채, 그 남자를 만나지 말라며 수화기에 대고 울먹이고 있었다. 민족의 장래를 염려하던 화학자는 화가 나 전화기 코드를 냅다 뽑아버렸다. 이제 병장이 사랑하는 여자는 홀가분하게 그 남자를 만날 것이다. 만나서 술도 마시고 감미로운 설득에 넘어가 잠자리도 함께할 것이다. 체위는 그녀가 좋아하는 후배위로 하겠지. 전부 화학자 때문이다. 안녕이라 말하지도 못했다는 생각에 눈물이 흐르기 시작했다. 하지만 누가 뭐래도 그는 군인이었다. 병장은 군인답게 팔뚝으로 눈물을 닦으며 그래프를 받아 들었다. 보고서를 작성하기는 해야겠는데, 그의 손가락은 타이핑하는 내내 흐느끼며 눈물을 찍어냈다.

대한민국의 외교보좌관, 그러니까 몸집이 어마어마한 수석 안보보좌관의 동료인 쪼끄마한 모범생 스타일의 청와대 외교보좌관은 평소 친하게 지내던 미국 대사의 공관으로 찾아갔다. 두 남자는 정말로 친했다. 하지만 결정적인 순간에는 둘 다 끔찍한 애국자였다. 그리고 서로 그러한 점을 어쩔 수 없이 인정해주고 있었다. 미국 대사는 외교보좌관이 미국인이 아니라는 사실이 한

스러웠다. 외교보좌관은 미국 대사가 한국인이 아니라는 사실이 한스러웠다. 둘은, 서로를 정말로 좋아했다. 간혹 미국 대사의 얼굴에 귀여운 미소라도 번질 때면 청와대 외교보좌관은 단순한 우정 이상의 묘한 감정을 느꼈고, 그 감정에 당혹스러워했다.

이미 워싱턴에서 지시를 받은 미국 대사는 그가 왜 찾아왔는지 빤히 알고 있었다. 둘은 차를 마신 후, 평소처럼 장기를 두기로 했다. 장기 말을 제자리에 놓으며 미국 대사는 뭐가 그리 좋은지 실실 웃었다.

미국 대사는 메이플라워호의 일자무식 요리사를 조상으로 둔 주제에 장기를 아주 잘 두었다. 둘은 막상막하의 실력을 가지고 있었다. 그러나 한국의 외교보좌관은 최고의 집중력을 발휘해 모든 말들을 다 잡아먹고는, 차와 포로 미국 대사의 붉은 왕을 궁지에 몰아넣었다. 외교보좌관이 낮게 '장군'을 불렀다.

미국 대사는 고개를 절레절레 흔들었다. 오랜 친구로 지내온 외교보좌관의 얼굴을 들여다보았다. 그리고 또 실실 웃었는데, 그건 장기를 시작할 때의 웃음과 똑같았다. 미국 대사는 비서를 불렀다. 비서는 작고 네모난 상자를 들고 왔다. 장기판 옆에 내려놓고는, 뚜껑을 열었다. 거기에는 차, 포, 상, 마 등의 붉은 말이 잔뜩 들어 있었다. 미국 대사는 실실 웃으며 자기 왕을 위협하던 파란 말들을 치워버리고는 그 자리를 붉은 말로 채웠다. 이제 오히려 파란 왕이 궁지에 몰렸다. 외교보좌관은 침울한 표정으로 미국 대사의 그 황당한 반칙을 지켜보고만 있었다.

"내가 이겼소." 능숙한 한국어로 미국 대사가 말했다. "게다가, 지금 이리로 열 마리의 날쌘 말이 더 오고 있는 중이올시다."

한국의 외교보좌관, 그러니까 어마어마한 몸집을 가진 수석 안보보좌관의 동료인 쪼끄마한 모범생 스타일의 외교보좌관은 고개를 끄덕이며 일어났다. 사랑스런 미국 대사와 악수하고, 대사관을 나왔다. 돌아오는 길에 바로 그, 어마어마한 몸집의 수석 안보보좌관에게 전화를 걸어 상황을 설명했다. "서둘러야 해요." 외교보좌관은 침통한 어조로 말했다. "보안이 유지되는 열 명의 특수대원, 그 이상은 안 됩니다."

수화기가 어마어마한 몸집의 수석 안보보좌관을 대신해 니미럴, 하고 씨불었다.

성범수는 어리둥절했다. 등에 모나리자가 그려져 있는 싸구려 추리닝이 지급되더니 당장에 갈아입으라는 지시가 내려졌다. 모나리자만큼은 질색이었지만 별수 없는 일이었다. 배가 많이 고팠다. 잡혀 오기 전에 끓이던 라면 생각이 간절했다. 라면을 기대하고 있던 성범수의 위는 아무것도 들어오지 않자 배신감에 꼬르륵 꼬르륵 투덜대고 있었다. 한 장교에게 이끌려 사무실을 나서니 좁은 복도가 나왔다. 복도에는 한결같이 콩팥이라도 내다 판 듯한 표정의 사내들이 좌우로 다섯 명씩 도열해 있었다. 모두들 짧은 머리였고 청바지에 흔한 색상의 라운드 티셔츠, 그리고 허벅지까지 내려오는 얇은 코트를 입고 있었다. 그들은 성범수를 김장용 배추처럼 9인승 승합차에 던져놓더니 그 옆에 차곡차곡 올라앉았다.

승합차가 조용히 출발했다. 짧은 머리의 사내들은 낮고 빠르게 말했다. 성범수는 가만히 귀를 기울여보았지만 알아듣기가 쉽지 않았다. 서울 톨게이트를 지나갈 때, 그들은 숙련된 동작으로 코트에 가려진 허리춤에서 시커먼 반자동 소총과 권총을 꺼내 들어 장전하고 소음기를 착착 돌려 끼웠다. 그 모습을 본 성범수는 기가 막혀서 타조처럼 눈을 질끈 감아버렸다.

인천공항에 내려 용산 미군기지로 직행한 열 꼬마 인디언들은 간략한 현지 브리핑을 받았다. 브리핑이 끝나고 그들에게 작은 담뱃갑 모양의 전자제품이 지급되었다. 그것은 전 세계의 하늘에 퍼져 있는 미합중국 군사용 정찰위성을 자유롭게 이용할 수 있는 최첨단 장비였다. 전면의 액정화면을 통해 목표물의 위치를 정확하게 추적하는 기능은 물론 대원들 간의 무선통신 기능이 내장되어 있었으며 무료할 땐 테트리스를 즐길 수도 있었다. 열 꼬마 인디언들은 이어 개인용 화기를 지급받았다. 적외선 조준경이 달린 소음권총과 야간투시경, 대량살상용 최신 무반동 기관단총이었다. 위험한 상황에서 마패처럼 꺼내 들 수 있도록 방탄복 윗주머니에는 미합중국 여권도 넣어두었다.

인디언 중사는 이제 자신의 임무를 완전히 파악했다. '자비와 환희' 작전의 성공은 열 꼬마 인디언 팀의 리더인 자신에게 달려 있는 것이다. 그는 알코올과 도박 중독자인 아버지를 개처럼 쏴죽이고 자신을 해방시켜준 백인들을 본받아, 가여운 동양인을 하나 구출해내어 미국으로 데리고 가야 했다. 격렬한 저항이 예상되는 임무였다. 그는 대원들을 둘로 나누었다. 1진은 고속철을 타고 동양인의 후송 예상지인 대전으로 먼저 출발하고, 2진은 방탄 타이어가 달린 미군 전용의 험비를 타고 동양인이 후송되는 코스를 뒤따라 밟아나가기로 했다. 그 자신은 시가전이 예상되는 2진에 합류하여 지휘할 계획이었다. 우선 부대 식당에 들러 저녁식사를 했다. 미트볼의 숫자 때문에 인디언 팀과 취사병들 사이에 건강한 손찌검이 오갔다. 동아시아의 하늘이 조금씩 어두워지고 있었다. 그는 자신의 팀이 임무를 완수하지 못하리라고는 결코 생각할 수 없었다. 적지 침투와 정교한 암살, 특히 남의 나라에 들어가 그 나라 대통령을 업어오는 등의 임무를 위해 오랜 기간 죽어라 훈련받아왔기 때문이다. 뱃속이 따끔따끔했다. 긴장감에 위궤양이 도진 것 같았다. 출발에 앞서 지급받은 담뱃갑 모양의 전자기기를 켜자, 동양인을 태우고 달리는 승합차의 위치와 예상 이동로가 액정화면에 자세히 나타났다.

수석 안보보좌관은 애초에 싸가지 없이 태어났다고 모두들 생각했지만, 그건 전혀 사실이 아니다. 그는 단지 어릴 때부터 겁이 많았을 뿐이다. 산더미 같은 몸집을 가졌음에도 아프거나 다치는 걸 굉장히 두려워했다. 그리고 그 두려움을 감추거나 극복하기 위해 남에게 거칠게 대해왔다. 전략은 늘 성공했다. 사람들은 그에게서 상처를 받을 뿐, 티끌만 한 보복도 돌려주지 못했다. 물론 그의 머리가 평범했다면 이미 수차례 가혹한 린치를 당했거나 감옥에 갔을 것이다. 그러나 그는 대단히 비상한 두뇌를 가지고 있었고, 어느 집단에서나 일등만 해왔다. 모두들 그를 존경하고 두려워했다. 거대한 수석 안보보좌관을 낳아준, 초대형 자궁을 가진 그의 어머니도 마찬가지였다. 무료할 때마다 동생 뒤통수를 갈기는 나쁜 손버릇에 대해 알고 있었지만 단 한 번도 꾸중하지 않았다. 몸집이 작고 머리도 별로 좋지 못한 동생으로서는 환장할 노릇이었다.

대전으로 향하는 헬기에서 한국의 수석 안보보좌관은 흥분을 가라앉히기 위해 맥주를 조금 마셨다. 그는 술을 마시면 차분해지고 조심스러워지는 스타일이었다. 그건 아무래도 일반적인 한국인의 습성이 아니었다. 그렇다고 그에게 오랑캐라 부를 용기를 가진 사람은 없었다. 답답한 안전벨트를 몸에 칭칭 동여맨 채, 거구의 수석 안보보좌관은 자기가 해야 할 일을 다시 한 번 생각해보았다. 대한민국에 내려진 축복이자 재앙인 저 걸어 다니는 유전을 안전하게 격리시켜놓는 것이 그의 임무였다. 그 목적을 위해 이미 여러 부대에 연락해 적당한 비밀 장소를 물색해놓았고, 경비병도 오만 명 정도 배치해놓았다. 그는 실제로 한군데에 왁자지껄하게 모여 있는 오만 명의 병력을 본 적이 없었다. 사실 숫자는 크게 중요하지 않았다. 아무리 잔뜩 동원해봤자 별 소용없을 수도 있다. 중요한 건, 최소한 호락호락하게 넘겨주지 않겠다는 기백을 보여주는 것이었다. 인구만 더럽게 많은 이 작고 약한 나라에서 미국을 상대로 할 수 있는 건 사실 그 정도였다. 귀를 찢는 듯한 헬기 프로펠러의 굉음이 들려왔다. 그건 정말 귀를 찢는 듯한 소리였다. 그러다 진짜로 그의 귀를 찢어버렸다. 꼬리가 떨어져나간 헬리콥터는 빙글빙글 돌며 충청남도 조치원 부근의 야트막한 구릉지대에 처박혔다.

미합중국 국방장관은 한국의 수석 안보보좌관이 탄 헬기가 예정대로 피격되었다는 보고를 받고는 기분이 좋아졌다. 그가 어디로 가고 있었는지, 왜 가고 있었는지 이미 훤하게 알고 있던 터였다. 귀찮은 건 딱 질색이었다. 사실 이러한 식의 작전은 그의 성격과 맞지 않았다. 그는 화끈한 전쟁을 원했다. 핵폭탄을 날릴 수 있음에도 핵물질만 살짝 바른 포탄을 쏘는 건 짜증나는 짓이었다. 그는 총알과 포탄이 어지러이 날아다니는 중동 사막의 탱크 속, 정신없이 포탄을 날리는 부하 병사의 등 뒤에서 열정적으로 자위를 한 적이 있었다. 그건 정말 짜릿한 경험이었다. 다만 그 손은 조금 전까지도 열화우라늄탄을 만지던 손이었기 때문에, 그로부터 삼 년 후에 태어난 그의 아들은 죽을 때까지 똥과 된장도 구분하지 못했다.

방사능으로 인해 고통 받는 건 그의 아들뿐이 아니었다. 그에게 따귀를 맞은 미합중국 대통령 또한, 우리 국방장관님의 손찌

검은 어찌 이리도 얼얼한 걸까 감탄하고 있었다. 그건 절대로 평범한 손찌검이 아니었다. 이미 대통령의 광대뼈에는 백혈구가 빠른 속도로 파괴되고 있었다.

"우리는 널 해치지 않는다." 성범수의 맞은편에 앉은 짧은 머리 사내가 무뚝뚝한 군대식 어투로 말했다. 행동이나 말하는 투로 보아 그가 대장인 것 같았다. 대장의 말은 긴장을 풀라는 의미였지만, 성범수는 그럴 수가 없었다. 게다가 그들은 라면을 먹지 못하게 함으로써 이미 성범수를 해친 것이다. 굶주린 위에서는 꼬르륵 소리가 정신없이 터져 나오고 있었다. "우린 앞으로 두 시간가량 남쪽으로 내려간다. 대전엔 가본 적 있나?" 성범수는 고개를 저었다.

잠시 후 그가 조용히, 그러나 여전히 무뚝뚝하게 다시 물었다. "말을 못하는군." 성범수는 고개를 끄덕였다. 물론 고개를 끄덕이고 싶지는 않았다. 고개를 끄덕인다는 것은 자신의 육체에 모종의 결함이 있음을 시인하는 것이고, 대부분의 정상적인 사람들은 그러할 때 마음을 다친다. 하지만 때로는 그럼으로써 상대에게 동정을 얻기도 하는 법이다. 성범수가 고개를 끄덕였을 때에는, 그러한 비겁한 의도가 어느 정도 숨겨져 있었다. "내 말을 알아듣기는 하나?" 이번에도 성범수는 고개를 끄덕였다. 승합차는 경부고속도로를 달리고 있었다. 날은 조금씩 저물어가는데, 도로에는 차량이 별로 보이지 않았다.

"그렇군. 알았다." 대장이 말했다. "우리는 자네를 어느 특정한 곳까지 호위하라는 명령을 받았다. 나머지는 우리도 모른다. 굳이 알 필요도 없고." 그리고 성범수에게 고개를 기울여 조심스럽게 말했다. "어쨌든 너, 특히 네 머리가 국가에 아주 중요하다는 사실만은 틀림없다. 목숨 걸고 네 머리를 지키도록 명령받았으니까."

그 순간 퍽, 타이어 터지는 소리가 나면서 승합차량이 왼편으로 급격히 쏠렸다. 운전병이 속도를 유지한 채 잽싸게 핸들을 움직여 균형을 잡았다. 검은색 차량 한 대가 바짝 따라오고 있었다. "험비다!" 여기저기서 고함 소리가 튀어나왔다. "험비? 어떻게 된 거야!"

요란한 소리와 함께 유리창이 깨지면서 파편이 사방으로 튀었다. 사내들도 지지 않고 험비를 향해 반자동 소총을 갈겼다. 방탄 험비의 여기저기에서 불꽃이 튀었다. 위험을 재빠르게 감지하는 건 약한 자의 장기다. 성범수는 최고난도의 생존 훈련을 받은 대원보다도 앞서 의자 밑으로 기어들어갔다. 그리고 어떻게든 좀 해보라는 표정으로 조금 전 자신에게 말을 걸던 대장을 바라보았다. 그러한 성범수의 눈앞에서, 탄창을 갈아 끼우던 대장의 얼굴이 터지며 쪼개진 노란 속살 사이로 쉭, 핏빛 안개가 뿜어져 나왔다.


다락방에 갇힌 미합중국 국방장관의 정박아 아들은 그 시간에도 1분에 20번의 속도로 팔뚝의 상처를 열심히 핥고 있었다. 참고로 페르시안 수컷 고양이는 1분에 30번, 남아프리카의 개미핥기는 70번, 노련한 일본 게이샤는 120번의 속도로 핥는다.

청와대에 돌아온 외교보좌관은 수석 안보보좌관이 탄 헬기가 미스트랄에 의해 격추되었다는 보고를 받았다. 황급히 대통령 집무실에 들어가 보니, 대통령은 헬기를 격추시킨 부대의 대대장과 통화하고 있었다. 목소리를 높이던 대통령은 결국 전화기를 내동댕이쳐버렸다.

"자기가 천하의 애국자인 것처럼 도리어 호통을 치는군." 대통령이 흥분해서 말했다. "나는 국민을 몰살시킬 얼간이고 말이야. 미국 측에서 그 새끼한테 마약이라도 줬나봐. 전화기를 던져버리기 전에 그 새끼가 뭐라고 소리 질렀는지 알아?"

외교보좌관은 오랜 친구의 죽음과 일선 부대장의 배신에 격분해 오줌을 다 지릴 지경이었지만, 우선은 대통령부터 진정시켜야 했다. "그게 지금 우리가 처한 상황입니다. 어떻게든 냉정하게 판단하셔야 합니다."

대통령은 한숨을 쉬며 의자에 앉았다. "이대로 그냥 굴복하는 건가? 그게 우리의 상황인가? 전화기를 던져버리기 전에 그 새끼가 도대체 뭐라고 소리 질렀는지 아나?"

외교보좌관이 말했다. "지금 우리와 미국은, 웃는 얼굴로 마주보며 꼬집는 전쟁을 벌이고 있습니다. 우리도, 미국도 이 일이 외부에 알려지는 것을 원하지 않습니다. 그건 우리보다는 미국에게 불리한 조건입니다. 무차별적인 무력행사를 벌일 수 없으니까요." 외교보좌관은 잠시 뜸을 들이다 말을 이었다. "아직 보고를 드리지 않았습니다만, 최정예 특수대원들이 청년을 삼군합동본부인 대전 계룡대로 데려가고 있습니다. 그곳 벙커에 청년을 은신시킨다면, 유리한 입장에 서기 위한 시간을 벌 수 있을 것입니다."

대통령의 얼굴에 잠시 안도의 빛이 떠올랐다 사라졌다. "어쩌면, 그 청년 하나 뺏기지 않으려다 엉뚱한 국민들까지 죽이게 될지도 몰라. 도대체 누가 내 편인지 저쪽 편인지 알 수가 없잖아, 이 나라에서는 말이야. 정말 황당하군. 전화기를 던져버리기 전에 그 미친 새끼가 뭐라고 소리 질렀는지 알기나 해?"

용기를 잃으시면 안 됩니다, 하고 외교보좌관은 힘없이 말했다. 하지만 그 자신 역시 희망을 가질 만한 어떠한 근거도 찾을 수가 없었다.

그런데, 전화기를 던져버리기 전에 그 새끼는 뭐라고 소리 질렀을까?

"대한민국 만세!"


앞서 말했듯이, 성범수의 홀아버지는 공사장에서 동료 인부들에게 맞아 시름시름 앓다 하늘나라로 가셨다. 그런데 성범수의 홀아버지는 왜 먼 하늘나라로 가실 만큼 동료들에게 맞아야 했던 것일까? 간단히 말하자면, 입이 되게 험했기 때문이다. 그는 자신이 가장 좋아하는 친구한테도 '지 에미랑 붙어먹을 개쌍놈의 호로 새끼'라고 불렀다. 그렇게 불려진다면 인도의 간디라도 물레를 움켜쥐고 쫓아올 것이다. 안 맞을 도리가 없다. 다만 그때는 좀 심하게 맞았을 뿐이다. 성범수의 홀아버지도, 늘 두들겨 맞으며 살아온 인생이라 대수롭게 여기지 않았다. 삽이랑 곡괭이로 몇 대 맞았다 해서 비장에 구멍이 날 줄이야 상상이나 했겠는가. 성범수의 홀아버지는 명심했어야 했다. 입이 험하려면 최소한 청와대 수석 안보보좌관쯤은 되어야 두들겨 맞지 않는다는 사실을. 그렇게 하지 않았기 때문에, 그는 자기 아들 성범수를 몇 년 더 신나게 두들겨 팰 기회를 놓쳤다.

"아파!" 충남의 야트막한 구릉지대에서 누군가 소리쳤다. 주위의 나무들이 불에 타고 있었다. "아파 죽겠다고!"

그는 구겨진 헬기에서 나오기 위해 안간힘을 썼다. 발로 몇 번이고 걷어찬 후에야 문을 떼어내고 밖으로 빠져나올 수 있었다. 거대한 체구의 사내였다. 몸이 온통 피로 번들거렸다. "여기가 어디야!" 피투성이 사내는 소리 지르며 주위를 둘러보았다. 나무에 붙은 불 때문에 저 멀리 도심의 불빛도 보이지 않았다. "뭐야, 다 죽은 거야?" 피투성이 사내가 헬기를 향해 다시 소리 질렀다. "다 죽은 거냐고!"

하늘나라로 가버린 헬기 조종사의 허리에서 권총을 빼내어 주머니에 넣고 뒤돌아설 때, 굉음과 함께 헬기의 연료통이 폭발했다. 그 바람에 피투성이 사내의 거대한 몸집은 십 미터가량 날아가 덤불에 처박혔다.

잠시 후, 덤불 속에서 힘없는 목소리가 흘러나왔다. "이게 뭐야." 그 목소리는 안팎 모두 피 같은 절망에 젖어 있었다.

"니미럴."

"이제부터 내가 지휘한다." 눈초리가 양쪽으로 길게 찢어지고 검은색 라운드셔츠를 입은 사내가 탄창을 갈아 끼우며 말했다. 성범수가 탄 승합차는 오른쪽 뒷바퀴가 터진 채로 탈탈거리며 경부고속도로를 달렸다. 무릎에 총알을 맞은 대원 하나가 이를 악문 채 기묘한 신음 소리를 흘리고 있었다. 그들은 허리 아래가 잘려 나가도 비명을 지르지 않도록 훈련된 사람들이었다. 성범수는 반쯤 넋이 달아나 있었다. 조금 전 그의 눈앞에서 무려 세 사람이 하늘나라로 가버렸다, 머리가 박살나고 팔 다리가 잘려 나가고 담녹색 내장을 쏟아내며. 성범수는 얇은 코트에 가려진 채 나란히 누워 있는 세 개의 고깃덩어리들이, 방금 전까지 키득키득 웃거나 말을 하던 그 사람들이라고는 도저히 믿을 수 없었다. 두피에서 끈적거리는 기름이 방울방울 솟아났다. 승합차 안은 화약 냄새와 역겨운 비린내로 가득했다.

"몸을 낮추고 속도를 유지하라." 눈초리가 양쪽으로 길게 찢어진 검은색 라운드셔츠의 사내가 지시를 내렸다. 온몸에 동료의 피를 묻힌 대원들은 말없이 명령에 따랐다.

마침내 대전 톨게이트가 나왔다. 통행료를 지불하기 위해 대원들의 호주머니를 깨끗이 털었지만 조금 모자랐다. 눈초리가 양쪽으로 길게 찢어진 검은색 라운드셔츠의 사내가 양아치 짓을 했다. 그렇잖아도 배가 고플 대로 고픈 성범수의 주머니를 뒤져 백동화 두 개를 찾아낸 것이다. 통행료를 지불한 승합차는 힘차게 연기를 뿜으며 출발했다.

한편 삼군합동본부가 있는 대전 계룡대의 지하 벙커에서는 열 명이 넘는 장성들이 모여 대책을 논의하고 있었다. 불같은 성격의 수석 안보보좌관이 충남 야산의 귀신이 된 건 다행스러운 일이었지만, 정작 미국이 갖고 싶어 하는 문제아 녀석은 뻔뻔하게 살아 그곳으로 오는 중이었다. 그를 계룡대 입구에서 개처럼 쏴 죽여야 할지 닭처럼 가둬놔야 할지 아니면 은 삼십에 본디오 빌라도에게 넘겨야 할지 대책이 서지 않았다. 장성들은 손익계산에 분주했지만, 그런 건 원체 밑에서 알아서 해왔던 터라 좀처럼 진도가 나가지 않았다. 별이 스무 개도 넘게 우글대는 지하 벙커에는 담배 연기가 자욱했다. 그때 사령부로 긴급 보고가 전달되었다. 총을 든 괴한들이 정문에서 난동을 부리다 모두 사살되었다는 내용이었다. 대령 계급장을 단 경비 책임자가 급히 사령부를 뛰쳐나와 정문으로 향했다.

괴한들은 피를 잔뜩 묻힌 채 떡볶이처럼 엎어져 있었다. 그들의 영혼은 이미 하늘나라로 가신 지 오래였다. 경비 책임자는 대위 계급의 당직 장교에게서 상황을 보고받았다.

"정지 명령을 무시하고 초소로 다가왔습니다. 총을 들고 있었기에 초병이 경고 사격을 했고, 이들이 암호도 대지 않고 계속 접근하자 제 명령에 의해 모두 사살했습니다. 소음기까지 달린 군용 화기를 소지하고 있는 것으로 미루어 보아 현재로서는 탈영한 장교나 북의 무장간첩으로 추측하고 있습니다."

경비 책임자는 가까이 다가가 괴한들의 얼굴을 자세히 들여다보았다. 경비 책임자의 얼굴이 점점 일그러졌다. 보고한 당직 장교의 귀를 대뜸 잡아당기더니 그들의 시신에 바싹 갖다 대었다.

"야 이 쌍노무 새끼야, 응? 이게 우리나라 사람으로 보이냐? 응? 이게 우리나라 사람으로 보여?"

머리라도 쓰다듬어주길 기대했던 당직 장교는 당황해서 말했다. "아니 대령님 왜 그러십니까?"

"응? 넌 오리랑 오리너구리도 구분 못 하지, 이 쌍노무 새끼야. 응? 넌 오리랑 오리너구리도 구분 못 하지? 얘들은 무엇이냐? 응? 얘들은 무엇이냐, 응? 이 씨팔 새끼야, 얘들은 인디언이란 말야!"

"인디언이라면……" 깜짝 놀란 당직 장교가 대답했다. "시베리아 북동부의 초원 지대에 오순도순 화목하게 살다가 갑작스런 기후의 변화로 삶의 터전인 초원 지대가 황폐해지자 지금으로부

234

터 약 삼만 년 전에 북미대륙으로 이동하여 안데스 산맥을 중심
으로 머리에 깃털을 꽂고 야호야호 신나게 사냥과 수렵을 하던
몽골로이드 계통의 그 아메리카 인디언이란 말씀이십니까?"

그때, 괴한들의 소지품을 검사하던 하사관 한 명이 방탄복 호
주머니에서 작은 수첩 같은 것을 꺼내어 언변이 유창한 당직 장
교에게 건네주었다. 몇 장 넘겨보던 장교의 얼굴이 사색이 되
었다.

"그래, 응? 그 인디언이란 말이야, 이 병신 새끼야, 응? 그리
고 지금은," 하고 경비 책임자가 당직 장교를 죽일 듯 노려보며
말을 이었다. "지금은 네 손에 든 그 여권이 말해주듯 미국인이
고, 응? 넌 지금 미국인인 다섯 꼬마 인디언을, 응? 죽여버린
거야, 응? 이 쌍노무 새끼야, 응? 넌 지금 미국인인 다섯 꼬마
인디언을, 응? 죄다 쏴 죽여버렸다고, 응? 이제 어쩔래, 응?
인디언을 죽였으니, 응? 이제 머릿가죽이라도 벗길래? 응? 이
씨팔 쌍노무 새끼야, 응?"

험비는 톨게이트의 정지 신호에도 속도를 줄이지 않은 채 그
대로 내달렸다. 그 바람에 통행료를 기대하고 내밀었던 징수원
의 왼쪽 팔목이 남쪽으로 육십 미터나 날아가버렸다. 젊은 과부
인 통행료 징수원은 몇 초 전까지 두툼한 팔이 달려 있던 부분
을 들여다보며 어머나! 하고 버럭 고함을 질렀다.

일렬로 늘어선 가로등이 어둠에 물든 거리를 뿌옇게 비추고

있었다. 대전 시내에 진입하면서 젊은 인디언 중사는 꼬마 인디언들에게 시가전을 준비하라고 일렀다. 유성구를 통해 계룡대로 향하는 승합차가 상가들이 밀집된 곳에서 멈추어 섰던 것이다. 담뱃갑 모양의 전자기기가 그 사실을 알려주었다. 젊은 인디언 중사는 그들의 속셈이 무엇인지 즉각 파악했다. 자신들에게 유리한 곳에서 각개전투를 하겠다는 것이었다. 젊은 인디언 중사는 한쪽 바퀴가 터진 채로 먼 길을 달려온 한국산 승합차의 성능을 지나치게 좋게 보고 있었다. 사실 그 승합차는 무슨 속셈이 있어서 정지한 게 아니라 고장 나서 그냥 서버린 것이다.

험비는 유성 인터체인지 부근 상가 밀집 지역에 멈추어 선 승합차를 발견하고는 이십 미터 후방에서 정지했다. 양쪽으로 문이 활짝 열려 있었고 안에는 아무도 없는 것 같았다. 그러나 그 안에 한 명이 잔뜩 웅크린 채 이쪽을 향해 총을 치켜들고 있다는 사실을, 친절한 담뱃갑 모양의 전자기기가 꼬마 인디언들에게 알려주었다. 친절한 담뱃갑 모양의 전자기기가 인디언들에게 알려준 건 또 있었다. 승합차 안에 웅크린 남자의 체온은 정상인보다 섭씨 2.3도 높았다. 그건 그가 신나게 성교하는 중이거나 아니면 심각하게 부상당했다는 사실을 의미했다.

산타클로스가 루돌프 마차에서 선물을 뿌려대듯 험비는 양쪽으로 다섯 명의 사내를 토해냈다. 그들은 친절한 담뱃갑 모양의 전자기기가 액정화면을 통해 알려주는 각종 정보에 주목하면서,

다섯 방향으로 방울뱀처럼 기어 승합차에 다가갔다. 승합차 안에 있는 사람이 방향을 틀면, 그 방향으로 기어가던 꼬마 인디언은 자세를 낮추고 가만히 기다렸다. 극동아시아의 어둠이 그들을 안전하게 지켜주었다. 마침내 한 꼬마 인디언이 뒤편에서 일어나, 열린 문틈으로 손을 집어넣어 승합차 안쪽 구석에 웅크리고 있던 사내의 이마에 권총을 들이댔다. 머리를 겨냥당한 사내는 가만히 자신의 총을 내려놓았다. 꼬마 인디언은 그에게 일어나라고 손짓했다. 사내는 처량한 표정으로 무릎뼈가 박살나 너덜너덜한 자신의 다리를 가리켰다. 난 곧 죽는다, 이 빌어먹을 놈의 세상아, 하고 투덜대는 듯한 그의 표정은 엄살이 아니었다. 꼬마 인디언이 사내의 무릎으로 시선을 옮기는 순간, 수류탄이 터지며 승합차가 폭발했다.

　간신히 숲을 벗어나 인적이 드문 지방도로에 내려선 피투성이 사내는 지나가는 차를 기다렸다. 흐르는 피로 보아 서둘러야 했다. 당장은 아파 죽겠지만 더 이상 피를 흘리면 기분이 좋아질 것이고, 보다 기분이 좋아지면 어디든 편하게 누워버릴 것이며, 일단 누워버리면 영원히 일어나지 못할 것이기 때문이었다.
　멀리서 희미한 불빛이 보이기 시작하더니 대형 화물차가 한 대 다가왔다. 피투성이 사내는 갓길에 서서 손을 흔들었다. 어마어마한 몸집의 피투성이 사내를 발견한 화물차는 설 것처럼 속력을 낮췄다. 피투성이 사내는 천천히 다가오는 화물차의 앞을 막아섰다. 그런데 갑자기 화물차가 급가속을 하더니, 사내를 철퍼덕 받아버리고는 가버렸다. 피투성이 사내는 왼쪽 어깨뼈가 완전히 박살난 채로 도로 갓길에 쓰러졌다.

"아, 니미럴……" 몇 분 후 간신히 정신을 차린 거구의 피투성이 사내가 입에서 부서진 치아 조각과 모래를 뱉어내며 신음했다. "아파!"

미합중국 대통령 직속의 비밀 벙커에 다양한 물품과 기구들이 속속 들어왔다. 일명 '걸어 다니는 유전'을 위한 장비였다. 눕혀놓고 단단히 결박할 싱글 사이즈 침대가 마련되었고, 곁에는 입으로 술을 주입시키는 장비와 안주를 먹여주는 장비가 설치되었다. 간을 괴롭히면 괴롭힐수록 지질대사 이상으로 인해 고농축 유분이 많이 생기기 때문에 고안된 장치였다. 술은 중국산 가짜 짐빔 위스키였고 안주는 소금에 볶은 땅콩과 짠 육포 등이었다. 물론 두피에서 귀중한 유분을 채취할 초정밀 시추장비도 머리맡에 설치되었다. 고가의 장비들이었지만 그래도 알래스카에서 유전을 개발하는 비용보다는 훨씬 싸게 먹혔다.

상가 안으로 들어간 네 꼬마 인디언들은 담뱃갑 모양의 전자기기로 건물의 설계도를 입수했다. 지상과 연결된 일반 계단이 두 군데, 화재 대피용 비상계단이 한 군데. 재빨리 야간투시경을 착용한 네 꼬마 인디언들은 사방으로 흩어져 조심스럽게 상가를 수색하기 시작했다.

먼저 총을 쏜 건, 마네킹 사이에서 피 묻은 옷을 발견한 꼬마 인디언 쪽이었다. 그의 소음권총에서 피식, 하는 코웃음 소리가 나는 순간 사방에서 반자동 소총이 불을 뿜었다. 꼬마 인디언은 온몸이 누더기가 된 채 하늘나라로 가버리셨다. 인디언 쪽도 조심스럽게 응사했다. 인디언들은 총을 마음대로 쏠 수가 없었다. 모나리자 추리닝을 입은 청년이 죽으면 이 모든 게 끝장이기 때문이었다.

잠시 총성이 멈추자, 한국의 특수대원들은 위치를 바꾸기 위해 조용히 움직였다. 인디언들의 야간투시경에 잡힌 그 모습은 마치 방범 카메라에 찍힌 쓰레기 무단투기범 같았다. 인디언들은 그들의 옷에 모나리자가 없는 것을 확인했다. 무반동 기관단총에 정조준당한 대원 둘의 팔다리가 픽픽 떨어져 나가며 맥없이 쓰러졌다. 그와 동시에 커다란 소파 뒤에 숨어 있던 인디언들에게도 총탄이 빗발치듯 날아들었다. 인디언들은 자신들을 가려주고 있는 소파가 매우 비싼 제품이라고 생각했다. 단단한 강철 스프링과 질 좋은 천연 솜이 꽉 차 있고, 겉은 두꺼운 소가죽으로 탄탄하게 재봉된 최고급 소파인 줄 알았다. 얇은 비닐을 뚫고 가느다란 스프링 사이로 날아든 총탄에 가슴을 맞은 인디언도 그렇게 철석같이 믿고 있었다. 그는 미국 유타 주 모뉴먼트 밸리에서 용맹한 체로키 족의 후예로 태어난 자기가 대한민국 대전광역시 지하상가에 놓여진 소파의 품질을 착각하는 바람에 둬질 줄이야 꿈에도 몰랐다.

　그 시간에도, 다락방에 갇힌 미합중국 국방장관의 정박아 아들은 아버지에게 맞은 팔뚝의 상처를 열심히 혀로 핥고 있었다. 하지만 정말로 그가 핥아야 할 곳은 피가 줄줄 흐르고 있는 목 뒷덜미의 정맥이었다. 그의 기분이 조금씩 좋아지고 있는 건 거기로 피가 너무 많이 새어나갔기 때문이다. 물론 그 사실을 안다 해도 미합중국 국방장관의 정박아 아들은 결코 자기 목 뒷덜미를 핥을 수 없다. 두루미라면 모를까.

　왼쪽 어깨뼈가 박살난 피투성이 사내는 도로 여기저기에 머리통만 한 돌덩이를 깔아놓기 위해 죽을힘을 다했다. 그렇게 십여 분 동안 발광을 한 끝에 도로를 엉망으로 만들어놓는 데 성공했다. 그를 친 대형 화물차처럼 속도를 내다가는 그대로 뒤집어질 것이다. 피투성이 사내는 도로 곁에 앉아 권총을 빼어들고는, 숨을 고르며 먹이가 지나가길 기다렸다.
　마침내 승용차 한 대가 다가오더니, 돌무더기를 발견하고 그 자리에 멈추었다. 깡통과 리본으로 요란하게 장식한 신혼부부의 차였다. 피투성이 사내는 몸집에 어울리지 않게 재빨리 승용차로 다가가 문을 열고는 뒷좌석에 앉았다. 신랑은 조수석에 앉아 술 냄새 풀풀 풍기며 잠이 들었고, 운전은 앳된 신부가 하고 있었다. "대전 계룡대로 갑시다." 피투성이 사내가 낮게 말했다. 지나칠 정도로 거대한 몸집이었기 때문에 좁은 뒷자리에 억지로 구부리고 앉아 있는 피투성이 그의 모습은 여간 귀엽지가 않았다. 잠시 어리둥절해하던 신부가 생긋 웃으며 새침하게 말했다. "호호 저희, 택시 아닌데요?"

"니미럴, 말싸움할 시간 없으니까 빨리 달려, 이 개 쌍년아!"

할 수 없이 그 개 쌍년은 차를 출발시켰다. 돌덩이들을 살살 피해 이리저리 거북이걸음을 하던 신혼 차량은 곧 제 속도를 내었다.


이제 굶주린 성범수를 질질 끌고 다니던 한국의 특수대원들은 적들이 야간투시경을 가지고 있다는 사실을 깨달았는데, 그건 전세가 극히 불리하다는 걸 의미했다. 그들을 어두컴컴한 지하상가로 유인한 것은 최악의 실수였다. 이미 이곳에서만 세 명의 대원이 목숨을 잃었다. 어떻게든 빨리 빠져나가야 했다.

눈초리가 양쪽으로 길게 찢어진 검은색 라운드셔츠의 사내는 성범수를 거의 옆구리에 낀 채, 두 대원의 엄호 사격을 받으며 피비린내와 화약 냄새로 가득 찬 상가를 빠져나갔다. 그쪽으로 사격이 집중되는 것을 본 남은 두 대원은 다른 출구를 찾기로 했다. 둘은 짧게 눈짓을 교환하고는 서로 반대 방향으로 기기 시작했다.

그중 유난히 체구가 작고 표정이 깜찍해 '애기'로 통하는 대원은 차출된 대원들 중에서 유일하게 가족이 있는 사람이었다.

그의 홀어머니는 마산 교외의 한 대학병원 중환자실에 누워 있었다. 그녀는 아들이 죽었는지 살았는지 밥을 먹고 있는지 똥을 누고 있는지 전혀 모른 채, 그 시간에도 멍하니 천장의 왼쪽에서 세번째 형광등만 바라보고 있었다. 그러나 이것은 단지 그 병원 소속 의사들의 시각이다. 계룡산에서 삼십 년째 면벽수도에 정진하고 있는 어느 무당의 시각은 달랐다. 그 무당에 의하면, 애기 대원 어머니의 넋은 이미 자신의 늙고 병든 육체를 떠나 있었다. 육체를 떠나, 대전의 어두컴컴한 지하상가에서 목숨 걸고 싸우는 아들을 지켜주기 위해 필사적으로 날아다니고 있었다. 야간투시경까지 가진 꼬마 인디언들이 뱀처럼 기고 있는 깜찍한 애기 대원을 보지 못한 건 전적으로 그 어머니 덕분이었다. 깜찍한 애기 대원은 미로처럼 난 지하상가의 복도를 박박 기어 비상구 철문에 다다랐다. 그때, 어머니의 넋은 울며불며 아들을 말렸다. 때려보기도 하고, 문 앞을 막아서기도 하고, 예전에는 효과 만점이었던 간지럼 태우기도 해보았다. 그러나 빗발치는 총탄 속에서 정신이 멍해진 아들은 어머니의 애절한 만류를 알아차리지 못했다. 지옥 같은 그곳을 한시라도 빠져나가고 싶은 마음뿐이었던 아들은 결국, 철문을 열어버렸다. 그리고 그 문 뒤에서 무표정하게 총을 겨누고 있는 한 꼬마 인디언을 보았다. 번쩍, 하고 인디언의 총구가 불을 뿜는 순간, 지하상가의 여기저기에 웅크리고 있던 다른 두 명의 꼬마 인디언들은 어디선가 들려오는 한 노파의 피맺힌 절규를 똑똑히 들을 수 있었다.

**"내 아들아 안 돼, 위험해!"**

드디어 계룡대의 장성들은 결론을 내렸다. 그리고 제각기 자신들의 자리로 돌아갔다. 곧 온 부대에 긴급 명령이 하달되었다. 아무것도 하지 말 것.

그렇다! 그것이 아무도 다치지 않는 유일한 방법이었다. 그들이 내린 결론의 핵심은, 미국 측이든 한국 측이든 계룡대를 게임의 장으로 이용하게 하는 것이었다. 중립의 원칙에 따라 어느 쪽에도 적대감을 보이지 않고, 오면 맞아주고, 싸우면 저희들끼리 싸우도록 내버려두는 것이었다. 괜히 나서서 한쪽 편을 들다가 다칠 필요는 없었다. 분주한 손익계산에 지쳐 지적 금치산자가 되어버린 계룡대 장성들은 자신들의 공정한 결정에 흡족해했다.

눈초리가 양쪽으로 길게 찢어진 검은색 라운드셔츠의 사내는 시동이 걸려 있는 험비에 성범수를 던져놓고는 잽싸게 출발했다. 생사가 불확실한 대원들을 기다리다가는 몰살당하기 십상이었다. 그의 임무는 대원들을 안전하게 돌보는 것이 아니라, 성범수를 계룡대까지 데리고 가는 것이었다.

지하상가에서 뛰쳐나온 꼬마 인디언들이 쏜살같이 도망치는 험비의 꽁무니에 대고 기관단총을 갈겨댔지만, 불꽃만 요란하게 튈 뿐 별 소용없었다. 세 꼬마 인디언들은 탈취당한 험비의 이동로를 파악하기 위해 황급히 담뱃갑 모양의 전자기기를 꺼내어 들여다보았다. 그러나 까만 액정화면에는 아무것도 나타나지 않았다. 잠시 서로의 얼굴을 들여다보던 세 꼬마 인디언들은 새 건전지를 사기 위해 24시간 편의점을 찾아 터벅터벅 걷기 시작했다.

한편, 겉을 요란하게 장식한 신혼 차량은 작은 촌락과 어두운 야산을 스치며 달리다 삼십여 분 만에 대전 유성구로 진입했다. 현란한 네온사인과 무수한 사람들에 용기를 얻은 신부는 슬슬 투정을 부리고 싶어졌다.

"여기 어디쯤 내려줄 테니 택시를 잡아타세요. 도저히 계룡대까지 갈 수는 없어요. 당신도 안동 김씨 집안에 폐백을 한번 드려보라고요."

부러진 왼쪽 어깨가 아파 끙끙대던 피투성이 사내는 말없이 권총을 신부의 뒤통수에 갖다 댔다. 폭력적인 가정에서 자라 이럴 땐 어떻게 해야 하는지 잘 알고 있던 신부는 황급히 교통표지판을 가리키며 말했다. "백 미터 앞에서 우회전입니다."

애초의 목적지인 유성온천을 지나갈 때, 조수석에 앉아 술 냄새 풀풀 풍기며 자고 있던 뼈대 있는 안동 김씨 가문의 신랑은 "물, 물……" 하고 중얼거렸다.

아무것도 하지 말라는 명령이 하달된 후, 한 시간 사이에 계룡대 정문으로는 예닐곱 대의 차량과 예닐곱 명의 인간들이 아무런 검문이나 제지 없이 쏟아져 들어왔다. 그중에는 알록달록한 깡통과 리본을 잔뜩 매단 신혼 차량도 있었고, 유리창이 깨진 험비도 있었고, 여분의 건전지를 호주머니에 잔뜩 쑤셔 넣은 세 꼬마 인디언들도 있었다. 나머지 차량들은 하나같이 배달 중에 길을 잃은 택배 차량들이었다. 나머지 사람들은 하나같이 배달 중에 길을 잃은 택배 기사들이었다.

그나저나 애기 대원과 헤어져 반대 방향으로 열심히 탈출을 시도하던 대원은 어떻게 되었나? 물론 이미 오래전에 하늘나라로 가셨다. 아니 어쩌다 하늘나라로 가셨나?

그는 저 지옥 같던 지하상가에서는 무사히 빠져나왔지만, 불행히도 한 꼬마 인디언을 꼬리에 단 채였다. 대원은 딴에는 조심스럽게, 어둠에 물든 상가 입구의 자전거 보관대 곁에 걸터앉아 어디로 도망갈지 궁리했다. 꼬마 인디언은 사 미터쯤 후방에 엎드려, 무반동 기관단총의 적외선 조준경으로 그의 뒤통수를 정확히 겨냥하고는 타이밍을 기다렸다. 그때 자전거 보관대 곁에 걸터앉아 있던 대원은 문득 엉덩이에 닿는 감촉이 어쩐지 에로틱하다고 느꼈고, 자기가 도대체 어디에 걸터앉아 있는 건지 살펴보았다. 그가 깔고 앉아 있던 건 승합차가 폭발할 때 떨어져 나온 꼬마 인디언의 대갈통이었다.

"허허 이 친구, 광대뼈가⋯⋯" 대원의 독백은 하늘나라에서 다음과 같이 이어졌다. "……정말 엄청나군. 아니 근데 여긴 대체 어디야?"


눈초리가 양쪽으로 길게 찢어진 검은색 라운드셔츠의 사내와 성범수를 태운 험비는 부대에 들어서자마자 곧바로 사령부로 향했다. 사령부에는 지휘를 할 만한 장성이 거의 남아 있지 않았다. 명령대로, 그들은 모두 자기 숙소에서 아무것도 하지 않고 있었던 것이다. 심지어는 아내가 징징 졸라대도 성교조차 하지 않았다. 졸린 눈의 당직 사령이 눈초리가 양쪽으로 길게 찢어진 검은색 라운드셔츠의 사내와 성범수를 지하 벙커에 있는 회의실로 안내했다. 아무것도 하지 말라는 명령이 떨어졌기 때문에, 벙커에 배속된 경계병들조차 지나가는 사람들과 눈이 마주치지 않도록 무진 애를 썼다.

회의실에는 커다란 나무 탁자와 철제 접의자가 있었다. 눈초리가 양쪽으로 길게 찢어진 검은색 라운드셔츠의 사내가 의자에 앉으면서 성범수에게도 앉으라고 손짓했다. 성범수가 그 의자에 앉자 신호처럼 침묵이 시작되었다. 눈초리가 양쪽으로 길게 찢어진 검은색 라운드셔츠의 사내는 피곤했고, 성범수는 지옥 같은 악몽의 하루로 인해 완전히 기가 질려 있었다. 도대체 눈 앞에서 몇 명이 죽어갔는지 기억도 나지 않았다. 심지어는 삼 년 전에 아버지가 왜 죽은 것인지, 아버지가 죽고 나서 받은 보상금이 전부 어디로 간 것인지도 알 수 없었다. 확실히 알 수 있는 건, 거의 정신을 차리기 힘들 정도로 배가 고프다는 것뿐이었다. 배가 너무 고파서 눈초리가 양쪽으로 길게 찢어진 검은색 라운드셔츠의 사내라도 잡아먹고 싶었다. 쾅, 하고 발로 문을 걷어차는 소리에 별로 놀라지 않은 건 그 때문이었다.

두 척의 미군 핵추진 항공모함이 슬그머니 인천 앞바다에 진입했다는 보고를 받은 대한민국 대통령은 청와대 집무실에서 머리를 손으로 감싼 채 울음을 참느라 고생이었다. 외교보좌관이 진의를 알아보기 위해 미 국방장관에게 전화했다. 티타임 중이던 미 국방장관은 과자 부스러기가 묻은 손가락으로 버튼을 눌러 국방차관에게 전화를 돌려주었고, 국방차관은 아시아 담당 국장에게 전화를 돌려주었다. 아시아 담당 국장은 극동아시아 담당 부장에게, 극동아시아 담당 부장은 세련된 매너의 아시아 파견 미군 담당 사무관에게 전화를 돌려주었다. 세련된 매너의 아시아 파견 미군 담당 사무관은, 동거 중인 러시아 소녀의 생일파티에 참석하기 위해 이미 사십 분 전에 퇴근해버렸다. 대한민국 대통령과 청와대 외교보좌관의 맥이 완전히 풀려버린 건 전적으로 그 여우 같은 러시아 계집 때문이었다.

나쁜 년!

문을 박살낼 듯 걷어차며 들어온 것은 어마어마한 체격의 피투성이 사내였다. 한쪽 어깨가 축 처져 있고 양쪽 귀가 모두 찢어져버려 얼핏 보기에도 곧 죽을 것 같은 행색이었지만, 비틀거리면서도 뚜벅뚜벅 남자다운 걸음으로 걸어왔다. 몸에서 핏방울이 뚝뚝 떨어져 내렸다. 눈초리가 양쪽으로 길게 찢어진 검은색 라운드셔츠의 사내가 잔뜩 긴장하며 경례했다. "너냐?" 피투성이 사내가 성범수를 보며 물었다. 그의 거대한 몸집에 압도당한 성범수는 고개도 끄덕이지 못한 채 가만히 얼어붙어 있었다.

"나는 대통령 수석 안보보좌관이다. 늦어서 미안하다." 눈을 무섭게 부릅뜬 피투성이 사내가 말했다. 피투성이 사내는 또 이렇게 물었다. "이름이 뭐지?"

"성범수입니다." 실어증에 걸린 성범수를 대신해서 눈초리가 양쪽으로 길게 찢어진 검은색 라운드셔츠의 사내가 대답했다.

"그래, 성범수." 피투성이 사내는 성범수의 머리를 가만히 만져보았다. 따뜻하고 축축했다. 그건 어디서나 볼 수 있는 흔한 대갈통이 아니었다. 피투성이 사내는 이 가여운 청년이 안타까웠다. 하지만 별수 없는 노릇이었다. 서둘러야 했다. 그 자신도 이미 지나치게 많은 피를 흘려, 얼마나 더 오래 살아 있을지 알 수 없었다. 피투성이 사내는 권총을 성범수의 머리에 갖다 대었다.

순간 묘한 정적이 주위를 감쌌다. 누구도 손끝 하나 움직일 수 없게 만드는, 그러한 종류의 정적이었다. 피투성이 사내는 눈을 감고 욕이라도 내뱉고 싶은 심정이었다. 정말 죽이고 싶지 않았다. 그에게는 성범수 또래의 동생이 있다. 심심해서 뒤통수라도 한대 갈겨줄 때면, 그 동생은 지금의 성범수 같은 표정을 짓곤 했다. 정말로 죽이고 싶지 않았다. 하지만 국가의 미래를 위해서라도 최소한, 순순히 빼앗기는 것만큼은 막아야 했다. 한국인인 자신의 손으로 이 귀중한 청년을 죽이는 한이 있더라도, 쉽게 빼앗기지는 않겠다는 의지를 미국에 보여주어야 했다. 배가 고파 환장할 것 같던 성범수는 위험을 감지하고는 눈을 질끈 감았다.

"이해해달라고 말하지는 않겠다." 아무것도 이해하지 못하는 성범수를 향해, 피투성이 사내는 피로 번들거리는 이를 악물며 말했다. "니미럴, 정말 미안하다."

그리고 손가락에 힘을 주었다.

슉!

날카로운 소리에 성범수는 몸을 움찔했다. 매캐한 화약 냄새가 코를 찔렀다. 그것은 삶과 죽음 사이를 안개처럼 떠다니는 강렬하고 매혹적인 냄새였다.


그 무렵, 최신 의학계에서 뭐라던 간에 미합중국 국방장관의 정박아 아들은 더 이상 팔뚝의 상처를 핥을 수가 없었다. 목 뒷덜미에서 피가 너무 많이 흘러나왔기 때문이다. 그가 발가벗겨진 채 워싱턴의 어두운 다락방에 누워 조금씩 하늘나라로 가시는 이유는, 그러나 단순히 아버지가 깡패였기 때문만은 아니다.

알려지지 않은 바에 의하면, 그는 전생에 영국 맨체스터 지방의 직조공이었다. 아버지인 미합중국 국방장관은 전생에 영국 맨체스터 지방 직조공의 중증 정박아 아들이었다. 영국 맨체스터 지방의 직조공은 자신의 정박아 아들을 죽도록 두들겨 팼다. 그건 하루 종일 앉아서 일만 하는 그에게는 유일한 스포츠였다. 그러던 어느 날인가, 약간의 취기와 약간의 장난기와 약간의 호기심으로 아들의 목덜미 동맥에다가 작업에 사용되는 뾰족한 대바늘을 쑤셔 넣었다. 그리고 아들이 피를 질질 흘리며 죽어가자, 부처님께 공양드리는 마음으로 까마귀가 노니는 들판에 내다 버렸던 것이다.

부처님이 노하셨다.


성범수는 가만히 눈을 떠 보았다. 거구의 피투성이 사내가 눈을 부릅뜨고는 바닥에 누워 있었다. 그리고 그 뒤에는 연기가 뿜어져 나오는 소음권총을 든, 눈초리가 양쪽으로 길게 찢어진 검은색 라운드셔츠의 사내가 무표정하게 서 있었다. 수석 안보보좌관의 구멍 난 머리 아래로 시뻘건 피가 쿨럭쿨럭 쏟아져 나와 바닥을 적셨다. "아직도 흘릴 피가 이렇게 많이 남아 있었군." 눈초리가 양쪽으로 길게 찢어진 검은색 라운드셔츠의 사내가 싸늘한 목소리로 내뱉었다. "금세라도 고꾸라져 죽을 것 같던 새끼가 말이야."

흘러나온 거인의 피는 한순간에 열 평 남짓한 회의실 바닥을 완전히 적시더니, 성범수의 발목까지 차올랐다. 석양의 무인도 같은 붉은 침묵이 주위를 가득 메웠다. 그 침묵 속에서, 배가 고파 환장한 성범수는 이 거대한 사내를 한입 물어뜯을까 말까 망설였다.

잠시 후 문이 열리고 세 꼬마 인디언이 안으로 뛰어 들어왔다. 그들의 군화 아래에서 질척거리는 소리가 났다. 인디언들은 곧 상황을 파악하고는, 눈초리가 양쪽으로 길게 찢어진 검은색 라운드셔츠의 사내에게 경례했다. 배낭에서 작은 가방을 꺼내어 그에게 건네주었다. 눈초리가 양쪽으로 길게 찢어진 검은색 라운드셔츠의 사내는 피가 묻지 않도록 회의용 나무 탁자 위에 올라가, 검은색 라운드셔츠를 벗고 가방에서 꺼낸 옷으로 갈아입었다. 그는 곧 눈초리가 양쪽으로 길게 찢어진 미 해병대 특수정보부 대위가 되었다. 눈초리가 양쪽으로 길게 찢어진 미 해병대 특수정보부 대위는 시선이 마주치지 않도록 눈을 이리저리 굴리고 있던 경계병을 불러 미군기지까지 타고 갈 차량을 요구했다. 그건 부탁이 아니라 미합중국의 추상 같은 명령이었다.

"실패했습니다." 수화기를 내려놓은 외교보좌관이 침통한 목소리로 대통령에게 보고했다. "미군 쪽이 청년을 접수했다고 합니다."

대한민국의 대통령은 고개를 푹 숙였다. 그는 대통령으로 선출된 지 일 년밖에 되지 않았다. 처음 취임식 선서를 할 때만 해도 그는 의욕이 넘치는 대통령이었다. 자신을 뽑아준 국민들을 실망시키고 싶지 않았다. 그러나 대통령으로서도 어찌할 수 없는 상황이라는 것이 있는 법이다. 자존심 때문에 국민들을 몰살시키는 결정을 내릴 수는 없었다. 어찌 됐든 한 명이라도 더 살아남는 게 중요했다. 그는 고개를 들어, 위엄 있는 목소리로 외교보좌관에게 명령했다.

"알았소. 뒤처리를 깨끗이 하시오."

외교보좌관은 자신의 집무실로 돌아와 여기저기 전화를 걸었다. 죽은 특수대원들과 성범수의 신원을 깨끗이 지워버릴 것. 대전 톨게이트의 과부 징수원에게 잔돈을 잘 집을 수 있는 섬세한 의수를 보내줄 것. 청와대 수석 안보보좌관의 시신은 헬기사고에 의한 사망으로 처리하고, 인근 부대 대대장은 구조작업 소홀의 책임을 물어 전역시킬 것. 난장판이 된 대전의 지하상가는 불을 질러 깡그리 태워버리고, 무슨 화재든 전기누전으로 일관되게 판단하는 사자자리 태생의 소방관으로 하여금 조사하도록 할 것.

너무 많은 사람이 다쳤고, 너무 많은 상처를 받았다. 다행히도 이 땅의 살아남은 사람들은 떨어져 나간 팔다리, 가족과의 이별, 동료의 죽음 같은 고통을 운명이라는 이름으로 치유하는 데 익숙한 존재들이었다. 모든 일을 처리하고 나니 피곤이 밀려왔다. 무섭도록 긴장된 하루였다. 그러나 마지막으로 할 일이 하나 남아 있었다. 그건 대한민국의 외교보좌관인 자기 자신에게 내려야 할 슬픈 결정이었다.

잠시 후, 외교보좌관은 사랑하는 미국 대사를 가슴에서 깨끗이 지워버렸다.

세 꼬마 인디언과 눈초리가 양쪽으로 길게 찢어진 미 해병대 특수정보부 소속 대위는 반쯤은 얌전하고 반쯤은 넋이 나간 성범수를 완전무장한 최신예 아파치 헬기로 끌고 갔다. 만일에 대비해 세 꼬마 인디언이 성범수를 좌석에 결박시키려 하자, 눈초리가 양쪽으로 길게 찢어진 미 해병대 특수정보부 소속 대위가 말렸다. "내버려둬, 식물처럼 얌전한 녀석이야." 헬기가 천천히 이륙하기 시작했다.

성범수는 양쪽으로 길게 찢어진 그의 눈과 마주치지 않기 위해 고개를 숙였다. 착하게 있으면 먹이를 주겠지, 하는 생각도 들었다. 확실히 배가 고파 더 이상 견딜 수가 없었다. 가만히 있는데도 속이 쓰라려 깜짝깜짝 놀랐다. 눈깔이 튀어나올 지경이었다. 허락해준다면 등 뒤의 모나리자라도 잡아먹을 수 있을 것만 같았다. 그렇게, 성범수의 그나마 조금 남아 있던 이성은 굶주림에 통째로 마비되어갔다.

성범수는 전생에 동지나해의 해달이었다. 식탐이 강한 데다 버르장머리가 너무 없어, 조개가 생기면 아버님 해달께 먼저 드리는 대신 제가 냠냠 먹어치웠다. 아버지에게 죽도록 맞아도 싸다. 미합중국 국방장관은 영국 맨체스터 지방 직조공의 정박아 아들이었다. 아버지한테 살해당해 들판에 버려졌다. 청와대 외교보좌관과 미국 대사는 12세기 바그다드에 살던 셀죽 투르크족 연인이었다. 뜨거운 애정의 도피 행각을 벌이던 중, 현재 한국의 외교보좌관인 남자가 질투에 눈먼 임금님에게 독살당해 하늘나라로 가셨다. 그러자 현재 주한 미국 대사인 여자가 임금님을 흥보는 노래를 지어 불러 호위병들에게 흠씬 두들겨 맞아 죽었던 것이다. 여자는 숨이 끊어지기 직전, 훗날 남자를 다시 만나게 해달라고 마호메트에게 빌었다. 제발 다시 만나게 해달라고, 꼭 다시 만나게 해달라고 빌었다. 마호메트가 윤회를 담당하는 부처님께 찾아가 넉살 좋게 부탁했다. 그래서 둘은 다시 만날 수 있었던 것이다. 미국 대사가 남자로 태어난 건 운 나쁘게도 X염색체가 하나 모자랐기 때문이다. 눈초리가 양쪽으로 길게 찢어진 미 해병대 특수정보부 소속 대위는 지중해의 푸른 미역이었다. 미역에는 칼슘과 요오드가 많이 들어 있어 성인병 예방에 되게 좋다. 한국인이 즐겨 먹는 미역국은 다음과 같이 만든다.

재료 : 마른 미역 적당량, 다진 마늘 적당량, 참기름 적당량, 국물용 간장 적당량, 국거리용 쇠고기 적당량. 후추 적당량.

만드는 법 : 마른 미역을 물에 살짝 불렸다가 꼭 짜내고는 참기름을 슬쩍 두른 냄비에 듬성듬성 썬 쇠고기와 함께 달달 볶는다. 얼추 볶아지면 물을 적당량 붓고는 다진 마늘과 간장을 넣

어 정성 들여 끓이다가 후추를 솔솔 뿌려 공손하게 남편께 드린
다. 이중 무엇 하나라도 어긋나면 남편께서는 미역국을 휙 엎어
버리신다.

약 삼십 분 후 헬기는 미군 비행장에 닿았다. 그곳에는 늘씬
한 가오리처럼 생긴 미군의 최신예 초음속 수송기가 기다리고
있었다. 수송기에 오르는 좁은 계단에서 세 꼬마 인디언과 눈초
리가 양쪽으로 길게 찢어진 미 해병대 특수정보부 소속 대위는
승무원에게 총을 반납했다. 그 대신, 만일에 대비해 성범수를
얌전히 기절시킬 전기 진압봉과 성범수를 미친 듯 꿈틀거리게
할 최루가스 분사기를 하나씩 지급받았다. 전기 진압봉은 주위
공기를 질소, 이산화탄소, 아르곤 등으로 전기분해 할 수준의
전압을 가지고 있었다. 그 아르곤이 문제였다. 최루가스에는 브
롬벤질아니드과 클로르벤질말로노니트릴, 브롬초산 에스테르
등이 들어 있었다. 그 브롬초산 에스테르가 문제였다. 아르곤과
브롬초산 에스테르는 성범수의 대갈통에서 끊임없이 흘러나오
는 끈적끈적한 고농축 유분과 함께, 1945년 베를린의 미 정보요
원들이 입수한 보고서에 굵은 고딕체로 적혀 있던 세 가지 주요
물질이었다.

세 꼬마 인디언과 눈초리가 양쪽으로 길게 찢어진 미 해병대
특수정보부 소속 대위에게는 또한 간식으로 두툼한 샌드위치와
콜라도 제공되었다. 샌드위치와 콜라는 그간 수고했으니 맛있

게 드시라고 준 것이었다. 과연 그들은 자기 자리에 앉아 냠냠 맛있게 드셨다. 사람을 몇 쏴 죽이는 바람에 위궤양이 도진 인디언 중사 혼자만 샌드위치를 옆에 밀어놓고 먹지 않았다. 승무원들, 그 나쁜 놈들이 가여운 성범수에게는 아무것도 지급해주지 않았다. 성범수는 이제 배가 고파 눈이 완전히 돌아갔다. 새벽, 극동아시아의 검은 하늘을 뚫고 수송기가 이륙하는 순간 눈초리가 양쪽으로 길게 찢어진 미 해병대 특수정보부 소속 대위가 성범수에게 농담했다. "무비자로 미국에 가게 된 것을 축하한다."

그 시각, 백악관에서는 미합중국의 대통령이 오랜 노력 끝에 깨달음에 도달했다. 두 보고서 사이의 연관성을 드디어 찾아낸 것이다. 미국 대통령은 신나서 빙글빙글 마카레나 춤을 추었다. 응? 그런데 뭔가 꿀꿀하네. 미국 대통령은 춤을 추다 말고 갑자기 심각한 표정을 지었다. 어디가 이상한지는 잘 모르겠지만, 정말 꿀꿀해. 이거 참 묘하네. 내가 왜 그러지? 이거 참 묘하단 말이야.

미합중국 대통령은 그러나 자기 머리에서 갑자기 떠오른 그 불길한 생각을 입 밖에 내지 않았다. 국방장관의 천벌이 무서웠기 때문이었다. 확실히 국방장관의 천벌이 최고로 무서웠다.


비행기 안에는 세 꼬마 인디언과 한국계 미국인 장교, 그리고 실어증에 걸리고 지능까지 낮은 성범수 등 무표정의 극치를 달리는 위인들이 여기저기 널찍하게 떨어져 앉아 있어 스캔들 같은 건 절대로 일어나지 않을 분위기였다. 비행 고도에 오른 미군의 최신예 초음속 수송기는 일본 오키나와에서 날아온 전투기 여섯 대의 호위를 받으며 미국으로 방향을 잡았다. 그리고 벼락같은 굉음을 내며 음속을 돌파하더니 마하 2.7의 속도로 비행하기 시작했다. 아래로는 태평양의 에메랄드빛 바다가 보드라운 양탄자처럼 펼쳐져 있었다. 세 꼬마 인디언과 눈초리가 양쪽으로 길게 찢어진 미 해병대 특수정보부 소속 대위는 군인답게 자신의 의자에 똑바로 앉아 눈을 부릅뜨고 있었다. 유대인과 앵글로색슨이 아닌 미국인으로서 받을 수 있는 최고의 대접이 그들을 기다리는 중이었다. 그들의 아메리칸 드림은 이제 세 시간의 비행과 단 한 번의 우아한 착륙만을 남겨놓고 있었다. 그들은 군인답게 눈을 부릅뜬 채, 자리에 앉아 그러한 대접을 기대하고 있었다.

미합중국의 국방장관은 전용 헬기로 샌디에이고 태평양 함대 기지에 도착했다. 사령관의 영접을 받고는 가볍게 커피 한 잔을 마셨다. 오리너구리처럼 생긴 기지의 사령관은 말이 별로 없었다. 국방장관은 계획을 다시 한 번 점검해보았다. 동양인이 도착하면 일단 침대에 묶어놓고는, 뇌의 의식중추를 제거해 식물인간으로 만들어줄 셈이었다. 그 아이디어는 사실 몇 시간 전에 벼락처럼 떠올랐다. 볼썽사납게 침대에 묶어두느니, 움직이는 데 필요한 신체의 일부를 잘라주면 훨씬 아름다울 것이 분명했다. 그렇게 해놓고는 질 낮은 싸구려 술만 잔뜩 먹여 간을 괴롭혀주면 녀석의 머릿가죽은 고농축 유분을 생산해낼 것이다. 확실히 그 노란 동양인 새끼는 식물인간이 어울렸다. 얌전히 화분에 갇혀 광합성이나 하며 죽을 때까지 미합중국이 필요로 하는 에너지의 일부를 제공하는 것이 녀석의 본분이었다. 국방장관은 자신의 계획에 만족하여 미소를 지었다. 별로 미소를 지어본 적이 없기 때문에, 그의 얼굴은 흉하게 일그러졌다.

지루한 시간이 흘러, 어느덧 샌디에이고 태평양 함대 기지에 도착하기 오 분 전이었다. 눈알을 이리저리 굴리다 인디언 중사가 옆으로 밀어놓은, 입도 대지 않은 샌드위치를 발견한 아사 직전의 성범수는 뭐라 생각할 틈도 없이 벌떡 일어났다. 그러자 초음속으로 비행 중인 수송기 내부의 공기 흐름이 변했고, 이를 눈치 챈 인디언들과 눈초리가 양쪽으로 길게 찢어진 미 해병대 특수정보부 소속 대위가 성범수를 날카롭게 노려보았다.

그들과 성범수의 눈이 마주쳤다. 그런데 이번엔 성범수가 평소와 다르게 행동했다. 새색시처럼 다소곳이 눈을 내리까는 대신, 손을 휘휘 저으며 이상한 소리를 낸 것이다. 세 꼬마 인디언들과 눈초리가 양쪽으로 길게 찢어진 미 해병대 특수정보부 소속 대위는 놀라 서로의 얼굴을 보았다. 무슨 말인지 도저히 알아들을 수 없었지만, 그건 분명히 성범수의 입에서 나오는 소리였다. 죽도록 구타당한 과거로 인해 실어증에 걸렸던 성범수의 입에서 나오는 소리였다. 대갈통에서 끈적끈적한 기름이 질 질 흘러내리는, 바로 그 성범수의 입에서 나오는 소리였던 것이 다. "할렐루야!" 아무래도 언어의 일종일 것이라 판단한 미 해 병대 특수정보부 소속 대위가 양쪽으로 길게 찢어진 눈초리로 성범수를 보며 외쳤다. "기적이 일어났다!"

"제가 지금 배가 고파요. 그나저나 저 샌드위치는 얼마나 맛 있을까요?" 성범수가 말했지만 그건 시금치도 수박에 울려 라 디오 엉덩이가 탄다는 말처럼 들렸다. 그들 사이의 의사소통은 8비트 컴퓨터와 플라나리아가 인공수정에 관해 의견을 나누는 것과 맞먹었다. 불안해진 세 꼬마 인디언들이 성범수에게 당장 자리에 앉으라고 고함쳤다. 최루가스 분사기를 꺼내들고 협박 하듯 흔들었다. 물론 성범수는 그들의 영어를 전혀 알아먹지 못 했다. 또 별로 알아먹어야 할 필요성을 느끼지도 못했다. 굶주 림에 살짝 돌아버린 성범수는 집요하게 샌드위치를 구걸했다. 손가락으로 샌드위치를 가리키다가, 인디언 중사도 가리키다 가, 최루가스 분사기도 가리키다가, 두 손을 휘휘 저으며, 샌드 위치를 그냥 달라는 말이 아니라 조금뿐이라고, 너무 염려할 필 요는 없다고 설명하며, 급기야는 슬금슬금 인디언 중사에게 다 가가기 시작했다.

제지해야 할 필요성을 느낀 인디언 한 명이 벌떡 일어나 성범 수를 향해 최루가스를 분사했다. 순식간에 성범수의 두피에서 나온 끈적끈적한 고농축 유분과 브롬초산 에스테르가 만났다.

가스를 맡은 성범수는 바닥에 엎어져 침을 껠껠 흘리며 몸부림
쳤다. 등 뒤의 우아한 모나리자가 그녀의 먼 조상인 네안데르탈
인처럼 구겨졌다. 사태가 심상치 않음을 눈치 챈 미 해병대 특
수정보부 대위가 달려들어, 전기 진압봉의 스위치를 켜고 격렬
하게 몸부림치는 성범수의 머리에 갖다 대었다. 성범수의 두피
에서 나온 끈적끈적한 고농축 유분과 브롬초산 에스테르와 아르
곤은 그렇게 만났다. 드디어 만난 것이다. 셋은 얼싸안고 덩실
덩실 춤을 추었다. 빠른 속도로 묘한 화학 반응이 시작되었다.
1944년 겨울 베를린 슈프레 강 기슭에 위치한 티르가르텐을 잿
더미로 만들어버린, 바로 그 화학 반응이었다.

오리너구리 사령관을 포함한 수십 명의 고위급 장교들과 함
께 미합중국의 국방장관은 활주로에 도열해 있었다. 이윽고 저
멀리 하늘에 조그마한 점 같은 것이 조금씩 모습을 드러냈다.
일명 날아다니는 가오리로 불리는, 미합중국의 최신예 초음속
수송기였다. 깡패 국방장관은 긴장을 풀기 위해 곁에 있던 공군
중령의 뒤통수를 냅다 후려갈겼다. 이웃사촌과 진지하게 스와
핑을 고려하고 있던 공군 중령은 손으로 눈을 가리고 울었다.
오리너구리 사령관의 손짓에 따라 군악대가 흥겹게 연주를 시작
했다. 쿵짝 쿵짝, 황량하니 넓은 활주로에 음악이 울려 퍼졌다.
랜딩기어가 내려오면서, 활주로를 향해 천천히 하강하기 시작
했다.

그때 수송기의 배때기 부분에서 번쩍, 새파란 섬광이 터졌다. 저게 뭘까 궁금해할 틈도 없이 그 섬광은 빠른 속도로 팽창해 날아다니는 가오리를 삼켜버렸다. 그러고는 제우스의 벼락처럼 거대한 불기둥이 되어 지상으로 내리꽂혔다. 미 태평양 함대를 중심으로 직경 30킬로미터에 달하는 회오리 모양의 대폭발이 일어났다. 강력한 화염의 토네이도는 주정뱅이가 술상을 쓸어버리듯 대형 건물들과 각종 벙커들을 깨끗이 밀어냈고, 백 년 이상 된 나무들도 한순간에 잿더미로 만들어버렸다. 기지 여기저기에 가지런히 놓여져 있던 장갑차며 탱크, 레이더가 달린 지휘차량, 장거리 수송차량, 수륙양용차량들은 섭씨 이천 도가 넘는 고온 속에서 거북이처럼 오그라들었다. 솟구친 화염으로 인해 기지 위에서 유유자적 흘러가던 뭉게구름마저 순식간에 증발해버렸다. 허공으로 치솟은 거대한 버섯 모양의 불기둥은 차로 일곱 시간 거리인 라스베가스의 MGM 그랜드 호텔 옥상에서도 볼 수 있을 정도였다.

화염 폭풍의 위세가 수그러지자, 이번에는 엄청난 양의 검은 재가 떨어져 내리기 시작했다. 3킬로미터 상공까지 내던져졌던 배수량 십만 톤의 니미츠급 항공모함과 배수량 구천 톤의 시 울프급 핵추진 잠수함도 재와 함께 떨어져 내렸다. 헬기와 몸집이 작은 전투기들은 너무 많이 떨어져 내려, 마치 활화산 분화구로 길을 잘못 든 메뚜기 떼 같았다.

이 모든 일은 채 삼 분도 안 되어 일어났다. 삼 분이 지나자,

미합중국 샌디에이고의 태평양 함대가 있던 자리에는 간단한 덧셈을 할 수 있는 어떠한 존재도 남아 있지 않았다. 온통 흙과 고철과 방사능뿐이었다. 깡패 국방장관도, 오리너구리 사령관도 그곳에 없었다. 뒤통수가 아파 흑흑 서럽게 울던 공군 중령도, 수십 명의 고위급 장교들과 신나게 연주하는 군악대도 전부 보이지 않았다. 심지어는 26킬로미터 떨어진 시립동물원 수족관에서 열심히 재롱을 부리던 갈라파고스펭귄까지 사라졌다. 그렇게 거대한 불의 아가리는 모두를 깨끗이 삼키고는 하늘나라로 보내버렸다.

하늘나라에 난리가 났다.

# 소설 이전, 혹은 이후의 소설

**김형중**

## 1. 박형서와는 아무런 상관없는 소설에 관한 정의들

소설 장르를 정의하는 데 있어 다음의 문장보다 더 유명한 구절이 있을까? "소설은 삶의 외연적 총체성이 더 이상 구체적으로 주어지지 않고 있고, 또 삶에 있어서의 의미 내재성은 문제가 되고 있지만 그럼에도 총체성을 지향하고자 하는 시대의 서사시이다." 출처는 굳이 밝히지 않을 생각이다. 너무 유명해서 이 글이 루카치G.Lukacs의 『소설의 이론』에서 따온 말이라는 사실을 모르는 사람은 없을 듯하기 때문이다. 게다가 루카치의 이 구절에 따라 박형서의 소설을 재고 자를 생각도 없다. 박형서에게 소설은 결코 자신이 처한 아이러니적 상황과 결투하는 근대인의 장르가 아니다. 박형서의 어떤 소설도 근대의 삶이 상실해 버린 소위 '외연적 총체성'이란 것에 관심이 없을 뿐만 아니라, '그럼에도 불구하고' 총체성을 지향할 의사 또한 전혀 없기 때문이다. 만약 박형서의 소설에 어떤 총체성 비슷한 게 있다면 그것은 차라리 편집증 환자가 만들어낸 얼토당토않은 망상들의 거대한 체계에 가깝다(「두유전쟁」, 「날개」, 「노란 육교」, 그리고 다른 작품들 모두). 그러니까, 문학 공부 좀 했다는 사람이라면 누구나 거의 외우고 있을 루카치의 소설에 대한 정의는 박형서의 소설과는 아무런 상관이 없다는 말 되겠다.

루카치보다 조금 후대 사람인 골드만L.Goldman의 정의도 있다. 그에 따르면 "타락한 시대에서 타락한 방식으로 진정한 가치를 추구하는 장르"가 바로 소설이란다. 참 지당하고도 훌륭한 말이다. 하지만 이 역시 박형서의 소설과는 전혀 무관한 말이긴 매한가지다. '진정한 가치'라는 말은 정말이지 박형서의 소설에 가장 어울리지 않는 말들 중 하나일 것이다. 가령 진정한 가치라는 것 그러니까 소위 진실이라는 것을 몽둥이와 발길질과 전기고문으로 '만들어내는' 일이라면 또 몰라도(「진실의 방으로」).

지라르R.Girard는 어떤가? 단순한 삼각형 하나로 세계 문학사의 걸작들을 요리조리 잘도 정리했던 그는 소설을 두고 "욕망의 모방적 성격을 드러내주는 진실"의 장르라고 말한다. 돈키호테도, 줄리앙 소렐도, 보바르 부인도 종국엔 자신의 욕망에 잠재한 삼각형의 허위를 깨닫게 되었다고 하니, 정말이지 다행이기도 하고 칭찬받아 마땅할 일이기도 하지만, 역시 안타깝게도 박형서의 소설을 읽는 데 지침으로 삼기에는 역부족이다. 그의 소설에서는 행간에 숨겨진 삼각형을 찾기도 힘들뿐만 아니라, 설령 독자들이 간난신고 끝에 가까스로 한두 개의 삼각형을 찾아냈다 하더라도 (가령 「물속의 아이」나 「논쟁의 기술」에서처럼) 정작 그 삼각형의 주인인 등장인물은 소설이 끝날 때까지 제 욕망이 삼각형이란 사실조차 모르고 죽어버리니 말이다.

또 누가 있을까? 소설이라고 하는 장르를 그럴듯하게 정의했던 사람이…… 로베르도 있겠고, 조동일도 있겠고, 또 누구누구 등등도 있겠지만, 여러 거장들의 개성적인 소설 정의가 박형서의 소설을 이해하는 데 하등 도움이 되지 않는다면, 가장 일반적이고 보편적인, 그래서 소설에 대해 거의 아무것도 말해주는 게 없는 개론 수준의 정의를 취해보는 것도 하나의 방도겠다. 대부분의 문학 개론서에서 소설은 이렇게 정의된다. "일정한 분량의 언어로 이루어진 개연성 있는 허구." 도대체 어떤 소설이 이 어마어마한 범주를 아우르는 정의를 피해 달아날 수 있단 말인가! 그러나, 회심의 미소? 아직 짓기엔 이르다. 박형서 소설이 있으니까. '개연성'이란 말을 군이 소설 속 사건들의 '일어남 직함' 정도에 한정시키지 않고 더 넓게 문학적 개연성, 그러니까 아리스토텔레스가 『시학』에서 역사적 '사실'과 문학적 '진실'을 구분하면서 전자는 일어났던 일만 다루고 후자는 일어날 법한 일을 다루되 오히려 후자가 우리 삶의 보편에 육박한다고 말하던 바로 그런 의미의 개연성, 혹은 카프카F.Kafka가 현실에는 전혀 있을법하지 않은 기괴한 성채 하나를 만들어 놓고 그 안에 역시 현실에는 있을법하지 않은 측량기사 K를 영화 「다이하드」의 주인공처럼 죽도록 고생시킬 의도로 집어넣는 정도의 모험까지도 포함하는 그런 개연성으로 넓혀 잡는다 하더라도, 박형서 소설에는 '개연성'이란 게 손톱만큼도 없다. 그는 결코 일어남 직하지 않은 일만을 다룬다. 그러니까 그에게 소설이란 '일정한 분량의 언어로 이루어졌으나 전혀 개연성이라곤 없는 허구'이다.

소설에 대한 이러저러한 정의들을 더 늘어놓고 그중 박형서 소설에 합당한 것이 있겠는가를 고심하는 짓은 별로 생산적이지 않아 보인다. 그러니까 박형서의 소설은 우리가 그간 알고 있던 소설과는 달라도 한참 다르다는 말 되겠다(어째 자꾸 해설이 소설을 닮아가는 듯하여 걱정이 되긴 하지만, 뭐, 겸손하게 작가의 문체가 갖는 전염력이 막강한 탓이라고 해두고 대강 넘어 가기로 한다).

## 2. 「날개」의 형성 과정에 관한 일 연구
### — 이상의 작품이 아닌 박형서의 작품을 중심으로

「날개」는 박형서의 그토록 낯선 소설들이 형성되는 과정의 비밀을 밝히기에 가장 적합한 작품이다. 당겨 말하자면, 박형서의 소설작법이란 '편집증적 자동기술'이라 부르기 적당한데, 「날개」는 바로 그러한 작법이 한 편의 소설을 탄생시키는 방식을 가장 잘 보여주는 작품이다.

　나는 이토록 허무맹랑한 이야기를 소설이라고 우기는 작가에 대해 들은 바 없다. 이 글을 쓰기 위해 박형서의 소설들을 읽기 전까지는 그랬다는 말이다. 이 작품의 배경은 지금으로부터 170년 후 "그러니까 제정신인 사람들은 모두 태양계 밖으로 빠져나가고 지구는 방사능과 바퀴벌레와 프리메이슨의 소굴이 된 서기 2175년"이다. 이 먼 훗날의 이야기를 하는 화자는 "나는 미래를 볼 수 있다"라고 단정적으로 자신하는 망상가다. 미래를 배경으로 한 SF 소설들이 흔히 그렇듯이 현재 우리가 사는 사회에 대한 알레고리를 위한 설정 아니겠느냐고? 천만의 말씀이다. 그랬으면 좋았겠지만 이 소설은 절대 미래의 지구가 결국은 우리가 그토록 신봉하는 이성과 과학에 의해 디스토피아가 될 것이라는 사실을 경고하기 위해 씌어지지 않았다. 가령 다음 구절을 보자.

　거주지로 돌아온 여자는 의회에 탄원서를 제출했다. 만약 거인이 거기 있다면, 밖으로 꺼내달라는 것이었다. 그럴 힘을 가진 유일한 존재는 의회였다. 생활에 필요한 모든 것은 의회를 통해 이루어졌다. 독립된 전력회사도, 지하철공사도, 방송국도 존재하지 않았다. 심지어는 법정이라는 장소도 판사라는 직업도 사라졌는데, 분쟁이 일어나지 않아서가 아니라 인류가 이미 모든 경우의 수를 경험해버렸기 때문이다. 누가 잘못했으며 어떤 보상을 해야 하는지는 의회에 엄청난 분량의 디지털 판례정보를 열람하는 것만으로 충분했다. 그건 이 소설과 관련이 없고, 어쨌든 여자는 의회에 탄원서를 제출했다. (p. 60)

자신의 연인이었던 거인이 죽자 주인공 여자는 그의 시신을 '심연'에서 꺼내달라고 의회에 탄원서를 제출한다. 인용문대로라면 미래의 의회는 생활에 필요한 모든 것을 장악하고 있다. 사법기관은 불필요하다. 엄청난 양의 디지털 판례정보가 사법부를 대신하기 때문이다. 그렇다면 이 소설은 다른 많은 SF 소설이 그러하듯 정보의 독재에 대한 경고를 위해 씌어졌다고 해야 하는 것 아닐까? 아니다. 이어지는 구절, "그건 이 소설과 관련이 없"기 때문이다.

그렇다면 이 소설은 무엇과 관련이 있는 것일까? 맥 빠지는 말이지만 2005년, 화자가 사는 정릉 풍림아파트 아래층의 서른 살 된 여자와 관련이 있다. 혹은 소설 초입에 잠깐 등장했다가 역시 소설과 관련이 없다는 이유로 간단히 무시당한 뻔뻔한 노파와 관련이 있다. 그리고 소설의 씌어지고 있는 시점으로부터 얼마 후 결혼하게 될 화자의 친구 성범수와 관련이 있다. 그러니까 이런 식이다.

대머리가 멋진 내 친구 K가 죽었을 때 못되게 생긴 노파가 어린 계집아이를 데리고 영안실에 찾아와 한바탕 곡을 하고는 자신

은 O의 정부(情婦)라며 따라서 유족들로부터 마땅히 어른대접
을 받아야 한다고 엄포를 놓기에 조심스럽게 다가가 팔을 잡고
이곳은 정부까지도 대접받는 위대한 O의 상가가 아니라 대머리
가 멋진 내 친구 K의 상가이며 그는 대머리긴 하지만 이제 갓 서
른의 총각이라고 일러주자 노파는 어디 두고 보자는 듯 노려보더
니 육개장을 한 그릇 해치운 뒤 슬머시 가버렸다.

아무튼 그 일과 상관없이 나는 미래를 볼 수 있다. (p. 53)

소설 맨 앞머리를 장식하고 있는 이 장례식 에피소드는 사실
소설이 한참 진행될 때까지 소설과 정말로 관련이 없어 보인다.
그러나 화자가 들려주는 이야기의 후반부에는 자신의 클론(배
양인간)을 데리고 와 기물파손 운운하며 뻔뻔하게 울어대는 노
파가 등장한다. 그러니까 친구 K의 장례식장을 찾아온 노파는
분명 이 소설과 관련이 있다. 바로 그 노파가 이 소설 속의 등장
인물의 형태로 변신하여 출현했기 때문이다. 그 뻔뻔스러운 노
파는 소설 속으로 들어와 동일한 뻔뻔한 짓을 하지만, 태연하고
이성적인 주인공 여자와 화자 자신에 의해 철저하게 그 뻔뻔함
이 폭로되고 조롱당한다. 비록 몇 품목의 보상품을 받아가긴 하
지만 말이다.

예서 멈추지 않고, 우리의 황당한 망상가 화자는 이 노파의
신원에 관한 정보를 좀더 자세히 아주 구체적으로 기술한다.

검색대가 추측한 노파의 예상 나이는 200살이었다. 그렇다, 기특한 검색대가 제대로 추측했다. 그녀는 200살이 맞다. 그리고 170년 전인 2005년에는 서른 살이었다. 서른이라는 꽃다운 나이로 내가 사는 정릉 풍림아파트의 바로 아래층인 1001호에서 소음성 히스테리를 부리며 살고 있었다. 솔직담백하게 말하자면 나는 그녀를 물어 죽이고 싶다. 그녀의 히스테리는 정말 끔찍하다. 〔……〕 그렇지만 안타깝게도 그녀는 죽지 않는다. 그리고 프랑켄슈타인처럼 온몸의 장기를 바꿔가면서 서기 2203년, 술 취한 부랑자의 이빨에 물려 죽을 때까지 그 개 같은 목숨을 이어간다. 그 부랑자는 한 천재 때문에 하루아침에 알거지가 된 전직 치과의사였다. (pp. 65~66)

그 노파는 200살이다. 그리고 170년 전인 화자의 현재 시점에 서른 살이었고, 바로 화자의 아래층 아파트에 살고 있었다. 그녀의 히스테리성 소음은 끔찍해서 소설가인 화자는 그녀를 물어죽이고 싶을 때가 많았던 모양이다. 소설가에게 부여된 행운이라 해야 할까? 그녀를 물어 죽이고 싶다는 화자의 욕망은 자신의 이야기 속에서 실현된다. 그녀는 온몸의 장기를 바꿔가면서 200년을 연명하다가 결국 한 미친 치과의사에게 물려 죽는다. 맞다. 간절히 바라면 '꿈은 이루어진다.' 축구보다도 사실은 소설가일 경우에 더 그렇다.

그뿐 아니다. 현재 화자의 주변을 구성하고 있는 한 인물이 더 등장한다.

　여자는 아이가 가리키는 녹말구역이 어딘지 알고 있었다. 거기에는 알레한드르라고 불리는 맘씨 좋은 사나이가 살았다. 삼십대 초반인 그는 이달 말에 결혼하는 내 대학 후배 성범수와 꼭 닮았다. 범수야, 결혼 축하해. 그런데 내 대학 후배 성범수와 꼭 닮은 알레한드르는 전생에 이집트의 석공이었다. 그 다음 생인 1890년 대에는 독일의 광부였고, 그 다음 생인 1970년대에는 북한의 아오지 탄광에서 일했다. 이제 그는 쌀알행성의 마그네슘 탄광에서 자신의 네번째 생을 즐기는 중이다. 이 이야기와 전혀 관계없지만, 알레한드르는 진폐증으로 마흔세 번이나 폐를 바꿔가며 열심히 일하다가 서기 2522년에 돌아가신다. 그리고 쌀알행성 북쪽 녹말구역의 마그네슘 탄광 수호신이 되어 시도 때도 없이 출몰하는 마그네슘 귀신으로부터 가녀린 광부들을 지켜주신다, 콜록콜록 기침하면서. 범수야, 결혼 축하해.(pp. 70~71)

　탄광의 수호신이 된 알레한드르 이야기보다 더한 결혼 선물이 화자의 친구 성범수(「두유 전쟁」의 그 성범수가 아닌가 싶다. 그가 그 엄청난 태평양 함대 전체의 폭발에도 불구하고 살아남았다면…… 그게 뭐 그리 어려울 것도 없는 일이긴 하지만……)에겐 달리 없을 것이다. 그가 결혼하는 친구에게 바치는 헌사가 소설 속까지 잠식한 형국인데, 어쨌거나 이 소설가 화자는 참 좋겠다. 원하는 모든 것이 자신의 이야기 속에서 다 이루어지니 말이다. 친구의 결혼 축하로 그와 닮은 사람을 수호신으로 만들어줄 수도 있고, 아래층의 시끄러운 여자를 치과의사에게 물려 죽게 할 수도 있고, 친구의 장례식에서 만난 뻔뻔한 노파를 맘껏 비웃어줄 수도 있고, 소설가를 맘만 먹으면 날기도 하고, 미래를 보기도 하는 존재로 만들어줄 수도 있고……

얘기가 좀 길어졌다. 요약하자면 「날개」의 소설가 화자는 정확히는 소설을 쓰고 있는 것이 아니라 자신이 얼마나 심각한 편집증 환자인가를 누설하고 있다. 편집증이란 게 '현실 적부심'을 통과하지 못한 망상들의 한없는 자기증식을 일컫는 말이 맞다면 그렇다는 얘기다. 그에게 자신이 말하고 있는 사건의 발생 가능성, 사건들 간의 인과성, 개연성 따위는 어떠한 문제도 되지 않는다. 마치 일단 아무 이야기나 되는대로 던져놓고 나서 그 이야기의 신빙성에 관한 근거를 사후적으로 갖다 붙이는 식이다. 그러나 사후적으로 갖다 붙인 그 근거란 것 또한 또 다른 황당한 근거를 필요로 하는 황당하기 그지없는 근거일 뿐이다. 가령 이런 식이다.

고개를 끄덕이고는, 노파가 보는 앞에서 의회에 물건들을 주문했다. 아니 의회에서 주문을? 그렇다. 의회에는 마켓도 있다. 거긴 엄청나게 비싸다. 하지만 그만큼 신용이 있기 때문에 사람들은 중요한 물건을 살 때면 의회 마켓을 이용한다. 의회 운영에

들어가는 비용은 대부분 마켓에서 얻어진다. 뭐 그건 별로 중요하지 않고, [……] (p. 76)

"의회에 물건들을 주문했다"고 말해 놓고 보니 어딘가 아귀가 맞지 않다. 개연성이 없다. 그러자 그 말을 부인하는 것이 아니라 오히려 그 말을 개연성 있는 말로 승격시킬 다른 근거들을 찾는다. "의회에는 마켓도 있다". 그런데 왜? "의회 운영에 들어가는 비용" 대부분이 마켓에서 얻어지니까? 글쎄 이게 말이 될까? 안 되도 상관없다. 슬쩍 "뭐 그건 별로 중요하지 않고"라고 무시하고 넘어가면 그만이니까. 아마도 지독한 편집증 환자가 이런 방식으로 말할 것이다. 아내가 늦게 들어왔다. 어떤 놈이 문밖에 서 있다. 문을 열어도 보이지 않는다. 아마 투명인간일 것이다. 어떻게? ……사실 비아그라는 정력제가 아니라 인간 투명화 물질이다. 그는 그걸 복용했다. 뭐 말하자면 이런 식으로……

그렇게 해서 얻는 이득이 뭐겠냐고? 있다. 프로이트가 말한 '소망 충족'이 그것이다. 그러니까 이 소설가 화자는 이야기를 통해 자신의 유아적인 소망 모두를 이루는 자다. 말하자면 '승화'를 통해 예술에 종사하는 자가 아니라, 승화되지 않은 날것의 소망들을 그대로 자신의 이야기 속에 망상의 형태로 투사하는 자다. 망상 속에서 날고 아래층 여자를 죽게 하고 뻔뻔한 노파를 징벌하는 자, 그가 소설가다. 그리고 이러한 편집증적 자동기술의 메커니즘이야말로 박형서 소설의 형성 과정 그 자체이다.

## 3. 유쾌한 편집증

「날개」만 아니라 「두유 전쟁」 「노란 육교」 「논쟁의 기술」 「「사랑손님과 어머니」의 음란성 연구」 「진실의 방으로」 등의 작품이 모두 현실에 한 발자국도 들여놓고 있지 않은 순정의 허구이자, 인과성 없는 여담들의 증식으로 이루어져 있다는 의미에서 모두 편집증적이다. 그러나 그게 그렇게 새로울 이유가 있는가? 가령 나는 어딘가 다른 글에서 박형서만 아니라 이즈음의 젊은 작가들, 특히 박민규와 천명관의 예를 들면서 편집증적 서사의 증가 현상을 말하기도 했었다. 그렇다면 박형서의 편집증적 서사는 결국 독창적이기보다는 트렌드이거나 아니면 여러 징후들 중 하나가 아니겠는가? 그렇지만은 않은 듯싶다. 그는 훨씬 막나 간다.

박민규의 「그렇습니까? 기린입니다」의 예를 들어 보자. 일에 지친 아버지가 기린이 되어버린다는 발상이 망상적이란 사실엔 이견이 없다. 그러나 이 망상에는 어딘가 모르게 알레고리의 냄새가 난다. 페이소스도 있다. 기린은 목이 길고 느리고 슬퍼 보이는 초식 동물이란 점에서 늙고 지친 아버지를 연상케 하는 부분이 많다. 사실 갈수록 주체들이 왜소해지고 파편화되어가는

21세기 초두에 아버지의 가난의 이유를 논리적이고 현실적으로, 그리고 총체적으로 그려낼 능력을 가진 작가가 흔치는 않을 것이다. 그들도 바로 그 왜소해져만 가는 주체들의 하나일 터이니 말이다. 그럴 때 흔히 젊은 작가들이 취하는 소설 작법이 바로 편집증적 서사다. 농촌이 가난한 것은 외계인이 다녀갔기 때문이다. 그러나 그럴 때 외계인은 왜소한 주체가 파악하기 힘든 저 너머에 있는 거대한 현실에 대한 알레고리이다. 달리 말하자면 박민규의 편집증은 사실은 위장된 편집증, 현실을 끝없이 참조하는 편집증이다. 현실 적부심이 박민규 소설에서는 항상 치러진다. 그러나 박형서는 아니다. 그의 편집증은 페이소스도 없고 위장도 없는 채로 오로지 유쾌하고 유치하다.

「두유 전쟁」의 그 거대한 제리 브록하이머적 망상(이 소설은 이야기 내용도 그렇거니와 그의 영화들에서 고도로 잘 사용되는 헐리우드식 몽타주의 거대한 스케일과 놀라운 속도를 아주 많이 닮았다)에서 미국에 대한 저항 의지를 읽는다면 그는 독자라기보다는 병자에 가깝겠다. 알레고리는 하나의 핑계일 뿐, 이 소설의 압권은 현실의 제어력으로부터 완전히 해방된 여담들의 폭주에 있다.「「사랑손님과 어머니」의 음란성 연구」에서 우리가 얻는 것은 재치와 기지로 이루어진 지적 패러디가 주는 통쾌함 외에 다른 것이 아니다. 논문 형식의 글이 가진 고루함과 고상함, 그리고 종종 창작이 되고 마는 주제의식을 비꼬고 해체하는 것이 이 글의 주제란 사실을 지적하는 것은 마치 기역자를 두고 기역

자라고 하는 것과 같다. 이 작품을 우리 사회에 만연한 지적 허위들을 고발하는 소설이라고 현실 적부심에 부치려는 자가 있다면 바로 그야말로 강박증 환자다. 이 소설의 재미는 우리 문학장의 오래된 어휘들을 작가가 가지고 노는 방식, 작가의 유희 충동에서 온다. 「노란 육교」는 물론 근대가 죽음을 처리하는 방식에 대한 알레고리를 품고 있다. 그러나 그런 이야기는 박형서가 아닌 작가도 한다. 박형서는 그 오래되고 식상한 주제를 다만 사소한 필요에 따라 알레고리화한다. 그러나 알레고리의 진짜 목적은 죽음의 소중함을 되불러오고자 하는 데 있지 않다. 저승길을 둘러싼 그 온갖 해프닝들의 비위계적 유쾌함 그 자체가 그의 목적이다. 종종 어떤 과도하게 진지한 평자들이 그러거니와 「논쟁의 기술」에서 우리 사회의 상징계가 얼마나 공고한지를 확인했다고 자부하는 사람이 있다면, 나는 그에게 제발 「님의 침묵」이 헤세가 쓴 시를 지드가 읽다가 남몰래 한용운에게 보낸 서신의 한 구절을 번역한 것이란 사실을 증명해 달라고 부탁하고 싶다.


## 4. 소설 이전, 혹은 이후의 소설

박형서는 사실 『자정의 픽션』에 실린 작품들을 통해 의도한 게 아무것도 없다고 해야 맞다. 오로지 한 가지, 작금의 우리

문학장에서 '소설'이라 불리는 것이 도대체 무엇이겠는가를 묻고자 하는 의도 외에는. 나는 박형서의 신나고 기발한 이 단편들을 그렇게 읽었다. 목하 그는 소설 속에서, 소설을 통해 소설을 넘어서려 하고 있다.

'도대체' 소설이란 무엇일까? 스턴이『트리스트럼 샌디』를 쓸 때도 이런 의문은 있었을 것이다. 소설가의 시조 격인 그에게 소설은 모든 것이었다. 소설 앞에는 모든 가능성이 다 놓여 있었다. 언어로 이루어진 그 어떠한 재료도 소설에 병합되지 못할 것은 없다. 서신도, 일기도, 논문이나 비평도, 에세이도, 운문도, 그림도, 심지어는 동영상까지도. 스턴 이후 250년 가까이 지난 이즈음 소설을 둘러싼 우리 시대의 문화 정세는 이 점을 재삼 상기시키고 있다. 소설이라고 하는 장르는 어쩌면 그 한 고리의 순환주기를 다 마쳤는지도 모른다. 그러니까 우리는 소설 이전, 혹은 이후의 시대를 살고 있는 것인데, 박형서의 소설(아닌 소설)들이 극한까지 막나가면서 우리에게 주지시키고자 하는 바도 그것일 것이다. 우리는 작가 후기에서 그가 말한 그대로 '소설의 자정'을 살고 있다.

그러나 자정 너머에 무엇이 있을지는 나도 그도 아직 모른다.

# 작가의 말

　이 책은 나의 두번째 단편집이다. 첫 책을 내고 벌써 삼 년이 되었으니, 그다지 성실하지 않게 살아온 셈이다. 여기에는 모두 여덟 편의 짧은 이야기가 실려 있다.

　「논쟁의 기술」은 어느 대학에서 소설 창작을 강의하던 중, 학생들에게 실제로 소설이 씌어지는 과정을 보여주겠다는 의도에서 집필되었다. 구상하고 있는 이야기를 들려준 후 두 주가량의 기간을 거쳐 집필에서 1차 퇴고까지의 과정을 실시간으로 보여주었다. 학생들의 반응은 폭발적으로 별로였다.

　「날개」는 어느 텔레비전 광고에서 착안했다. 단순한 선의 애니메이션인데, 아이들이 한 줄로 걷다가 차례로 하늘을 나는 것이었다. 당시에는 아무렇지 않았는데, 나중에 생각해보니 꽤나 이상한 광경이었다. 이상하지 않게 여기던 당시의 너그러운 마음을 바탕으로 썼다.

익숙함에 대한 이야기인 「노란 육교」는 내가 기르는 고양이인 로나에게 자전거 타는 법을 가르치는 과정에서 나왔다. 그림을 그린 후 각종 부품들과 작동 원리를 자세히 설명함으로써 자전거가 달리는 메커니즘을 이해시켰다. 그리고 자전거를 진심으로 좋아할 수 있도록 이끌어주었다. 설명이 끝나자 로나는 잔뜩 겁에 질려 나를 할퀴었다.

「물속의 아이」는 오래전에 썼다가 처박아뒀던 소설을 네 번에 걸쳐 개작한 것이다. 나는 장난을 자주 치는 편인데, 그 장난이 들키지 않으면 어떡하나 하는 공포가 있다. 예를 들어 누군가를 놀라게 하려고 문 뒤에 숨었는데 그 누군가가 나 따위의 실종에는 관심이 없어 문 쪽으로 전혀 다가오지 않는 식이다. 그러면 나는 자포자기 심정이 되어 금연을 포기한다. 나는 내가 쓴 내용과는 다르게, 주인공 아이에게도 들킴에 대한 욕망이 숨겨져 있었으며, 그로써 파멸을 향해 걸어간 건 아닐까 자문해본 적이 있다.

「「사랑손님과 어머니」의 음란성 연구」는 논문 형식에 충실한 일종의 패러디다. 이런 실험적 방식의 글쓰기에 있어서 나는 흔히 극단을 추구한다. 말하자면, 갈 데까지 가보는 것이다. 나는 설득하는 논문의 형식을 극단적으로 차용했으며, 설득당한 내 멍청한 친구 몇이 「사랑손님과 어머니」를 음란 소설로 규정하는 바람에 기분이 좋았다.

「존재, 혹은 고통 따위의 시시하기 짝이 없는 것들」이라는 겸손한 제목의 소설은 사실 고등학생 시절 수업 시간에 쓴 것으로, 이 책에 수록된 다른 소설들에 비해 무척 오래된 것이어서 집필의 동기 같은 건 기억나지 않는다. 내가 전혀 알지 못하는 교문 밖 사회에 대한 반항 뭐 그런 이유였을 것이다. 아니면 수학 선생한테 죽도록 맞고 싶었거나. 다만 중요한 것은 사소하게, 사소한 것은 중요하게 서술하면 어떻게 될까 궁금해하던 당시의 호기심만큼은 또렷이 떠오른다.

「진실의 방으로」는 어쩌면 이 소설집에서 가장 어두운 단편일 것이다. 때론 죄악과 진실도 창조된다는 믿음은 여전히 유효하다. 다만 이 진지한 소설에서 낯설게 하기와 알레고리를 너무 많이 시도한 것 같아 후회된다. 그러한 방법을 쓰지 않고는 경험의 부족을 감출 수가 없었다.

마지막으로, 간이 나쁘면 머릿기름도 많아진다는 의학 상식을 입수한 후 엄청난 두려움 속에서 쓴 소설이 「두유전쟁」이다. 사실 그 두려움은 내 두피의 기름보다는 원고 마감일이 코앞에 다가왔음에 기인한 바가 더 크다.

이렇게, 여덟 편이다. 이것들이 나라는 인간이 보낸 지난 삼 년의 세월이다. 세상의 어떤 과오는 아무리 싹싹 빌어도 돌이킬 수가 없으니, 차라리 기억상실증에라도 걸린 양 태연하게 구는 게 나을지도 모른다. 나는 그러기로 마음먹었다. 이런 뻔뻔한 마음가짐이 첫번째 소설집을 낼 때와 지금과의 차이라면 차이일 것이다.

나는 현자(賢者)들의 만류에도 불구하고 이 책에『자정의 픽션』이라는 제목을 붙였다. 내가 생각하는 '자정'이란 가라타니 고진이 그리워하는 '요란했던 근대' 이후의 시간이다. 동시에 서사문학이라는 대가족 안에서 소설이 태동하던, 태아처럼 웅크린 채 자신의 미래에 대해 홀로 자문해보던 근대 이전의 저 면 '새벽'을 의미하기도 한다. 좀더 구체적으로 말하자면 '자정'은 사람들이 저마다의 얕은 꿈을 꾸거나 혹은 잠을 이루지 못해 고단하게 중얼거리는 시간이다.

어느 쪽이든, 아침은 바로 거기서 시작된다고 믿는다.

2006년 가을
박형서